メディアワークス文庫

純黒の執行者

青木杏樹

目　次

序章

死は隣人よりも理不尽だ。

あたたかい家庭。優しい妻と、よく笑う娘。

決して裕福ではなかったが、人並みと思えるくらいの幸せが——俺にはあった。

それらが生暖かい液体とともに首から溢《あふ》れ流れ落ちる。必死に押さえても、指の隙間から零《こぼ》れ落《お》ちていく。妻がアイロンをかけてくれた白いシャツがみるみる赤く染まり、娘が出がけに「いってらっしゃい」の一言を添えて差し出してくれたピンクのストライプのハンカチがついに溢れる血を吸いきれなくなった。

べしゃりと落としたそれが、引きずる足の甲に引っかかった。

——邪魔だ。

蹴り上げるように払いのけると、廊下に転がっていた一本の太い釘《くぎ》に当たった。

妻と娘を非道な死に至らしめた異物だった。

猿ぐつわを嚙《か》まされ苦しみ抜いた妻は、首を横に倒し目を見開いていた。視線の先には赤いランドセルを抱えたまま、濁った瞳に天井を映す娘。フローリングの床では丸い自動掃除機が赤黒い液体を詰まらせてエラー音を響かせている。

——絶対に殺す。

一歩、一歩が、狂おしいほど重い。

——殺すまでは死ねない。

意識が飛びかけて咄嗟《とっさ》に廊下の壁に爪を食い込ませると、潰れているホールケーキを踏みつけてしまった。生クリームで足が滑った。ふらついて壁に激突した身体《からだ》は反動で大きく前に押し出た。そうしてようやく前進したが、開け放たれたままの玄関のドアノブを摑《つか》み損ねてぐしゃりと倒れ込んだ。

焼けるようだった首の傷口からは、痛覚と熱が同時に失われていく。

俺はたぶん——、もう……死んでいる。

……暗い……。

寒い。

ひどく、眠い。

このまま瞼《まぶた》を閉じれば俺は妻と娘のもとに逝ける。

それがおそらくもっとも苦痛のない決断だった。

……だが、共用廊下にべたりとつけた片耳の鼓膜に、外階段を駆け下りる薄汚い足音ががんがんと張り付き、俺は頭をぶん殴られた心地で覚醒した。

——死ぬな……。

死ぬな死ぬなと、遠くの俺が叫んでいる。

あの黒い影を捕まえて、殴る。

死ぬまで殴って、殴って、殴り倒して、踏み潰す。

それでもきっと俺はこれでは足りないと感じるに違いない。

もし仮にあなたの家族を殺してすみませんでしたと頭《こうべ》を垂れながら首をくくられても、妻が受けた屈辱と絶望は、殺人者の汚れた魂ごときで拭っても消えはしない。娘が絶たれた未来は取り戻せない。たとえそうだとわかっていてもふたりを愛した記憶だけが、死の瀬戸際で倒れている俺を突き動かしていた。

奪われた者が、復讐《ふくしゅう》することの——なにが悪い。

——絶対にこの手で殺す。

手足が徐々に硬くなり、暗闇に落とされた俺の意識がひゅうっと薄れていく。

「これは愉快だ。貴様は死んでも死なないのか？」

ふと、艶を帯びた若い男の声がどこからともなく俺に問いかけてきた。

これが今際《いまわ》の際に聞く、死者が死界へと誘《いざな》う幻聴というものなのか。俺を迎えに来た者は奇《く》しくも妻でもなければ娘でもない。聞き覚えのない声だった。脳に直接響いてくるその声音は、なぜか高揚しながら嗤《わら》っている。

「悪《あ》しき者は生に縋《すが》り、善き者こそ生きる苦しみから解放される。素直になれ。貴様はどちらかといえば後者だ。死を選ぶのが正しいとわかっているだろうに」

——黙れ。

「そうか、死ぬのが怖いのか？」

――死ぬのは、怖くない。

「虚勢か」

――違う。

「貴様には死よりも怖いものがあると？」

――……ある。

「それはなんだ」

俺は応えなかった。尋ねる声は次第に遠くなっていく。

全身が死を求めていた。

――……………。

「ほぅおもしろい、それが貴様の恐怖だというのか」

このまま無駄な足掻《あが》きを止め、這《は》いずるのをやめて、激しく身体が求める『休息』を受け入れれば、愛する妻子のもとへと逝ける。そのことに恐怖などありはしない。けれどその選択は俺にとって、いまじゃなかった。

「そんなにあの逃げた虫けらを殺したいのか？」

迷うまでもない問いかけに苛立《いらだ》ちさえ覚えるほど感情が震える。

――殺したい。

手足の感覚はとっくになくなっている。起き上がろうとコンクリートの床を掻《か》いて、もがいて、両爪が剝げたが、僅かばかりの出血しかなかった。

死んでいるのに死なない俺の身体からはもう流れるだけの血液がないのだ。

ざらついた黒色の世界はやたらと静かで息が詰まるようだった。鼓膜が膨れる感覚がした。鼻の奥が冷たい。これが──死……。痛みを超えた先に広がる絶望の沼に身体が沈み込む。けれど、妻と娘を殺したあいつが憎い、ただ憎くて憎くて、この汚物のような感情を置き去りにしたままでは、死ぬに死にきれない……。

──殺したいに決まっている。

混濁した意識の中、俺は目玉だけ上下に動かして肯定を示した。

「興が乗った」

聞こえるこの声の主が誰であるかなんて、もはやどうでもよくなった。

「おもしろい約束をしてやろう」

──約束……？

「約束とは一方的な誓いではない。互いに取り決めたことを将来的に破らないという、約定だ。貴様にその深い憎しみを満たす機会を与えてやる──だが──」

俺は、嗤って続けるその言葉を飲み込むように頷《うなず》いた。

復讐を果たすために手を貸してくれるのならば、どんな約束であろうと構わなかった。

明日香《あすか》。
真由《まゆ》。
もうすこしだけ待っててくれ。
殺したら、……すぐに行くから。

†

2××年3月3日。夜十時ごろ。

杉並区《すぎなみく》××町二丁目のマンションに住む、主婦・一之瀬《いちのせ》明日香さん（29歳）と、長女の一之瀬真由ちゃん（6歳）が、何者かによって殺害された。

遺体の第一発見者である夫の一之瀬朱理《しゅり》さん（29歳）は、妻子殺害直後の犯人と鉢合わせたとみられ、鋭利な刃物で首を切られて一時、意識不明の重体となった。

犯人の顔は覚えていないという。

現場からは現金や金品の類いは奪われておらず、被害者らは激しい暴行を加えられて殺されていたことから、警察は快楽目的の殺人とみて捜査を進めている。

なお事件があった日の夜には、朱理さんの誕生日パーティーが行われる予定だった。

第一章　いつもの道でわたしたちは

綺麗《きれい》な死など存在しない。
あるとすれば、血を流さずに死ぬのが、もっとも美しいのかもしれない。

†

地方だけにとどまらず東京といえど存外、廃工場が点在している。

ここは高度経済成長期の遺物というべき建物かもしれない。長らく密閉されていた煤《すす》けて黒い空間には錆《さ》びた鉄の機械が整然と並んでいる。

かつてこの工場では昼夜問わずなにかを製造していたのだろう。やたらと壁がぶあついのに天井は低く、照明の設置数は少ない。そのほとんどの蛍光灯は外されているか、経年劣化で割れていた。棄《す》てられた工場だから当然ながら既に電気は通ってはおらず、スイッチを点《つ》けても反応はしない。息苦しいほの暗さを覚える廃工場だ。

均一にはめ込まれている小さな窓から差し込む太陽光だけが、この工場内に遺《のこ》された物体をうっすらと照らし出している。

「っぃ、へ……ぇぉお……、っ……！」

入れ墨頭の男は「痛い」という言葉すらまともに言えないほどに、身体を掻き抱いていた。足をばたつかせ、床に降り積もった煤と埃《ほこり》をぐちゃぐちゃに乱して舞わせる。

「ころ、さ、……で――」

やがて男は、――かくん、と止まった。

「……四十五秒」

一之瀬朱理は腕時計に目をやった。右手にぶら下げていた拳銃を左脇のサスペンダーに掛けられたホルスターに戻す。黒いスーツの上着に光る襟章は丸い黒に金縁のバッジ。捜査一課の刑事がつける赤い丸バッジと形状は似ているが、その色は深い黒だ。

その丸い黒バッジが意味するところは、警察法第67条と警察官職務執行法第7条に規定される拳銃の所持とはまた別として、特別に許可がされていることにある。

空砲ではなく実弾が込められた拳銃を持つ捜査官。

いまの朱理はそれを重責とは感じていない。

「無様だな……」

またひとつ腐った死を看取《みと》った、としか思わなかった。

朱理は死体となった男に一切の弔いの眼差《まなざ》しを向けない。

冷たく濁った瞳を僅かに動かす。朱理の光の乏しい黒目は、絶命した害虫に向けられるそれと等しかった。死んで当然のものと思いながら見下ろした。

水揚げされた海老《えび》のように暴れ続けた入れ墨の男の目は、苦悶《くもん》を訴えて見開かれている。最後には両手で胸元をきつく掻き押さえ、右側面を下にし、背中を丸めた状態で男は固まったのだった。

蒼白《そうはく》な顔の男の口からは、つぅと涎《よだれ》が垂れた。その一滴が静かに落ちた。唾液が床の埃を吸って一部が灰色に染まる。

……身勝手な人殺し。七人の女を強姦《ごうかん》し、うち六人を殺して山中に埋めた。唯一生き残った女は、手がかりだけを遺して自殺した。現行法では参考程度にしかならない状況証拠だった。その僅かな手がかりから洗い出された男に声をかけ、朱理は提案した。殺しを認めるか、いまここで死ぬかと。

けれど男はどちらも選ばず、逃げた。その慌てふためく行動が殺人を認めていた。入れ墨の男は、殺さないでくれ――と、死の直前まで生に執着を見せたのだった。

――なぜ殺しておきながら自らは殺されることに怯《おび》えるのか。

朱理は眉一つ動かすことなくスマートフォンを操作し耳にあてる。

「……一之瀬です。課長ですか、はい。報告があってお電話しました」

ろくに水分を摂取していなかった喉は渇いて、ただでさえ低い声が掠《かす》れて出た。

「重要参考人が死亡しました」

†

警視庁捜査一課強行犯係のデスクがずらりと並ぶ奥に、その別室はある。

猟奇殺人事件特別捜査課――略して奇特捜、と呼ばれている。変死および猟奇・奇怪殺人捜査専門の部署だ。壁には三名の所属捜査官のネームプレートが掛かっている。

上座に丸い腹を沈めるのは、四年前、捜査一課から奇特捜が分けられたときからの課長の神楽坂《かぐらざか》修造《しゅうぞう》である。いつも着ているサーモンピンクのベストと、朗らかな性格がにじみ出ているえびす顔が特徴だ。椅子の背もたれに掛けられたグレーの上着には、奇特捜の捜査官を証明する、丸い黒に金縁のバッジがついている。このバッジは奇特捜の扱う事件の特殊さ故に、警察職員の間では『不吉の黒』とも呼ばれている。

「長時間のパソコン作業はしんどいねぇ……」

民間企業がそうであるように、警察も迅速かつ効率を目的としてペーパーレス化が進んでいる。捜査資料の多くはデータで共有されることが多くなった。

神楽坂課長は昭和の時代とはまた違うストレスを感じて肩を揉《も》んだ。なにもかもボールペンと紙で済ませたアナログ世代の初老に、長時間のパソコン労働はきつい。

ブルーライトカット効果を備えた老眼鏡をはずし、脂でぬめる鼻筋を揉んだ。

「適度な休息は大事だ」――神楽坂課長は自分に言い聞かせた。

引き出しを開けて、私物のフォトアルバムを開く。幸せそうに微笑《ほほえ》む自分と、寄り添う妻と娘、そして愛犬がお茶目に舌を出して写っている。こうして家族写真を眺めていると、凄惨な日々にすさんだ心が潤される気がする。

常日頃から規律正しい言動を求められる警察官が、仕事以外――すなわち家庭に生きがいを求めることは当然の欲求であった。

「課長ォ」

気だるい声が、神楽坂課長の緩んだ頬を引き締めさせた。

「前科データとの照合が終わったんで送るっす」

今年の二月に曰《いわ》く付《つ》きでやってきた新人・佐藤健一《さとうけんいち》は、三台の大型ＰＣモニターに囲まれたデスクで脚を組み、頬杖《ほおづえ》をついてだらしなく座っている。時折、太いエナジードリンクの缶に口をつけ、右手で操るマウスのカチカチという音だけがせわしない。

「は……早いな、佐藤くん」

「別に早くないっすよ。自動認証されて選別したのを貼り付けただけなんで。こんなん誰でもできるっす」――厭《いや》みではなく本当にそう思っている口調だった。

神楽坂課長はフォトアルバムを引き出しにしまう。老眼鏡を掛けなおすと、共有ネットワークを繋《つな》いで開いた。圧縮されたデータをクリックして解凍すれば画面いっぱいにファイルが表示された。すると一気に目の疲れが増した。はぁと鼓舞のため息をつく。

「キミの経歴を考えたら本来こんな地味な作業をさせるべきではないな」

「……」――彼は頑《かたく》なに着けない丸い黒バッジを、デスク上でピンと弾《はじ》いた。

「佐藤くん、何度も言ってすまないがね――」

健一は黙ってエナジードリンクを飲み干し、カンッと軽い音を立ててデスクに置く。

「現場に行きたいのであれば一之瀬くんについていってみたまえ。彼はいつもひとりで抱えすぎだからな、そもそも仕事は分担ではなくみんなで協力してするものだ」

これが何度目かわからないチームワークを提案された新人は、迷惑そうに眉を顰《ひそ》めた。嫌だとは言わないが、決まって彼はいつも独り言のようにこう呟《つぶや》く。

「……勘弁してくださいよ……」

健一はカシミアのブランドスーツに包まれた腕をさする。

とはいえ無理強いはできないと神楽坂課長は思った。時代の流れが速くなったいま、効率性・迅速性をより強く求められた結果、捜査一課は、証拠が多く所轄も嫌がる複雑な殺人事件に対し「今後は猟奇殺人事件捜査専門の部署が捜査を行う」という言い訳をつくることにしたのだ。そうすることで事件捜査が長期化しても捜査一課そのものの面《めん》子《つ》は保たれる。しかしそれによって犠牲になる捜査官がいることも事実だった。奇特捜は猟奇殺人事件を取り扱う特性上、嫌になって逃げ出す者も少なくない。いつしか自ら退官するよう促すための左遷部署として扱われるようになり、増員しても彼らはすぐに退官。設立初期からのメンバーである一之瀬朱理と神楽坂課長だけの日々が続いた。

健一はまだこれでも続いているほうだ。異動してきて数日で辞めた者を、神楽坂課長は何人も見送ってきた。凄惨な現場には出ないで事務仕事だけをこなすことに徹する、この新人の姿勢は、ある意味正しいのかもしれない。

……電話が鳴った。奇特捜の直通電話機は健一のデスクにある。液晶面にガタがきており、かけてきた相手の番号が読み取れないほど薄い。警察全体でみるとデジタル化が進んでいるとはいえ、捜査一課の隅っこ部署としては、未《いま》だ使えるものは使えという、上からのお達しだった。

「はい、猟奇殺人事件特別捜査課！」

元気に電話に出たあと、健一は急にトーンを沈めて「あ、一之瀬さんっすか……」と露骨に嫌そうに応答した。用件も聞かず、すぐに保留ボタンを押して神楽坂課長のデスクの電話に内線を飛ばす。

「おぉ一之瀬くん。ご苦労さん、今日はどこだ？」

『府中《ふちゅう》の強盗強姦殺人の件で、いまあきる野市《のし》の果てなのですが』

「あの件か。随分と遠くまで行ったな。状況は？」

『報告でお電話しました』

報告――。

進捗の連絡でもなければ、相談でもない。

またか、と察した神楽坂課長は苦々しい嘆息で応えた。

『重要参考人が死亡しました』

「そうか……。で、いつものようにキミは殺してないんだな？」

『はい、俺は殺してません』

「念のために状況を聞こうか」

電話の向こうから、彼が応援で呼んだらしいパトカーのサイレン音が近づいてくるのが聞こえた。重要参考人が目の前で死んだというのに、動じることなく、落ち着いて状況を説明してくる彼の冷静な口調には寒気すら覚える。

『装備の拳銃一丁、手錠ともに未使用です。任意同行を求めた際に逃走されたため、廃工場に追い込み、適宜適切な使用もやむなく警告のため拳銃を構えましたが、身体接触はありません。急に胸を押さえて自ら倒れました。死因は心臓発作などによる偶発的なものかとみられます』

彼は事務的にただ目の前で起こった事実だけを淡々と述べた。

ノンキャリで入庁した一之瀬朱理は、元々捜査一課の刑事であった。研修を担当した者の評価は「拳銃の腕前は群を抜いており、概《おおむ》ね優秀、やや主張が足りない」であり、くせ者揃《ぞろ》いの強行犯係では先輩に振り回されている印象が強かった。そんな彼が四年前、奇特捜に異動を志願したのは意外だった。——誰も行かないなら俺が行きます——と、手をあげたのだ。物静かだが、誰よりも正義感の強い青年だと神楽坂課長は思った。

ふたりだけの奇特捜はしばらく穏やかだった。当時の朱理は確かに自己主張は乏しく、神楽坂課長が強引に根掘り葉掘り尋ねて、ようやく照れくさそうに妻子の話をするくらいだった。デスクに飾った家族写真に時々目をやりながら、休み時間にウトウトしつつも昇進試験の勉強をしている彼を、神楽坂課長は微笑ましく感じていた。

しかし彼はその数ヶ月後、惨劇に遭う。復帰後の彼は様子がおかしかった。家族写真を伏せ、まるでなにかに取り憑《つ》かれたかのように猟奇事件の捜査に着手し始めたのだ。どんな遺体を前にしても取り乱さない優秀な捜査官にはなった。けれど彼は、上司である神楽坂課長に「報告」しかしてこなくなった。そして、その報告は常に――……。

『――以上です。……課長、聞いてますか』

「あ、あぁ。また心臓か。確か府中の被疑者は持病らしい持病はなかったな？」

『そうですね』

あの事件以降、彼の発する言葉からは人間らしい感情が聞き取れなくなった。

神楽坂課長はデスクトップにある『報告書』のフォルダをクリックした。一ヶ月前に同様の結末を迎えた事件の報告書である。作成者の名前欄には一之瀬朱理とある。神楽坂課長が裁判所に逮捕状を請求したものの、逮捕には至らなかった。令状を持って向かった朱理の前で、今回のように、被疑者が突然心臓発作を起こして怪死したのだ。

神楽坂課長は、もはやため息がクセのように出てしまっていた。

「一之瀬くん、大きな声では言えないが……。こうも偶然が重なるとわたしも説明を求められる。キミを疑うわけじゃないが、本当に接触はなかったんだな？」

『はい』──間髪いれずに朱理は応えた。

「それならいい。すぐに解剖に回されるだろう。まぁ周りから厭みを言われてもキミはあまり気にするな、報告書をあげたらつぎの捜査にあたってくれ。ついさっき奇特捜扱いになった事件がある。目を通し終えたらデータを回す」

『わかりました。失礼します』

受話器を置いた神楽坂課長は、糸のように細い目を歪《ゆが》めた。

「……また死んだんすか。逮捕状は？」

「一応、覚醒剤取締《とりしまり》法違反で請求中だった」──残念ながら、という苦い思いが残る。

「オレがここ来てもう五人目っすよ。一之瀬さん、パクってゲロらせるのが面倒で実は殺しちまってんじゃないっすか？」

「おなじ部署の仲間をそんなふうに言うんじゃない」

「仲間？　どうっすかねぇ……。あっちはそう思ってないでしょ」

「一之瀬くんは真面目な捜査官だ」

「じゃあ嘘《うそ》も方便だと思ってる真面目クンすね。一番タチの悪いやつっす」

健一はそう言って警察官のデータベースを盗み見た。朱理のデータである。特に始末書扱いはくらっていない、一見してごく普通の経歴を重ねる警察官だが、更新されている顔写真の死んだ魚のような目は、犯罪者が撮られるマグショットのようだった。

「課長も思ってますでしょ」――健一は語尾を伸ばす。

「なにをだ？」

「一之瀬さんの目つきヤバいっすよ。ありゃあ人殺しの目っす。絶対に接触してんすよ。押し倒したり圧迫でもしなきゃ心臓発作なんて起きるはずないっす」

「佐藤くん……」

止まらない新人の悪口に、神楽坂課長は曖昧な苦笑いを浮かべるしかなかった。

太鼓腹をさすり、朱理のデスクを見やる。

彼のデスクの隅にはずっと写真立てが伏せられたまま置かれている。その表面にはうっすら埃が積もっていた。健一はその伏せられた写真立てに興味はないらしいが、見れば彼の素顔を知ることができる。三年とすこし前までの、控えめながら、妻子を幸せそうに支える一之瀬一家の「父親」の姿だ――。

「たまたま重なっているだけだろう」

「ふーん……」

「解剖結果がすべてを物語っている。一之瀬くんは本当に接触していないんだ」

「そんじゃあ――」

健一は反り返るように椅子の背もたれに寄りかかった。ここは元々捜査一課の資料置き場だった一室だ。彼は昭和時代のヤニの跡を残すシミだらけの天井を見上げた。

「――余計に気持ち悪いっすわ」

†

朱理は応援のパトカーが到着してから現場を離れた。

本庁奇特捜の一之瀬朱理ですと名乗れば、誰もが表情を険しくした。なにも知らない箱番の若い巡査だけが職務を全うしようと朱理から情報を聞き出そうとしてきたものの、あとからやってきた先輩に慌てて肩を掴まれ、引きずられていった。

「やめとけ、関わるな」「なんでですか」「後で教えるから――」

自分につきまとう黒い噂《うわさ》はこうして伝染していく。

誰も不気味な奇特捜に関わりたくないし、相手が一之瀬朱理ならなおのことだ。

関わらないでいてくれるのなら、それが一番いい――と朱理は思う。

スーツの上着のポケットでスマートフォンが震えた。朱理が所有するスマートフォンは支給された仕事用のみだ。プライベート用は妻と娘が殺されて以降解約し、仕事相手以外とは連絡を取らなくなった。

慌ただしく動きまわる警察関係者の姿を横目に、朱理はスマートフォンを取り出した。

神楽坂課長から送られてきたメールには事件番号とパスワードが記されている。警察の共有ネットワークに接続し、そのふたつを入力して捜査資料データを開いた。

「……あの事件か」

素早く目を通す。

世間ではトップニュースにこそなっていないが、連続性を疑われている未解決事件だ。

――強姦殺人――……朱理は僅かに表情を険しくし、スマートフォンの画面を消す。

引き継ぎもそこそこに現場から立ち去る朱理を誰も止めなかった。


朱理はJR五日市《いつかいち》線から乗り継いで、京王《けいおう》線の新宿《しんじゅく》行き各駅停車の車両に乗り込んだ。

大きめの蠅《はえ》が一匹、朱理のあとを追うようについてきた。ドアが閉まり、その蠅はゴーと強く吹き付けてくる空調の風をものともせずに車内を飛び回り始めた。

四月も半ばの夕方、都心へ向かう車両は乗客もまばらでほとんどが座っている。

買い物帰りらしい家族連れの笑い声が聞こえた。朱理は彼らから距離を取って車両の端の三人掛け席を選んだ。向かいの座席には誰もいない。朱理は背中を丸め、流れる景色とともに薄暗いガラスに映る、自分の不気味な顔を見つめた。

肌は青白く、不健康に痩せこけた頬。色の悪い唇。

ざんばらに切られた長い前髪には白髪が目立つ。

笑顔をつくる機会を失った顔は全体的に垂れている。

くぼんだ目元は炭を塗ったように黒い——。

最後に食事をとったのはいつだろうかと朱理は思った。そういえば最後にベッドで眠った記憶も曖昧だ。電車の揺れに身を委ねてすこし休むかと瞼を閉じても、ただ目の奥が重くなるだけで「眠い」という感覚を忘れている。疲労が蓄積し脳が一種の覚醒状態に陥っているらしい。不快に思うほど周りの音が大きく聞こえ、神経が尖《とが》っていた。

世の中は春の陽気に包まれているが、体温が極端に落ちた朱理の身体はむしろ凍えている。第一ボタンまでしっかりと留めて上着を羽織りようやく人間として機能している状態だった。薄く黒と金のストライプが入った濃紺のネクタイもきっちり締めたままだ。

——まるで生ける屍《しかばね》だな……。

終点・新宿までの約一時間を、そんなどうでもいい自分の顔と、すこしずつ都会へと変わっていく景色を睨《にら》むように眺めて過ごしていた。

「パパーっ！」

突如湧いた幼い娘の驚きの声に、朱理はぴくりと反応する。

自然と、視線が家族連れに向いた。

「あの蠅さん、きらきらしてるよ！」

父親の膝の上で娘は天を指さし、目を輝かせていた。いかにも生真面目そうなポロシャツ姿の父親は、娘が前方に転がり落ちないようしっかりと抱きかかえている。

「こらこら触ろうとしないの。汚いからやめなさい」

「汚いの？」

「蝿さんは汚いんだよ」

「でもきんぴかできれいだよ」

「そうだねぇ、でもねぇ、蝿さんは汚いんだよ」

父親は好奇心旺盛な娘の扱いに困っている様子だった。そのコミュニケーションはぎこちない。父娘《おやこ》は普段あまり一緒にいないのだろう。久しぶりの休日で家族水入らずといったところか。

「あらほんと、金色の蝿なんて初めて見たかもしれないわ。珍しいわねぇ、普通は銀色なのに。貴重な蝿さんかもしれないから見るだけにしておきましょうね」

「うん！」

「今日買ってきた絵本なんだっけ？」

「えっとねぇ、くまさんの。パパ、取って」

隣に座っている母親のほうが娘の興味を逸《そ》らすのがうまかった。

娘の興味は飛び回る蝿から、すっかり絵本にうつる。

「あたし本読むの。パパ暑い、じゃま。どいて」

「おまえなぁ……さっきまで抱っこって言ってたくせに」

早速娘からウザがられている父親だったが、顔はうれしそうに緩んでいた。

彼らからは、これからも続く──家族──という無償の愛の結びつきを感じる。

そんな家族の朗らかな様子を眺めていた朱理だったが、ふと母親と目が合い、席を立った。静かに隣の車両に移動する。

決して見られていることに対して嫌悪感を示されたわけではない。目が合った母親は特になんとも思わなかったはずだが、朱理は違った。幸せなあの家族の背景に、異質である「自分」が存在していることを意識してしまったのだ。急に吐き気がこみ上げた。

この感情は、羨ましいとは違う。妬みですらない。

自分がただ生きているだけの、がらんどうだということを思い知らされた情景だった。

†

東京二十三区とはいえ県境に近くなればなるほど自然は豊かになる。

夕陽《ゆうひ》はほぼ沈みかけている。

朱理は電車から降りてしばらく歩いた。

薄暗い荒川《あらかわ》の河川敷《かせんじき》に行き着くと、朱理はようやくそこで耐えきれなくなって、くずおれて吐いた。腹を抱え込むように押しても胃液だけしか出なかった。

川に両手を突っ込んで口元を洗う。暖かな四月とはいえまだ川の水は冷たい。再び川に手を突っ込むとじわじわと冷える痛みがしみてきた。しばらくそうしていると体温だけでなく痛覚も奪われていく。黒い川に身体が溶けていくようだった。

「溺死でも試すつもりか？」

不意に背後から声をかけられて、朱理は水から腕を引き上げる。

「……ベル、か……」

「幸せそうな家族を見て生きているのがつらくなったのだろう」

いっそ清々《すがすが》しいほどの高慢な声が降ってきた。

「生きるのは苦しいなぁ、そう顔に書いてあるぞ」

朱理の肩にふわりと金色の髪がかかる。目だけ動かせば、至近距離で面白そうに覗《のぞ》き込んでくる青い瞳とかち合った。彼は淡いサーモンピンクの唇を耳元に寄せてきた。

「なぁシュリよ、人間が確実に溺れ死ぬ方法を教えてやろうか？」

「……顔を洗っていただけだ」

朱理は手を振り払って水気を飛ばす。

「相変わらず可愛《かわい》げのないやつだ」

「なに勝手に来てんだ……呼んだら来いと言っただろ」

「たまには前夜祭から楽しもうかと思ってな」

ふらりと立ち上がった朱理は、彼を無視して歩き出す。ベルと呼ばれた美青年はやや背丈が低く、ほぼ骨と皮だけの朱理とは違って血色も肉付きもほどよい。朱理からそっけない態度を取られても別段気にせず、愉《たの》しそうに纏《まと》わり付《つ》いてきた。

「つぎはどこに行くのだ？」

彼は若々しく甘い見た目とは裏腹に驕傲《きょうごう》であった。

「この近くに苺《いちご》農園がある」

「苺！　良いな、採れたてを我に食わせろ！」

飛び跳ねるように悦《よろこ》んで隣に並んだ青年を一瞥《いちべつ》し、朱理は小さくため息をついた。

「そこの苺農園は三年前から閉鎖されている」

「なんだ枯れておるのか。つまらんな」

金髪碧眼《へきがん》の青年は唇を尖らせる。

「そんなに食べたいならスーパーで買ってこい。金なら好きにさせているだろ」

「ふん、なにがスーパーだ。貴様はジャパニーズでありながら情緒を楽しむということを知らんのか。産地で採れたてを食すことがオツなのではないか。……しかし随分と暗いな、ジャパンにしては電気の明かりが少ないぞ」

河川敷から伸びる細長い道路を小さな田畑が挟む。そのほとんどは人の手が入っていないのかひどく荒れていた。雑草がぼうぼうと生い茂っている。

家の陰に夕陽が隠れてしまうと、一瞬にしてあたりが暗闇に包まれた。

さきほどから車にも人にもまったくすれ違わない。

「この近くには古くから農業系の大学のキャンパスがある。だが人口減少とともに、小さな農家が潰れていき、定期バスもなくなり交通の便が悪くなっていった」

朱理は持っていた小さな懐中電灯を上着のポケットから出して、行き先を照らした。割れた苺農園の看板がカタカタと音を立てている。腐った木の支柱には、裂けたネットやビニールに、野草と化して実が望めない農作物や、生命力の強い雑草が絡みついているのが見えた。

「この人通りの少なくなった道を徒歩で行き来する生徒はまずいない。保護者が車で迎えに行くか、自転車を利用しているそうだ。だが――」

青年は匂い立つなにかに誘われる蟲《むし》のように鼻をひくひくさせ、中へと踏み入った。

「ここで女が嬲《なぶ》られて殺されたようだな。つまりその大学に通っていた下校途中の女が襲われたのだろう？」

「おまえには説明しなくてもわかるか……」

「濃い恐怖の匂いが残っているぞ。我が好むものとは違うがな」

ここだな、と青年は土のくぼみにスニーカーの靴底を押し入れた。

「ふむ、この辺りにはロープ状の凶器もじゅうぶんに備わっておる。死因は絞殺か」

「まるで犯行を見たかのような言い方だな」

「ふははっ、まさか我を疑うのか？」

「いや……違うのはわかっているが」

　昨年の十月――最初に殺された女子大生は、この苺農園が棄てた残骸によって両手を縛られ、首を絞められた。凶器となったそれらからは、海外で大量に生産された軍手の繊維が検出されただけだった。軍手は百円程度で買える安価なものであり、市場は広く、未だ販売店の特定には至っていない。現場に残された足跡の大きさから中肉中背、血液型はA型の男性、前科はなしと照合結果が出ている。

　もうひとつ重要な証拠として被害者の遺体から数十メートル離れた場所にはあるものが転がっていた。タイヤがへしゃげて壊れた、被害者の自転車だ。犯人が乗っていた車とおぼしき銀色の塗料が付着しており、接触した形跡がある。

「このような暗い道ならばうっかり轢《ひ》いてしまうこともあろうな。以前もあったな、自動車の運転を生業とする者が、人間を轢いてしまい、免許剝奪をおそれて殺害し、死体を遺棄したという事件が。小さな傷を隠そうとして余計に傷を広げる典型例だ」

「今回は違う」

「そうか？」――ベルは腕を組んでこてりと首を傾《かし》げる。

「偶然の事故から強姦はしない」

「思いつきでするかもしれんぞ」

朱理は強く否定するように咳払いをした。

「被害者には交通事故による怪我《けが》は見受けられなかった。接触事故はもしかしたら偶然ではなく、犯人にとって接触そのものが『手段』だった可能性がある」

「では接触事故は強姦するための『手段』といったところか？」

「この事件以降、都内では似たような犯行が続いている。いずれも現場には壊れた自転車があり、その自転車から数十メートル離れた場所で殺害されていること、被疑者は被害者の自転車を処分していないことから接触事故を隠す気はないこと、A型の男性のDNA型が検出されていることから同一犯による連続殺人事件だ」

「一人目でうまくいったから二人目も、三人目も、か……まぁよくある快楽殺人だな。繰り返しているということは味を占めたのであろうなぁ。三人殺せばあとは作業よ」

「早くつぎの犠牲者が出る前に――」

「なにを言っておる。むしろもっと殺せばよいのだ。そのほうが我にとっても、貴様にとっても都合がよいであろうが」

青年は退屈そうに頭上でぐんと両腕を伸ばした。

――……もっと殺せ……か。

無邪気に放たれたいつもの言葉が朱理の頭を冷静にさせる。

「でかい声で言うな、誰が聞いているかわからない」

彼は相棒でもなければ協力者でもない。善なる犠牲者には一切の興味がなく、非道な殺人者のみが興味の対象となりうる。朱理と彼の関係性を表現するならば、殺人者を追い求めるという意味で利害が一致しているだけの共犯者である。

「ところでシュリ、今日はたいして美味《うま》くなかった。食った気がしないぞ。もう腹の虫が鳴っておる。今度は期待してよいのだろうな？」

「物足りないならそのへんの野生苺でも食えばいいだろ」

「それはそれ、これはこれだ。人間にとっても水と食料は別物だろう。水で喉を潤すことはできても、我の空腹はすなわち貴様の死に直結する……まさか、忘れたか？」

白いTシャツに薄青の穴あきジーパン。日本が大好きな彼は、スニーカーまで日本のブランドで揃《そろ》えている。自分とおなじように水を飲み、パンを囓《かじ》る。シャワーも浴びるし退屈になれば寝る。だから時々、本当に人間なのではないかと錯覚してしまう。

違う。こいつは、人間じゃない。

「忘れたのであればあの日の約束を何度でも耳元で囁《ささや》いてやろう」

――あれからもう三年……か。

歳月は否応《いやおう》にも順応を覚えさせる。

「いい……忘れてはいない」

朱理は自分に言い聞かせるように呟いた。

いつの間にか眼前に立っていた青年が、懐中電灯を持つ朱理の手を、がっと掴んだ。まるで血の通っていない冷たい指先が手首に絡まる。明かりをふっと顔に向けられた。

「ならばなぜそんな顔をする？」

三日月に嗤う青い目が覗き込んでくる。

「選んだのは貴様だろうに」

直後、懐中電灯が雑草の上を転がった。朱理の喉仏を這いずった長い指が首を絞めるように巻き付いたのだ。十本のそれらが朱理のうなじの、ある箇所に触れた瞬間、どくんと全身の血液が波打った。

「ぐ、っ……」

「魂の匂いもわからぬ人間ごときにすべてを理解しろとは言わんが、約束だけは違《たが》えるなよ。すこしでも躊躇《ためら》えば後悔するのは貴様だ」

冷え切っていた身体が一瞬にして沸騰するような衝撃には未だ慣れない。

「……はっ、ぁ……」

闇の中で喘《あえ》ぎ、朱理はすぐにその手を振り払った。

「ま、あの程度の小物ではひと月ぶんくらいか」

言われて朱理は反射的に自分のうなじに触れた。

熱い――。どくどくと手のひらに生命の鼓動を感じる。

「つぎは……もうすこし稼げる」

すこし暖かな春の空気が、朱理の肌に汗を浮かせた。じわじわと体温が高くなる奇妙な感覚に酔いそうになりながら、懐中電灯を拾った。

「ではシュリ、ゆるりと行こう。我の好物を求めてな」

†

自動車整備工場の夜は遅く、朝は早い。

工場長の渋丘《しぶおか》は住み込みの従業員から呼ばれて、またか――と腰を叩《たた》きながら工場に出た。既に作業着に着替えてはいたものの、時刻はまだ五時半を過ぎたばかりで、妻がこしらえた味噌汁《みそしる》に口をつけたかつけないかというところだった。

「朝早くから失礼します」

男の口調は丁寧だが、声には覇気がない。

半開きのシャッターを押し上げながら、男は先週会ったときと変わらぬスーツ姿で工場に入ってきた。長袖ではすこし暑いくらいだというのに上着を羽織り、ネクタイもきっちり締めている。全身が黒を基調にまとまっているのに暑苦しく見えないのは男の薄暗い雰囲気のせいだろうか。不健康そうだ——と心配になるほど痩せている男だったが、最初に抱いた印象からさらに痩せたように感じた。

「警視庁の——」

「一之瀬さんだろ、わかっとるわ」

男は胸元から警察手帳を出しかけるが、不要だと悟ると戻した。

渋丘は職業柄、警察関係者と関わる機会が度々ある。ほとんどは交通課や生活安全課の裏取り目的の人間だが、ごくまれに刑事事件がらみのキナくさい捜査目的の人間も工場にやってくる。彼もそのひとりだ。

「具体的にどの事件調べてんのか言ってくれりゃあもうちっと協力する気にもなるけどもさぁ……ほんっと警察は勝手だよ」

渋丘の大きな文句は男の耳に届いているはずだが会釈しか返されなかった。

「個人情報とかいろいろあるんだろうけどもな」

刑事の口は堅い。そのくせしつこい。どんな事件のなんの捜査をしているのかは絶対に言わないが、こちらが持つ情報のすべてを引き出そうとしてくる。

やれやれと外履きスリッパを突っかける。

「しかも協力して至極当然な態度とくりゃあ、情報持ってたって教える気にもならねぇよ。別にアンタをさして言ってるわけじゃあねぇけどさ」

善良な市民として協力したいのは山々だけれども、仕事の邪魔をされるのには正直疲れた。ただ車の修理をしているだけなのに、犯罪の片棒を担いでいる人間を見るかのようにぎらぎらと睨まれるのも嫌だ。総じて渋丘は警察と名乗る者は嫌いだった。

「アンタうちに来るのは今月で何度目だい」

「五度目です」

「回数を訊《き》いてんじゃねぇよ。いまのは厭みだ」

その生真面目な返答に苛立つのが馬鹿馬鹿しくなって渋丘は嘆息する。

「……今日は擦《こす》れのあった車両は入ってきてますか？」

「オレぁまだ朝飯も食ってねぇんだけどよ」

「それはすみません。この周辺ではこちらの工場がもっとも朝早くからやっていらっしゃるので。このあと住み込みの工場だと二丁目の○○工場と、総合病院前の××工場の順にまわる予定です。八時からはそれ以外の工場を一気にまわるので……」

「あぁん？　アンタ一日でどんだけまわる気だ？」

渋丘はふと足下に目をやって驚いた。男の足首から上はそれなりに清潔で気づかなかったが、革靴は擦り傷だらけでゴム部分はぼろぼろだ。

「アンタ……どこに住んでんだ？」

「杉並です」

「この港区《みなとく》に住んだことは？」

「ありません」

「ってことは、住み込みの工場かどうかなんてどうやって調べたんだい」

「訊いてまわりました。公開されている事業情報だけではわかりませんので」

「まさか今日だけで港区の工場ぜんぶまわる気か？」

「昨日は北区《きたく》と板橋区《いたばしく》と豊島区《としまく》をまわりましたから、今日は港区を。できれば夕方までには渋谷区《しぶやく》もまわろうと思っています」

「ひ、ひとりでか？」

「はい」

渋丘は言葉を失った。いったいその細い体のどこにそんな体力があるのか。

男は入庫している待機車両のまわりをぐるりとまわりながら、渋丘の質問に淡々と答えていた。

正気か、と渋丘は青ざめた。ちらりと見えた靴底が限界まで磨《す》り減《へ》っている。この男は短期間に相当な距離を歩いている。明日にでも靴底が割れてしまいそうだった。

男は手袋をした指で車両の傷をなぞり、黒く汚れたそれのにおいを嗅いだ。

「……違うな」

と、低い声で呟く。鼻で判断しているのかと渋丘はまた驚いた。

それから男は頭を垂れて「大変お手数ですが」と、前回と同様の台詞《せりふ》を吐いた。

「車両の写真だろ……好きに見ろ」

渋丘は奥の棚にさしていた今月のファイルを取って投げた。最近では入庫時の車両の傷をデジカメで撮る工場がほとんどだが、この工場ではフィルムカメラだ。こだわってそうしているわけではないが、誤魔化しが効かないので後々客と揉めないことと、その場で現像できないことを理由にのんびり仕事ができるので変えていないだけだった。

フィルムが一定数たまるとプリントして保存している。今週分はまだ現像していなかった。そう伝えると、男はまた来るからいまあるだけでいいと言った。

男は注意深く一枚一枚を眺めては、気に留まった一枚を見つけるとスマートフォンで写真を撮った。ときには顔を近づけ、難しい表情をする——その繰り返しだった。

渋丘は手持ち無沙汰に腕を組んでいた。することがないので男の頭からつま先まで、じろじろと容姿を眺めていた。朝飯を食べに戻ってもいいのだが勝手に写真やネガを持ってていかれても困る……渋丘は見張るていだと言い訳を頭に置いて、男を観察することにした。

男は見たところ三十代といったところか。おそらく渋丘より二回りは年下だろう。そのくせ肌には艶がなく、白髪が多い。若い警察官特有の手柄を取ってやろうと脂ぎった目をしているわけでもなかった。感情のない機械のように、ただ黙々と、冷淡に、濁った瞳を動かしている。……不気味な男だ。なにより、たったひとつの証拠を得るための執念と執着が異常だった。いま捜査している事件に特別な想《おも》いでも抱いているのだろうか。やがて渋丘はふぅと鼻から息を吐き出す。

「アンタいくつだよ」

尋ねても男は応えない。

「世間話くらいいいだろ。オレぁもうすぐ七十だ」

「……三十一です」——ようやく口を開く。

「なんだ意外と若《わけ》ぇな。随分と疲れた顔してっから四十手前ぐらいかと思ったぞ。嫁さんに苦労でもしてんのかい？」

渋丘の冗談はさらっと無視された。あぁそうか、と思って視線を上に向ける。

「いまの若者にそういうことは訊いちゃいけないんだったな」

「三十一歳は……若くはないと思うので、お気遣いなく」

「おぉっと、そっちか」

予想外な返しをされたので思わず笑ってしまう。気難しい男かと勝手に思い込んでいたが、仕事に対して実直なだけかもしれない。意外な反応に和んだ渋丘の口がつい緩む。

「で、どんな傷を探してんだ？」

渋丘は長い人生の中で初めて警察官に協力的な言葉を投げかけた。

男は表情を変えないまま顔を上げた。

「高さは膝から腰のあたり。左前バンパーから左ドアあたりに、タイヤが当たって擦れた跡がある車両の所有者を探しています」

「タイヤ……？」

「自転車のタイヤと接触した傷です」

「そいつぁ見つけんのは難しいだろうな。よほどの神経質でもガソリンスタンドで直して終《しま》いだ。傷ができるたびにこまめに来るヤツぁ稀《まれ》だよ。車検のときについでにやっちまえばいいやって、ずぼらなヤツも少なくねぇよ」

「……その稀な人物を探しているんです」

渋丘はぱちりと目を瞬《しばた》いた。そんなにしょっちゅう修理を頼んでくる怪しい人間がいたら、さすがに警察に一報を入れている。

「思い当たる人物がいましたらご連絡ください。名刺は……」

「前にもらったよ」

「そうでした。お忙しいところ失礼しました」

起伏のない掠れた声でそう言うと、男は軽く頭を下げて半開きのシャッターをくぐって行こうとした。「おい」と渋丘は思わず呼び止める。男は中腰のまま振り返った。

「なんか目撃証言はねぇのか、車種とかナンバーとか、塗装とかタイヤ痕とかよ」

男はわずかに眉を顰めて「ないに等しいです」と答えた。

「アンタ刑事さんだよな」

「はい」

「ってことはただの接触事故じゃなくて、刑事事件なんだよな？」

「ええ、まぁ」――男は躊躇いながらも肯定した。

男の名刺には猟奇なんとか、と印字されていたのを記憶している。渋丘はそれをふと思い出してきっと相当な殺人事件の捜査なのだろうと解釈した。

「接触事故なら現場にタイヤ痕ぐらい残ってんだろ？」

すると男はすこし返答に迷ってから慎重に言葉を選んできた。

「五件……すべて塗装もタイヤ痕も違います」

「そりゃあぜんぶ別の人物じゃないのかい」

「いいえ、都内に土地勘のある同一犯による犯行だと思っています。第三者に目撃されにくい時間帯と、場所を把握している可能性が高いです。ですからこうして頻繁に修理工場をまわっています」

「自転車と接触した車両の持ち主ぜんぶ当たるつもりか？」

「車両というよりは、修理に出している回数が多い人物を探しています。たとえば数台車両を所持しているか、家族が所持しているものを乗り回している、ないしレンタカーを使っているか。いずれにせよそれなりに経済的に余裕のある人物……です」

すこし喋《しゃべ》りすぎたと思ったのか、男の語尾が弱々しく消えていく。

「アンタの目的はわかったよ。ったく、最初からそう言ゃぁいいのに」

「……どうも」——男はばつが悪そうに目を逸らした。

「聞かなかったことにしといてやるよ」

「そうしていただけると……」

「ところでレンタカー会社はまわってんのか」

「はい、都内はすべて。ですがレンタカーの線は薄いかと……」

「まぁレンタカーだと擦ったら警察に届け出を求められるからな」

「おっしゃる通りです」

渋丘は『五件……』と男が濁した言葉からテレビで報道されている女子大生連続殺害事件を想像した。もし工場にそんな車両が持ち込まれたらたまったもんじゃない。もしかしたら既に持ち込まれているかもしれないと思ったらゾッとした。案外広いようで狭い業界だ。嫌な噂はまたたく間に広まってしまう。

「……待てよ……」

もしや——と頭を掠めたが、安易に顧客情報を渡すのは工場の信用問題に関わる。

渋丘は迷った。その迷いを悟った男の目が、訝《いぶか》しんで注視してくる。

幾度か言い出しかけて結局言えず、渋丘は口をへの字に曲げた。

「なにかあればご連絡ください」

静寂を返事の代わりにした。渋丘の額にじとりと汗が浮かぶ。

男はやがて灰青色《はいあおいろ》に染まりつつある都会に消えていった。

†

女子大生二十三区連続通り魔殺害事件――。

五件目が発生してから半月が経《た》った。捜査本部は事件の長期化の懸念を理由に、奇特捜と情報を共有した。表だっては捜査の強化との判断と遺族関係者に伝えているようだが、実際のところは捜査員の数を大幅に減らしている。実質捜査にあたっているのは朱理ただひとりだけだ。まもなく完全に奇特捜案件という扱いになるだろう。これは警察内部の効率を考慮した都合であり、一般的には捜査は変わらず継続されていると思われている。

一匹の働き蟻《あり》が縦横無尽に動きまわっていれば、大群が動いて見える。その蟻が奇特捜だった。警察組織が管理する「共有ネットワーク」の存在により、多くの捜査官が捜査状況を閲覧可能状態であり捜査は強化しているなどと言い訳にできるわけだ。

だがいまの朱理にとっては、その迅速と効率をはき違えている、言い訳だらけの現代社会の矛盾などどうでもよかった。

——むしろもっと殺せばよいのだ。そのほうが我にとっても、貴様にとっても都合がよいであろうが。

ベルの言う通りだ。朱理はうなじに左手を当てる。

より凶悪な殺人者を見つけられる機会が増えれば増えるほどいいと思っていた。

……捜査を開始してから三週間が経過した。

朱理は第二の殺人があった現場付近、練馬《ねりま》の果てにある京花《けいか》女子大学から最寄り駅まで歩いて戻っていた。京花女子大学は坂の上にあり、どんなに早く歩いても明るい道路に出るまで二十分はかかる。故に学生たちは通学には自転車かバスを利用していた。

殺された女子大生は自転車で駅に向かっている途中で殺された。捜査資料によると、第二の事件が発生した現場はあの苺農園と似ている。倒産して夜逃げした農場だった。

凶器はやはりその場に残されていたロープだ。

「中肉中背、A型の男性、前科はなし……」——朱理は駅を振り返って呟いた。

駅前には大型の無料駐輪場がある。ほとんどの学生たちはこの駅から自転車に乗って大学に向かい、授業が終わると駐輪場にとめて電車に乗って帰るようだった。

「このクレームブリュレクレープとやらは美味いな！」

「でしょー？」

駅前にとめられたクレープ屋のワゴン車前で、明るく甘ったるい声が響く。

「お兄さん外国人？　観光客？　どっから来たの？」

「ギリシャからだ」

「ギリシャ！」

「やばっまじで！」

「いまは我ら悪魔界隈《かいわい》で流行中のジャパンツアーを満喫中だ」

「えーまじお兄さんイミフでおもしろーっ」

「言葉遣い変で超かわいぃー、ねぇ連絡先交換しよー？」

金髪碧眼の青年は駅前で女子大生ふたり組と戯れていた。見目麗しい青年に女子たちはすっかり心を奪われているようだった。朱理は密《ひそ》かにため息をつく。

「あいつはまた余計なことを……」

京花女子大学までは一本道ではない。コンビニや本屋を経由するルートや、陸橋を渡るルートもある。実際歩いてわかったことだが、大学から駅までの最短ルートは街灯が最も少なく、車の通りがほとんどない。第二の殺人はその道の途中で起きた。

先週聞き込みに来たときと景色はなんら変わっていない。

駅前に店が集中していて、駅から離れれば離れるほどシャッターの下りた店が増え、昭和の色を濃く残したマンションの隙間に、空き家らしき荒れた建物がぽつぽつと見える。大学周辺に点在する賃貸アパートには『空室あり』の看板が目立った。

そういえば——と、朱理ははためくクレープ屋ののぼりに目をとめる。先週聞き込みに来たときにはこのクレープ屋のワゴン車はなかった。いろいろな場所に移動して商売をしているのだろうから特別事件についてなにか知っているとは思えなかったが、朱理はこっそり——念のため——と、車両の状態の確認も兼ねて声をかけることにした。

「警視庁の一之瀬といいます。すこしお話よろしいですか」

ワゴン車の中でバナナを切っていた男はきょとんと目を丸くし、警察手帳を掲げる朱理を見下ろした。男は髪を明るく染めている。左右非対称な髪型で、片耳には大きな黒いピアスがぶら下がっていた。遠目からは二十代半ばくらいかと思ったが、相対すると意外にも落ち着いた雰囲気の男だった。クレープ屋という職業柄、若年層が話しかけやすいようわざと若作りをしているのかもしれないと朱理は思った。

すると彼は「もしかしてあの事件?」と、数度瞬《まばた》きし、作業の手を止めた。

「女子大生が殺されてるやつでしょ」

「ええまぁ、そうです。なにかご存じないかと……失礼」

靴紐《くつひも》を結び直すふりをしながらワゴン車の左側面を確認したが、傷ひとつなかった。

上から塗料をのせた形跡も見受けられない。とはいえ新車とは言いがたく、そこそこ使われている車両だった。事件とは無関係のようだが、朱理が警視庁と口にしただけで、彼は——あの事件——とすぐに答えたことに引っかかりを覚える。

「なぜすぐに女子大生連続殺害事件のことだと思われたのですか？」

立ち上がって朱理は再び彼を見上げた。

「この近くで殺されてるんでしょ、あの子たちから聞いてるもん」

個性的な髪型の男は、未だベルの周りで騒いでいる女子大生たちを指さした。

「危ないからなるべく『いつもの道』で帰るようには言ってるよ」

「いつもの道、とは？」

「寄り道しないで帰ったほうがいいよって意味だよ」

「……なるほど。あなたはどのぐらいの頻度でここで出店されているんですか？」

「うーん、別に決まってないね。稼げそうなら出店許可が下りてる場所に不定期で行く感じ。ここは四月になって学生が増えてきたから、ぼちぼち。……あぁ、前日にＳＮＳで告知はしてるよ」

「事件当日はここに出店されてましたか？」

「んー、どうだったかなぁ……何日？」

朱理はさっと手にしたスマートフォンの画面に視線を落とす。

「三ヶ月前の十八日です」

「ちょっと待ってね」

男は両手をエプロンで拭いてから、ごてごてに飾られたスマートフォンをいじった。

「んっとね、あー……その日は……光《ひかり》が丘《おか》に行ってるね」

「ここからさほど遠くはないですね。何時ころまで光が丘にいましたか」

「……え、なに？　オレ疑われてる感じ？」——男は怪訝《けげん》そうに顔を歪める。

「警察官は疑うのが仕事なもので」

「たぶん夜の八時には引き上げたと思うよ。だいたいいつもそんぐらいだし」

「証明できる方はいますか？」

「さぁね。それを調べるのが警察の仕事じゃないの？」

明らかに嫌そうな態度で男は答えた。

「失礼ですがお名前とご連絡先を教えていただけますか」

名刺を差し出すと、男は苛立った様子でそれを奪った。名刺の裏にがりがりと書きつけ突っ返される。岡崎茂明《おかざきしげあき》、と書き殴ってあった。

「念のためですが免許証を拝見してもよろしいですか」

「はぁ？　んだよ……職質かよ……。嘘ついてないよ、ほら」

彼は渋々二つ折りの財布から免許証を出す。三十五歳……住所は、東京都——。朱理が免許証番号の控えを取らせてほしいと伝えたら、いよいよ彼は激高した。免許証をふんだくられる。

「なんなんだよアンタッ、オレは殺人犯じゃないよ！」

朱理は表情を変えず「ご協力ありがとうございました」と、そっと名刺を警察手帳にはさんだ。彼の剣幕に驚いたのは金髪の青年とスマートフォンで写真を撮っていた女子大生たちだった。マスカラとアイラインをたっぷり塗った四つの目が見開かれる。

「えっ……あの人って」「マジもの？」「マジっぽくね……？」

ふたりは朱理に熱っぽい視線をやりながらひそひそ話し始めた。

「シュリよ、このおなごらの話は聞かなくていいのか？」

「いらん。怨恨の線は見ていない。……もういいか、行くぞ」

「まぁそこそこ楽しめたからよしとするか」

クレープを食べ終えた金髪の青年は満足そうに指を舐《な》める。女子大生を小脇にはべらせてふてぶてしい笑顔を浮かべた。勢い余って彼女らを掻き抱くような下卑た気配を感じた朱理は肩を落として「早く行くぞ」と念を押す。

「ねぇベルちゃん、あの人ってぇ……」

女子大生のひとりがベルのシャツの袖を引く。朱理が聞き込みをしている間に、すっかり仲良くなったらしい。金髪の青年はにこりと笑んだ。

「うむ、殺人事件を調べておる刑事《デカ》だ」

「やば――――いっ！　やっぱ本物の刑事じゃん……ッ！」

「待って待ってドラマじゃねドラマ、まじドラマ！」

彼女たちのテンションが一瞬にして爆上がりする。ぴょこぴょこと髪の毛を跳ねさせ、自撮りのシャッター音が鳴り響く。朱理は額に手を当てて重いため息をついた。

「おいベル、余計なことを言うな」

「いいではないか、おなごに持《も》て囃《はや》されるのは心地よいことだぞ」

「おまえと一緒にするな。……コラやめろ、許可無く人を撮影するんじゃない。学校で習わなかったのか」

女子大生ふたりは朱理に声をかけられて、ハッと顔を見合わせた。

「枯れ系……めっちゃアリ」「アリよりのアリ……」

彼女らはスマートフォンで口元を隠しながら、品定めするような目で朱理を見上げる。警戒心が薄く好奇心旺盛な年頃の彼女たちに、朱理はわざと眉間に皺《しわ》を寄せて不愉快な表情を向けた。睨まれたふたりは、怯《ひる》んで肩をすくませたものの、口元を綻ばせてむしろ注意されたことを喜んでいるかのようだった。

「なんの事件の捜査なんですかぁ？」

「うちらでよければなんでも訊いてください」

朱理はステレオで詰め寄られてさらに表情を険しくする。

女子大生の熱い視線は完全に「刑事」というステータスの男に向いてしまった。

「……こんなところで道草食ってないで早く家に帰れ」

「えー、なにそれぇ！」――子ども扱いされたことに片方が頰を膨らませた。

「役に立つ情報あるかもしんないじゃん！」

「そのときは一一〇番しろ」

冷たくあしらうと彼女たちは揃って唇を尖らせた。

朱理はさっさと駅に向かう。一刻も早く――時間が惜しい。そう思いながら、朱理は舌打ちしてうなじを引っ掻いた。

「はー……女子大生ブランドに食いつかない男って、マジどうなの？」

「刑事だから仕方なくない？　職業柄っしょ」

両極端な雰囲気の男ふたりが去って行くのを見送りながら、刑事のそっけない態度に対し悪態をつくいっぽう、もうひとりの女子はカラリとしていた。

「あーゆードライに見せてる男のほうが意外とSNSとかマメにチェックしてるんだよね。写真アップしたら食いついてきそうじゃね？　なんか女のほうに突っかかる理由ないと踏み込めない男っているじゃん」

「アタシはそーゆームッツリ系は無理、積極的なほうが好み」

「まぁそー言わずに公務員を狙っていこうぜ……って、あれ……？」

撮影した写真をSNSにアップしようとスマートフォンを操作していた女子大生の表情が曇る。「え、どした？」名残惜しく去って行く金髪の青年に手を振っていたもうひとりが、友達の手元を覗き込んだ。

「いま……ウチら写真撮ったよね」

「うん、撮ったよ？」

「ないんだけど……てゆーか――」

画面には駅前の景色と、彼女たちふたりの姿しか写っていない。記念撮影した金髪の美男子も、ちょっと渋い雰囲気の色っぽい刑事も、そこにはいなかった。

「ウチらは写ってるよね」

「うん……」

「待って、もしかしてアタシのもッ？」

スマートフォンを突き合わせながらふたりは呆然《ぼうぜん》と画面を見下ろす。

「幽霊……とか、じゃないよね……」

「そ、そんなの……いるわけないじゃん……」

振り返れば既に彼らの姿はなかった。

†

朱理が警視庁猟奇殺人事件特別捜査課に戻ったときには既に夜の十時を過ぎていた。神楽坂課長も、新人の健一も、とっくに帰ったようだ。朱理は真っ暗な室内に一歩踏み入れ、壁のスイッチを探る。パチン、と明かりを点ければ朱理のデスクだけがひどく荒れているのが目立った。様々な事件の捜査資料がぐちゃぐちゃに積み上がっている。

しかし伏せられた写真立ての周囲だけ、穴が空いたように物が無い。

「……もうすこしだ……」

それを一瞥してから、朱理は硬い面持ちで椅子に腰掛けた。乱雑に積まれた資料の中から折りたたまれた地図を引っ張り出して広げる。東京二十三区の地図だ。地図には既に五つの点がうたれ、それらは赤い線で繋がっている。朱理は定規で引かれたその五芒《ごぼう》星《せい》の線をゆっくりと指でなぞった。

第一の殺人、第二の殺人、第三の殺人、第四の殺人、第五の殺人——……その中央にトン、と指をあてればそこは港区である。

「あの修理工場、なにか知ってるな……」

どう揺さぶるべきかと考えあぐねたところで目眩《めまい》がした。朱理はそっと瞼を閉じる。

ぎしりと椅子の背もたれを鳴らして天を仰ぎ、軽い休憩を取ることにした。何十時間と眠っていない目は重く、ひたすら歩き通した足の筋肉は棒のように張っている。

——十五分でいいか……。

壁時計が時を刻む音を聞きながら、肉体に必要最低限の休息を与える。なにも考えない。なにも思わない……。つとめて記憶も感情もシャットアウトして闇の中に浸れば、眠りに誘われる感覚が指先から這ってきた。両腕をだらりと下げ、ただただ壁時計の長針が揺らぐ音を耳に、十五分経過するのを待つ。

『……あなた、今日は早く帰ってきてね』

『わかってるよ』

『真由がケーキを焼くんですって。昨日こっそり材料をお買い物してきたのよ』

『そういうのはサプライズにしてくれよ。驚き甲斐《がい》がないじゃないか』

『だってそうでも言わないと早く帰ってきてくれないじゃない、去年だって——』

『わかったわかった、今年はなるべく早く帰るから』

『なるべくって、まったくもう。……いってらっしゃい』

——……十五分、経ったか。

ゆっくり瞼を上げると、蛍光灯が放つ光が黄色く染まって見えた。目頭をきつく押さえれば気のせいだったかのように室内が白く戻る。

濁った記憶の断片に触れて胸焼けがした。――だから眠るのは嫌いだ……、と朱理は苦く思った。

「人を殺す者は――」

唇を薄く開け、地図上の五芒星の中心を見つめる。

「殺される覚悟のある者だ」

朱理は自身の心臓に杭《くい》を打つように呟いた。

カチ、と長針が十時三十分を示した直後、朱理のスマートフォンが鳴った。

「……もしもし、一之瀬です」

電話の主はやや興奮気味にまくしたてた。

朱理は想定の範囲内だと思いながら「はい」「そうですか」と単調な相づちを打った。耳と肩でスマートフォンを挟み、姿勢を正す。緩みかけていたネクタイを締めた。

相手はやけに冷静に受け答えする朱理に疑問の言葉を投げかける。

「いえ、かならずあなたからお電話いただけると思っていましたので」

そう言うと相手は苦笑した。

「ご協力に感謝します、……はい、では……」

東京二十三区の地図に視線を落とす。

——いい頃合いだ。

電話を切ると朱理はふーっと細く息を吐いて、改めてスマートフォンを耳に当てる。

何回かのコール音のあとに、相手は眠そうな声で電話に出た。

「俺だ。……あぁそうだ、食事の準備が整ったぞ」

†

連続殺人犯にはパターンが存在する。それはある種、欲望の成功体験に基づくものであり、成功した回数を重ねれば重ねるほどに特徴は色濃く浮き出てくる。

ある犯罪者は黒髪ストレートヘアの女に固執した。

また、ある犯罪者は十代の声変わり直前の少年ばかり狙った。

最初の殺しで快楽の絶頂を知ると、二人目からはそのとき覚えた感覚を追い求める作業に入る。三人目からは被害者の輪郭が「記号」になる。

結果的に、最初に得た達成感と興奮が殺人犯を突き動かすのだった。

最初に殺した人間はどんなヤツだっただろうか。

どんな場所で、どうやって出会って、どのように殺したら気持ちよくなれただろう。

　──……よって、オレは、三人目からはどう殺したのかあまり覚えていない。

「また車を擦ったの？」

　年老いた母親が料理を作りながら、テレビを見ているオレに話しかけてきた。

「あなたは本当にドジな子ね」

「うん、ごめんねママ」──と、オレは甘えた声で応える。

　十八畳の広いリビング。寝転がれる大きな飴色《あめいろ》のソファ。大画面で観《み》るテレビは昨年買い換えたばかりだ。二階に三つある部屋はすべてオレのもので、そのうちの一室は中古のパソコンと中古で買いそろえたゲーム機で埋まっている。ベッドはダブルサイズでふたつあり、その日の気分で寝る場所を変える。部屋は散らかしておいても母親が勝手に掃除してくれるようになっている。

　オレは生まれたときから特別だった。父親は医者で、母親は元看護師。晩婚の両親が不妊治療を繰り返しようやく得た天使がオレで、ひとりっ子のオレは世間から傷つけられないように大切に育てられてきた。お陰で反抗期もなく良《い》い子に育った。

　勉強は「しなくてもいい」と言われていたので、毎日好きなゲームばかりしていた。学校の成績は良くなかった。大学は二浪《ろう》した。なんとなく周りの空気に流されて就職した会社はすぐに辞めたけれど、両親は特にそのことを責めたりはしてこなかった。

それはオレがいつも「素直でダメな子」を演じているからだった。

「どうしてこんなにドジなのかなぁ、ごめんなさい……」

我ながら今日も泣きそうな演技がうまいと思う。しょんぼりと肩を下げて落ち込んだ態度を見せれば、母親は手を止めて「いいのよ」と優しく慰めの言葉をくれた。

「いま直してもらってるから、明日には乗れるわよ」

「本当っ？　ありがとうママ！」

振り返って満面の笑みを向けた。母親もつられて笑った。

両親とは三十五年間、こうしてうまくやれている。喧嘩《けんか》らしい喧嘩なんてしたことはない。いつだってオレはヘマをするとすぐに謝ることにしているし、自ら反省する――態度を見せる。確かに出来は悪いけれど、なんて素直で良い子なのだろうかと自賛すらしたくなる。両親もきっとオレのことをそう思っているに違いなかった。

「もうすぐカレーができるわよ」

「はぁーい」

オレはテレビに向き直って、自分の前にカレーライスが置かれるのを待つことにした。いつもこうして座っていれば食事が運ばれてくるのだ。

「カレーだぁいすき」

そう甘え口調で言いながら、頭の中では最初に犯して殺した女子大生のことを考えていた。

テレビでは十五かそこらのガキが、群れを成してケツを振りながら歌っている。社会を知らない無垢《むく》な子どもにしか相手をしてもらえないロリコン趣味のオトナの都合で、全員似たような化粧を施され、セーラー服を連想させる衣装を着せられている。

全員可愛い。だけど、ただそれだけだ。

まるでショーケースに並ぶ人形みたいで、手に取って遊べるような玩具《おもちゃ》ではない。

女は二十歳前後ぐらいで、処女を失っていて、自分はオトナになったと勘違いしている、ちょっと汚れたタイミングが男にとってはちょうどいい遊びの道具だとオレは思う。

そういう玩具は、男からなにを求められるのかわかっている。オレがスラックスのベルトに手をかけたとき、自分がどのように壊されるのか「知っている」、そういう女の絶望した顔が最高にイイ。恐怖で震えているのに、男を受け入れる準備ができあがっている身体がたまらなくイイのだ。

少女――ではなく、女――ということが、オレにとっては重要だった。

いまからなにをされるのかわからない小便くさい女なんて興味がわかない。

オレは一度誰かに使われた玩具が好きだ。女という玩具もその例外ではない。

その玩具を壊して、放置する。わざわざ片付ける必要はない。掃除業者がいるように、社会にはそういう仕組みがちゃんとできている。誰かが絶対に片付けてくれるから。

「そろそろ新しい車がほしいなぁ」

「じゃあ週末にでもパパと新車を見に行ってらっしゃいな」

湯気が立ったカレーライスが運ばれてくる。甘口で、野菜抜きだ。

オレは両手をあわせて、にっこりと母親を見上げた。

「ううん、安い中古でいいんだ」

母親はオレが遠慮しているのだと思ったらしく、あやすように頭を撫《な》でてきた。

……やっぱり最初の興奮は忘れられないよね。

と、オレは鼻を鳴らす。週明けには新しい中古車のハンドルを握っていた。

二人目のときもそれなりによかったけれど、衝撃は回数を重ねると鈍るものらしい。

寂れた苺農園の脇道をゆっくり走る。夕陽が沈めば、この辺りはすっかり暗くなる。

近くにある農業系の大学に通う女子大生たちから聞いて何度も走った道だ。――暗くて危ない「いつもの道」――と耳にして。

オレはその話を聞き、だったら寄り道せずに帰りなよと忠告した。明るいお店には寄っちゃダメだよ、なるべく距離が短くて、暗くてもいいからとにかく早くお家《うち》に帰れる道がいいさ。そう、キミたちが通う「いつもの道」に、いつもの時間通りにね、と。

『そうします』――彼女たちは素直に応えた。

彼女たちは大学の講義が終わってすぐに帰れば、必然的に毎週ほぼおなじ時刻にここを通る。オレはその中でも特に遅い時間に帰る玩具を品定めすることにした。それからオレは何度もここを走った。何度もシミュレーションした。

そうしてようやく決めた玩具を狙い、アクセルを踏む足を浮かせた……。

「見ぃつけた」

前方に、僅かな光が蛍のように浮かび上がる。

その光は近づけば徐々に人の形をあらわしはじめ、やがてヘッドライトが自転車をこぐ若い女子の姿を照らした。

緩やかに左にハンドルを傾けながら、バンパーが接触する直前を見極めて、きゅっと右にハンドルをきった。するとオレが運転する車は僅かに尻を振った。

滑るように車体の左側面が女子大生の自転車の後輪に衝突する。

事故としてはたいした接触ではない。自転車に乗っていた彼女が悲鳴をあげる。横倒しになって転んだ。草むらに白い足が沈むのが見えて、思わず舌なめずりする。

「……まだだよぉ……」――衣服の上からやんわりと下半身をさすった。

そのざわざわと湧き上がる興奮を静めるように、ごくんと唾を飲み下す。

オレは表情を変えた。慌ててといわんばかりに車から降りて彼女に駆け寄った。

「ごめんなさい！　怪我はありませんか？」

「あ……、は、……はい……」

いきなりのことに彼女は気が動転し言葉を詰まらせ、狼狽《うろた》えていた。

手を差し伸べると、おずおずとオレの手を取った。服についた土埃を払って立ち上がる。動揺を隠せない彼女の目は、後輪が歪んだ自転車に向けられる。オレもすぐにそれに気づいたふりをして勢いよく頭を下げた。

「自転車を弁償します！ オレの名前と住所を言いますのでなにかにメモしていただけませんか。あぁっ、オレもメモしなきゃ……ちょっと待ってくださいね、えっと、スマホ……スマホ……」

ぺたぺたと自分の身体を触り、尻ポケットを探るフリをした。

オレが真摯で真面目な男である様子に安心したのか、彼女は背を向けて隙だらけになった。弾け飛んで苺農園が棄てた残骸に引っかかっている鞄《かばん》を取ろうとしていた。

あのときとおなじ。

最初に犯して殺した玩具だ……。

オレは――あの快楽の絶頂を求めて、しゃぶるように彼女の腕を摑んだ。

「その手を離せ」

低く掠れた声がオレのすぐ後ろから響いた。

オレは目玉をぎょろりと横に動かし、肩越しに振り返る。闇夜に溶けるように不気味な雰囲気を纏う男が立っていた。背筋が凍える心地のする濁った双眸《そうぼう》と、血色の悪いその顔には見覚えがあった。

「……刑事さん……」

「岡崎茂明。おまえに聞きたいことがある」

「なんで……」——ここに、いるんだ。

「怖かったよぉ〜ベルちゃぁんっ！」

摑んでいた手の力を緩めると女は脱兎《だっと》のごとく逃げた。

どこからともなく金髪の若い男がするりと姿を見せて、彼女を受け止めた。

「協力に感謝するぞ。怪我はないな？」

「う、うん、ないよ！」

「ならばよい。帰れ、今日あったことは他言するな」

「ベルちゃん、ホントのホントにデートしてくれるんだよね？」

「我は約束を違えぬ、さぁもう行け」

図ったようにタクシーが一台こちらに向かってきた。女は金髪の若い男を何度も振り返りながら走って行く。刑事は訊いてもいないのに「俺が呼んだ」と告げた。

「あの、なにか誤解してませんか？」

オレは両手を広げ、つとめて明るく言った。

「そんな怖い顔しなくてもちゃんと警察には事故届を出しますよ」

「……必要ない」

「え？」

「これは事故じゃない。決まった時間に、『いつもの道』を下校する女子大生を狙った計画的な強姦殺人だ。軽微な事故を装い、被害者の怪我を心配する善良な男のふりをして彼女たちを襲った。だが、おまえはあまりにも短期間に事故を起こしすぎたな」

「は……？」――どういう意味だ。

口元がひくつく。

「ドジな息子がしょっちゅう車を擦ってしまう、高齢の女性はそう言って毎度律儀に車を修理に出しては、なぜか売りに出していた。あのドジな息子さんなら仕方ないね――それは近所では日常化しすぎていて修理工場の人間も不思議に思わなかったそうだ」

「なんの話……？」

「金持ち親子のドジな道楽。その異常だけれども当たり前になっていた日常が、実はおかしいことに気づいた修理工場のある人物から情報提供があった」

血の通っていないみたいな声で、オレの道化の皮が剝がされていく気がした。

「いつかかならずここに戻ってくると思っていた」

「待ちわびたぞ、殺人者よ。お陰で我の胃袋はあんパンと牛乳で膨れ上がっておる」

「ベル……おまえはちょっと黙ってろ」

刑事は上着の内ポケットに手を忍ばせた。令状か、手錠か。オレはそのどちらの可能性も想像して思わず屈服しそうになったが、すぐに考えを変えた。この刑事はさっき、オレに『聞きたいことがある』と言ったのだ。おそらく確証があってオレを罠《わな》にハメたわけじゃない。そう思えば妙な自信がわいてきた。

「や、やだなぁ刑事さん、ママはそうやってすぐオレのせいにするんだ。なにか悪いことがあると出来が悪い息子のせいにしとけば周りは笑って済ませてくれますからね……。オレが事故ったのはこれが初めてですよ？」

刑事は表情ひとつ変えずに手を引き抜いた。その手には、なにも握られていない。やっぱり——と、オレは逃げ道を思い付いて喜びに目を見開く。

この刑事は早まった。囮《おとり》を使って事故の瞬間は捉えたかもしれないが、強姦殺人については証拠を持っていないということだ。だってオレは誰にも見られてはいない。何度も何度も、入念に調べた、ここなら絶対に大丈夫だという場所と時間を見つけた。犯行の目撃者がいたらとっくにその情報は出回っているはずだ。

「ねぇ刑事さん、オレ知ってるんですよ。痴漢冤罪《えんざい》も強姦冤罪も、警察署に出向いたら勝手につくられちゃうんだって。それで泣き寝入りしちゃう男は多いんですって。だからオレは署にご同行はしませんよ」

刑事は悔しいと思う感情を押し殺しているのだろうか。眉ひとつ動かさない。

「もちろん事故の届け出だけはやっときますよ」

それじゃ、とオレはさっさと車に戻った。

運転席のドアを開けてから「あ、」とオレは脳天から高い声を出した。

「根拠も無いのに疑われて傷ついたんで、パパにお願いして弁護士立てますね」

ぽつんと残された黒い背中が小さく見える。

――残念でしたぁ。

「税金泥棒さんは言い訳の準備しといてくださいねぇ」

滑稽で、つい笑えてきた。

しかし警察から目をつけられたということは潮時かもしれない。おなじ手口はもう使えないだろう。落ち着くのを待って、自分に向けられたマークが外れた頃合いに今度は違う方法で玩具と遊ぶ方法を考えようと思った。クレープ屋で都内をまわっている限り、女子大生たちの動きは目につくし、嫌でも耳に入ってくるのだから。

「岡﨑茂明、おまえが女子大生連続殺害事件の犯人であることは既にわかっている」

「いやだからそれはさぁ――」

「俺の名刺を覚えているか」

「はぁ？　名刺……？」

「クレープ屋で俺の名刺に吐き散らしたおまえの唾液のＤＮＡ型と指紋が犯行現場に残された証拠と一致している。裏にはおまえの直筆の字も添えられている」

「あのさぁ……」

オレは苛立って奥歯を噛みしめた。

「なんでそれを最初に言わないの」

プツンときた。

「訊きたいことがあるからだ」

オレは、ははっと大げさに笑った。

「訊きたいこと？　なにを。殺した理由？　別にそんなの理屈じゃないよ。殺したいと思ったから殺したんだけど、それ以外になにかあると思う？　アンタだって虫を殺したことぐらいあるでしょ。そのときなにか高尚な理由でもあった？」

すっかり道化の皮が剝がれたオレは敬語を使うのをやめた。

「……それが、殺した理由か……」

刑事は微動だにしない。隣に立つ金髪の男はなぜかにやにやしていて、オレではなく、ずっと横の刑事の顔を見ている。

「まぁ唾液と指紋だってさ、ねつ造しようと思えばいくらでもできちゃうんだよねぇ。あーこれだから警察ってこわいこわい。じゃ、あとは弁護士さんとやり取りして」

運転席に乗り込もうと中腰になった瞬間、ぞくん——と、背筋を這うものを感じて、慌てて首だけ上げた。刑事は肩越しに、オレに氷のような眼差しを向けていた。

なにか様子が変だ。やけに静かで、やけに暗い。この黒い闇の中で、なんであの刑事は落ち着いているんだ——据わった目がなんらかの目的をもってオレを見ている。

不安が勝手にせり上がってきた。かたかたと指が震え出す。

「俺はおまえを司法の手で断罪させるために来たわけじゃない」

刑事はゆっくりと両手に黒い手袋をはめる。

「殺しに来ただけだ」

「……は、……はぁ？」

振り返った刑事の上着がめくれて、左脇で鈍く光る拳銃が目に映った。

まさかそんな、日本の警察が撃つなんてことは——……。

「ヒ……ッ」

一切の感情を殺したかのような双眸にまっすぐ捉えられ、ぶるりと足がすくんだ。

徐々に近づいてくる躊躇《ちゅうちょ》のない気配。まさか、そんな。本当にオレを殺すつもりなのか——と、思わず足がもたつく。

迫る相手に慄《おのの》いている自分に気づいてしまい、羞恥で顔が一瞬にして熱くなった。

「っ、な、なに言ってんのこいつ……頭おかしいんじゃないの！」

オレは慌てて車に乗り込んだ。

途端、刑事が駆け出すのが視界の端に映って怯み、ギアの切り替えが遅れる。

「くそッ！」

がつんとアクセルを踏み込めば車は急発進した。

ヘッドライトの光がぎゅるりと孤を描き、シートベルトリマインダーがけたたましい警告音を発する。時速を示す針が一気に振り上がった。

「は……ははっ……」

オレを殺しに来ただって？　そんな脅しに屈するわけないだろ。

せっかく女を使ってオレを追い詰めたくせに、あの刑事はバカだ。

詰めが甘くて笑っちゃうね。

こんな真っ暗で人ひとり通らない場所じゃあ、誰も見て、な、――……あれ……？

……誰も、見て……ない……――？

冷たい予感に頭の中が真っ白になった瞬間、ぐんと伸びてきた黒い手にサイドミラーを掴まれた。「ヒィ……ッ――」息が、止まった。

全身が粟立《あわだ》ち、毛穴という毛穴から汗が噴き出た。

オレは混乱してハンドルを握る手を妙な方向に捻《ひね》ってしまい、車体が揺れた。

がつんという衝撃とともに跳ね上がった身体がボンネットに飛び乗ってきた。

「ひぃぃ！」

オレが後頭部をシートにしたたかに打ち付けるのと、刑事の肘がフロントガラスを叩き割るのはほぼ同時だった。激しい音とともに蜘蛛《くも》の巣状に大きなヒビが入った。

風になびく長い前髪の隙間から、無機質で残酷な目が見えた。

――死――。その連想を植え付けられる。

「うあああああああああっ」

オレはアクセルをガンガン踏みつけた。

ハンドルを左右に振って激しく蛇行するが、なかなか振り落とすことができなかった。

「な、な、なんでっ、アンタ、刑事だろ！　なんでこんなこと……ッ！」

「貴様が理解する必要はない」

「へっ――、あ、ッ！」――バックミラーには、青い瞳。

後部座席に金髪の男が座っていた。いつの間に、と振り返る。

「同胞を屠《ほふ》り熟れた黒き魂よ、我の一部となることを悦べ」

どうして、なんで。

なにがどうなっているんだ。

オレは無我夢中で助けを叫んだ。もはや言葉になっていなかった。泣き喚《わめ》き、許しを請い、オレはそこかしこに車体をぶつけながら小高い丘に向かって走っていた。

「ベルゼブブ」

刑事の唇が動いた。

「……こいつを食え」

なんと言ったのか聞き取れなかった。

そしてオレは、ようやく刑事を振り落とすことに成功する。ガラス片を纏いながら黒い影は転がっていった。「は、はは、やった、ははっ」あとは後部座席の金髪の男だ。丘の上に着いたら投げ落として始末すればいい、そうだ、とにかく走れ――「はは、はっ」どくどくと脈打つ心臓を静めるためにオレは笑った。

全身汗だくになりながらフルスピードでカーブを曲がる。

が、車はなぜかガードレールをぶち破り、オレはゆるやかに空を飛んでいた。

――……は、……？

ふっと時が止まった。吸っても吐いても空気が入ってこない。瞬きが、できない。

どこまでも果てしない闇の中でオレは立ちすくんでいる。

オレはなんで、どうして――どこで、どうなったんだ。

すべての景色は消えて、音も光も一切が遮断された深黒《しんこく》にオレはぽかりと浮いていた。

誰もいないのにこの暗闇のどこかに誰かがいる。気配がする。あらゆる角度から、あらゆる身体の部分を、無数の観衆から舐めるように見つめられている気がした。

ここはどこだ。オレを見ているおまえは、誰だ。

疑問を反芻《はんすう》しているうちに動けるようになった。けれど走り回ってもその場から移動している感覚がなく、オレが発するすべての音は漆黒に吸われていく。

そうこうしているうちに上からも下からも、なにか得体の知れないものが、じくじくと迫ってくる気配がした。

――……っ！

直後、ドン、と右足を吹き飛ばされて、オレの身体は闇の上を転がった。

『お　も　ち　ゃ　』

脳みそにしみ込んでくるような粘着質な声色は、暗闇が聴かせる幻聴だと無視した。

いま誰かがオレを轢きやがった、と憤慨して地に手をついたはずが――ガクンとバランスを崩す。オレは倒れ伏した。凄《すさ》まじい力で上腕を摑まれたのだ。

どろどろとして、生ぬるいそれは、衣服を貫いてみりみりと腕の肉に食い込む。

『あ　ば　れ　る　な　よ　』

圧倒的な質量がのしかかってきて、無理矢理、仰向けに押し倒される。

なんだこれは──。おまえは誰だ、なにが起きているんだ！

悲鳴を上げようとした喉奥にごぷりと液状のものが流れ込む。ぐぅと喉が詰まり鼻呼吸だけが許されたオレは、ふーふーと浅い呼吸で「それ」を見上げるしかできない。

『こ　ー　ふ　ん　す　る　だ　ろ　』

けらけら、と。

オレを上から覆い尽くす巨大な影は嗤い続ける。

助けてくれ、と頭では叫んでいるのに声が出ない。

粘ついた捕食者の吐息が鼓膜を舐めるように近づいてきて、気色悪さに肌が粟立つ。

激しい拒絶反応で脳が痺《しび》れた。身体を貫く痛覚は薄れ、恐怖一色に染まっていく。

──やめろオレは女じゃない！

──玩具と一緒にするな！

『ま　だ　こ　わ　れ　る　な　よ　』

逃れようと伸ばした右手の指に、長くて冷たい指が絡んできた。身体をまさぐられ、服が剥ぎ取られた。見開いたオレの目からはだらだらと屈辱の涙が溢れる。

――……やめろ、……やめろ……。

首に巻き付くのは土の匂いがするロープだ。いきなりキツく絞められて殺されると思えばなぜか緩められ、助かったかと思えば油断を嘲笑《あざわら》うように食い込んでくる。

けらけら、けらけら。けらけら――……気絶の寸前を繰り返して白濁した意識の中、オレの耳には不気味な笑いがこだまする。

人を人と思わない、魂を弄ぶ行為は永遠に続いていた。

――……あぁこいつは……オレ、だ……。

棄てる前の玩具をどう扱えば「楽しい」のか、オレはよく知っている。

壊されていく。棄てられていく。

――死にたくない、死にたくない、死にたくない、……だってオレは。

この世でたったひとりの特別なはずなのに――……。

「醜い人殺しの魂は美しい」

バックミラーに映る青い目が、雲間に浮かぶ三日月のように嗤い、車はガードレールを突き破って崖の下に落ちていった。

†

爆発音とともに炎が上がった。

舞う火の粉が木々を照らすのを見下ろしながら、朱理は額から頬に垂れた血を拭う。

やがて闇の中で赤々と輝く炎から金色の蝿が一匹飛んできた。

「もっと早く名を言え、我まで燃え死ぬところであったぞ」

「おまえは殺しても死なないだろ」

「ふん、冗談の通じぬヤツよ」

金色の蝿は朱理の横で、すぅっと金髪の青年の姿に変わる。

彼は満足げに腹をさすってから唇の端をぺろりと舐めた。

「ん、貴様……怪我をしておるな。治してやろうか？」

「いい。かすり傷だ」

朱理は黒い手袋を外してそれを額の傷口に押し当てる。

「まったく、痛いであろうに強がりおって、相変わらず可愛げのない。しかしここまで画策せずともいつものようにさっさと殺せばよかったものを」

「たまには事故死に見せかけないと、さすがに怪しまれる」

「面倒なことだな」

「おまえはよくても俺が困る」

「まぁたまにはよかろう。貴様の余興に付き合うのもそこそこ楽しいからな」

──楽しい……か。

朱理は血で濡《ぬ》れた手袋を上着のポケットにねじ込んだ。身につけているものには岡崎茂明の車と接触した痕跡が残っている。この手袋はあとで切り刻んで燃やし、ガラス片が付着した服も同様に処分すべきだろう。

靴は山手線《やまのてせん》沿線の路上生活者が比較的多い駅のゴミ箱にでも棄てていけばいい。すぐに誰かが勝手に持って行く。靴の処分は目立つから、そのほうがかえって足が付きにくい。……あとは適当にその辺のサウナにでも立ち寄って全身を洗い流せば、朱理の身体からはなにひとつ「接触」の証拠は出ない。

──考えることは犯罪者となにも変わらないな……。

警視庁猟奇殺人事件特別捜査課に電話をかけようとして、ふと朱理は気づく。

車から転げ落ちた衝撃でスマートフォンに蜘蛛の巣状のヒビが入っていたのだ。

──これも接触の証拠になったら困るな。明日にでも買い換えの申請を出すか。

プライベート用を持っていなくて良かった。もしこれがあのころの思い出が詰まったものだとしたら棄てることに躊躇いを覚えるだろうと思った。

――躊躇い、か……。

朱理は眉を僅かに顰める。

「どうしたシュリ。またなにかごちゃごちゃと考えておるのか」

「岡崎茂明《あいっ》と俺のなにが違う？」

どこからともなく消防車のサイレンが響いてくる。

「手段が違うだけで、やっていることはおなじ……人殺しだ」

「我から見たら変わらんな。だが人間からしたら大義名分とやらが違うのであろうよ。かつて我に同胞たちを贄《にえ》として捧《ささ》げた人間どもは、その行為を崇高な儀式だと言った。人間と家畜とは魂の重さが違うとも言った。魂を見たことも触ったこともない者どもに、その違いがなぜわかるというのだ。数多《あまた》の戦争にしろ、殺す行為になにか理由をつけねば人間は『人殺し』という罪の重さに耐えられない生き物なのだろうな」

「理由……」

「人間は『人殺し』が罪であることを知っている。だが不思議と言い訳をつければ罪ではなく『人殺し』は必要な過程になると先人は遺しておるようだぞ？」

朱理は無意識に左手でうなじに触れていた。三年半前、妻と娘の亡骸《なきがら》を前に、不意を突かれて切り裂かれた左後頸部《ひだりこうけいぶ》。朱理の身体に刻まれた唯一の事件の記録だ。癖のように触るたびにえぐられた心の傷の深さを思い出す。

「貴様はその言い訳を忘れたころか？」

「いや……覚えている」

「妻子を殺した殺人者が憎いだろう」

「あぁ、憎い」

「ならば余計なことは考えぬことだな」

朱理の肩に軽々しく腕を乗せる。露出している首筋に、その細長い指を這わせてきた。チリッと熱い、あの魂が流れ込む感覚が押し寄せてきて、朱理は「やめろ」と、不快を訴えて払いのける。

「それはあとでいい……」

彼はふぅんと喉を鳴らして赤く燃え続ける炎を見下ろした。

「いまはただ生にしがみついて、殺し続けろ。それが我との約束であろう」

「……おまえの言う通りだ」

朱理はあの日の復讐のためだけに生きる道を選んだ。

「そう暗い顔で言うな。せっかく我の腹も満ちて、貴様の寿命《いのち》も延びたというのにな。すこしは生きていることを喜べ。などと……人間が主食の我が言える立場ではないか、ふはは！　自分で言っておいてなんだが、いま最高に笑える冗談を言ったな！」

金髪の青年は両腕を組み、大口を開けて笑った。

──俺はまだ死ぬわけにはいかない。

たとえ悪魔に魂を捧げても、妻と娘を殺した犯人をこの手で殺すまでは、なにも考えてはいけない。なにも感じてはならない。憎しみから生まれた復讐の目的が揺らいだらこれまでの殺しはすべて無駄になる。それに……自分が殺してきたのは身勝手な殺人者たちだ──と、朱理は余計な感情を捨てるように小さく首を振った。

割れて見にくいスマートフォンを操作し、電話をかける。

しばらくして神楽坂課長が出た。

「一之瀬です。例の女子大生連続殺害事件について、重要参考人・岡崎茂明に事情を聞こうとしたところ……、はい、ええ、そうです。逃走されました。状況を説明します。まず場所は──」

サイレンの音が向こうにも届いたのであろう。事情を察する言葉に遮られた。

「ガードレールを突き破って事故を起こし、車が炎上しています。おそらく死亡しました。ええ、……接触はありません。このあと署に戻りますので詳しくはそのときに」

その場を動くなと言われなかったことに安堵《あんど》しながら朱理は電話を切った。

いつ神楽坂課長らに疑われてもおかしくない。しばらくは派手に動かず、おとなしく署で事務仕事に励むことにしようと思った。

──岡崎茂明は相当な男だった……これならふた月は保《も》つか……。

うなじのある箇所を撫でながら朱理はスマートフォンをポケットにしまった。

そのとき、指先に自分の血を吸って湿った手袋の嫌な感触がした。

妻子を殺した犯人にたどりつくのが先か、命が尽きるのが先か、それとも――。

「ベル、先に戻っていろ。くれぐれも見られるなよ」

「言われなくともわかっておるわ」

腹をぱんぱんに膨らませた金色の蝿がふわりと飛んでいく。

朱理は上着を脱いでガラス片を払いつつ、暗い夜道を歩き、駅へと向かった。

――俺が殺したのは身勝手な殺人者だ。

殺して、なにが悪い……。そう言い訳を繰り返しながら深い影を踏んだ。

†

神楽坂課長が夜食を買いに行ったのを見計らい、佐藤健一は事務仕事を中断した。

黒い丸バッジをデスク上で弄ぶのをやめ、左手で新しいエナジードリンクを開ける。右手でマウスを器用に動かし、クリックを繰り返した。

捜査一課時代の一之瀬朱理の勤務態度は至って真面目で、入庁時に撮られた写真と、現在登録されている写真はまるで別人であった。

二〇××年四月。約一ヶ月の休職を経て、彼は奇特捜に復帰している。

それ以降、彼が携わった猟奇殺人事件の被疑者や参考人は全員死亡している。

事情聴取の最中、急に胸の痛みを訴えて亡くなったケースもある。中には今回のような事故死や、ビルから飛び降りて自殺と断定されたケースも含まれる。微妙に死亡状況は違えど、彼が関わるとそこには不気味な死がつきまとっていることは確かだった。

「なにもかも、偶然、っすかねぇ……」

神楽坂課長が帰ってくる気配がしたので、健一はそっとファイルを閉じた。

とある連続殺人犯は裁判の席でこう言った。
「四人目からはどう殺したのか覚えていない」——と。
人を殺すことも三度続けば、あとは作業となんら変わらないのかもしれない。
それは殺しを続けた者にしかわからない。
これから殺す者にもわからない。

第二章　僕は世界でたったひとり

†

一之瀬朱理は久しぶりに自宅マンションに戻った。

あの忌まわしい事件から三年半が経とうとしている。凄惨な事件現場となった部屋はそのままではとても住める状態ではなかった。しかし家族の思い出の場所を手放す気にはなれず、業者を呼んでフローリングの板も壁紙も、すべて張り替えたというのに——

未だ、部屋のそこかしこから血のにおいがするような気がする。

玄関のドアを開けると殴りつけられるみたいに思い出す。赤い床と、濃い血のにおい。

「……ただいま」——静寂の中で低く掠れた声だけが虚《むな》しく落ちた。

妻子の靴が並ぶ横に自分の革靴を揃える。

朱理は金色の蠅が勝手にふわっとリビングに飛んでいくのも気にとめず、重い身体を引きずって風呂場に向かった。

スーツの上着を廊下のフックに引っかけ、脱衣所の籠に脱いだ衣服を入れていく。

アルミ製の洗濯機ラックの上段には妻が買いそろえた掃除用具が並び、長らく使われていないせいで埃をかぶっている。

熱い湯を頭からかけ続けても、四肢は氷のように冷たいままだった。

朱理は抜けた自分の髪が、ごぼごぼと排水溝に流れていくのをしばらく見下ろしていた。浴槽の塗装にはうっすらヒビが入っている。

空っぽのまま放置された桜の柄のシャンプーボトル、薄っぺらく硬くなった石けん、カビのこびりついた苺の風呂桶《おけ》。なにもかも捨てられないまま、時間の経過とともにみるみる朽ちていく家族の思い出……──だからといって、朱理はそれを手に取って懐かしむ気にも、使う気にもなれなかった。

曇った鏡に手のひらを押しつけて滑らせる。四角い半身鏡には青白くやつれた自分の顔が映った。右上端では、娘が貼ったカエルのシールが剥がれかけていた。

──パパ知ってる？　カエルさんって「えんぎがいい」んだって。

あと何回こうして娘と風呂に入れるのだろうかとばかり思っていたあの日の父親は、浴槽で溺れないよう小さな身体の台座となり、湯でぱしゃぱしゃと遊ぶ娘の言葉をしっかり聞いておらず『知らないなぁ』と適当な答えを返した。

──パパがお家に早く帰ってこれるようにって貼ったんだよ。

──ふーん……。

――ちゃんと聞いて。パパいっつも遅いから貼ったの。

――今日はちょっとだけ早かっただろ。

――ちょっとって十時だよ。真由、いつもなら寝てるもん！

――じゃあいつも通りママと入っていればよかっただろ。

――もー、パパはオトメゴコロがわからないのね。

――そういうのどこで覚えてくるんだ……眠いならもうあがるか？

――ううん、もうちょっと平気。パパあと三十数えて。

なんで俺が数えるんだよ、と文句を言いながら『いーち、にー、さーん』と数え始めると、カエルの合唱のように娘も追いかけて『いーち、にー、さーん』と言い始めた。お陰でどこまで数えたかわからず、途中で数字がおかしくなった。そんな些細《ささい》な悪戯《いたずら》に父親も娘もムキになって、もう一回、もう一回、とやっているうちに、呆《あき》れた妻が『あなたたちいつまで入っているの！』と顔を覗かせた。

「……真由……」

当時はまだ捜査一課強行犯係の下っ端だった。上司と先輩の言うことは絶対で、すこしでも息抜きの時間があれば飲みに連れ回され、家にはほとんど寝るためだけに帰っていた。事件捜査が長引けば数日間家に帰れないこともあった。警察官という職業柄、覚悟はしていたが、やはり娘の出産には立ち会えなかった。当直勤務明けにようやくすこしだけ——と生まれて間もない娘の顔だけ見て、またすぐに現場へと向かった。

——ごめん……俺、もう行かないと……。

——わかってるよ朱理くん。この子の顔を見に来てくれてありがとう。

それでも妻は嫌な顔ひとつしなかった。

「……明日香……」

大学時代から付き合っていた妻には、警察官と結婚すると寂しい思いをさせてしまうからと、警察学校に入学する数日前に別れを切り出したが『それってプロポーズ？』とむしろ肯定的に受け止められてしまった。それからもずっと彼女は心身ともに支えてくれた。一度も、寂しいとは言わなかった。強い女性だった。

娘の幼稚園の行事はすべて妻任せだった。朱理は娘の成長を、写真などの道具でしか知らなかった。ある日の深夜。クレヨンで描かれた家族の絵が、机の上に置かれているのを手に取った。娘の描く家族は手を繋いで笑っていた。けれど父親だけがそっぽを向いて、横顔だった。その視線の先にはパトカーらしき車が描かれていた。

——うまく描けたからパパに見せようねって、さっきまで待ってたんだけどね。

疲れた顔の妻が夕飯をあたためなおしてくれる。

朱理は、涙を浮かべながらダイニングテーブルで寝潰れている娘をそっと抱きかかえ、警察官としての職務を全うするために、自分はなにか大切なものを犠牲にしているんじゃないかと思った。娘をベッドに寝かせると、小さな手にきゅっと指を摑まれた。

パパ……まだ帰ってこないの……、と娘が寝言を口にした。

リビングには春から通う小学校のランドセルが置いてあった。

あたたかい肉じゃがを頰張りながら、洗い物をしている妻に小学校の入学式の日程を尋ねれば、どうせ行けないでしょと笑ってはぐらかされた。

「俺には必要だったんだ……」——家族というものが。

それぞれの人生の晴れの瞬間に父親がいなくても、妻や娘は、それが社会では「仕方のないこと」なのだと、納得して生きていた。

ふたりからそうした感情の端々を口にされるたびに、この家は自分のためにあるのだと思った。ふたりがこの家にいてくれるから自分は父親であり続けられるのだと。

うなじの黒い歯車の紋様がシャワーからの湯で濡れ続けた。

†

あの事件の日、──……俺の帰りはいつもよりすこしだけ早かった。

神楽坂課長に、この日の夜には家族が誕生日を祝ってくれるんです……と、ついのろけて言ってしまっていたこともあり、気を遣ってくれた課長の取り計らいで現場に行く仕事は任されなかった。事務仕事だけを終えて定時には席を立った。

だが古巣である捜査一課の課長から、ちょっといいかと呼び止められた。昔、捜査に関わった事件について話しているうちにすっかり遅くなってしまった。

妻の明日香が計画していた、俺の誕生日パーティー開始の夜七時はとっくに過ぎて、九時をまわっていた。真由がケーキを焼いて待っていることを思い出し、電車に飛び乗る前にいまから帰ると一報入れておこうと電話を鳴らしたがなぜか誰も出なかった。

約束したじゃない──と、妻に呆れられるのを覚悟し、娘に叱られることも覚悟した。

昨年の誕生日もそうだった。

一昨年の誕生日も、ずっとそうだった。

だからたぶん彼女たちは父親の早い帰りを期待せず、眠ったのだろうと思った。

毎年誕生日パーティーを計画されても結局間に合わないから、翌朝プレゼントを渡されながら叱られつつ祝われるのが当たり前になっていたのだ。

俺はまた今年もやっちまったなぁぐらいにしか思っていなかった。

玄関の扉を開けると、意外にもまだ明かりがついていた。

ただいま、と声をかけても返事はなかった。明日香はサプライズを計画していると言っていた。なるほどそうか、クラッカーでも鳴らされるのかと俺はのんきに思ったのだ。

ネクタイを緩めながら、あぁ疲れたとリビングの扉を開けたら、そこには……——。

凄惨な遺体を前にして、俺は普段の冷静さを欠いた。

物陰に潜んでいた犯人の気配に気づけなかった。

不意に頸部に激痛が走り、俺はその場にくずおれた。背後から首を切られたと気づいたときには遅かった。うなじを押さえ、這いずって、逃げる人影を追った。

けれど俺の傷は深かった。太い血管を切られて出血が激しかった。

マンションの廊下で動けなくなり、俺は死を悟った。

そのとき俺に囁きかけてきたヤツがいた。ヤツは自分を悪魔と名乗った。俺の傷に触れながら、悪魔としての正式な名前とやらを脳に直接流し込まれ、その名を口にした瞬間、ヤツは『おまえの憎い殺人者を確実に食ってやる』と言った。

──これは「契約」だ。契約には当然だが条件がある。
──おまえのかりそめの命は、今後、殺人者の穢《けが》れた魂で繋ぎ止められる。
──穢れた魂は我の好物だ。復讐を果たすまで我の空腹を満たし続けよ。

……ようやく、重い瞼を持ち上げた。
時折こうして無念の記憶を呼び起こさなければ、殺すことに葛藤が生まれてしまう。
湯が流れていく音を聞きながら、薄くなって半分ほど欠けている歯車を指でなぞった。
「そろそろ殺さなきゃな……」──より穢れた魂を求めて。
鏡の隅で、剝がれかけのカエルが泣いていた。

†

朱理は替えの白シャツを羽織り、すぐにでも出勤できるようスラックスを履いて革のベルトを締めた。もとより細身な体型だったが、ベルトの穴を最小まで短くしてもスラックスはずり落ちてくる。使い込まれたH型のサスペンダーを肩に回し、留め具をパチンと鳴らす。かさついたバスタオルで髪を掻き回して水気を取りながら居間の扉を開けると、途端、軽快なラッパ音が大音量で響いてきた。

「ベル、またか……うるさいぞ」

カーテンの隙間から朝日が差し込んでいる。壁時計を見やれば、まだ朝の四時半だ。

金髪碧眼の青年は三十二型テレビの前のソファに寝そべり、砂浜を白馬で駆け抜けるベタな時代劇に夢中だった。

「おい聞いてるのか、せめて音量を下げろ。……おい」

すっかり画面に釘付けになっているベルは朱理の注意に応えない。さすがに近所迷惑だと、朱理は険しい顔つきでガラステーブルの上にあるリモコンを取った。

プツン、とテレビの電源を切ると、ベルが「アーッ！」と叫んで跳ね起きた。

「まだオープニングではないか！」

「こんな時間に観るなと言ってるだろ、昼間に観ろ。どうせ録画してるだろ」

「愚か者！　貴様は『リアタイ』の楽しさを知らんのか！」

「知らん。どうでもいい」

リモコンを没収してダイニングテーブルの上に置く。

ベルはぶつくさ文句を口にしながらも、以前キレた朱理にリモコンを隠された苦い経験を思い出したのか、リアタイとやらを諦めたらしい。フンと唇を尖らせて朱理の横をすり抜け、冷蔵庫前でしゃがみ込むと中を覗き始めた。

「暇だ、メシでも作るか」

魚肉ソーセージを剝《む》いて食べながら、ベルは冷蔵庫の奥に手を突っ込んでいる。

好きなときに食べる、寝る、遊ぶ。欲望のおもむくままに行動する彼は、人間の朱理よりもずっと感情豊かだ。時折どちらが人間でどちらが悪魔なのかわからなくなる。

朱理はスマートフォンの画面を一瞥し出動要請が入っていないのを確認すると、台所に放りっぱなしにしていた錠剤のシートを口に咥《くわ》えた。ガラスのコップに水道水を注ぐ。

医師からは服用は一回一錠までときつく言われている睡眠導入剤を、躊躇することなく三錠、手のひらに転がした。そこに日本ではまだ認可されていないアメリカから直輸入した入眠剤と精神安定剤を二錠まぜる。それらをぐいと口内に放り込んだ。

明らかに身体に悪い異物を察知した脳が拒絶反応を示して、ぐっと酸っぱいものがこみ上がってきたが、朱理は口にすこしの水を含み、無理矢理嚙んで喉奥に流し込んだ。

「そんな毒物で失神しても、寝たとは言わぬぞ」

「……」──朱理は無言でコップをシンクに置いた。

「くだらんことをごちゃごちゃと考えておるからそんな毒物に頼るのだ」

「寝られればいいんだ」

睡眠は、最低限の体力さえ回復すればそれでよかった。

寝室に行くとほとんど使っていないからか埃のにおいがした。

首にタオルを引っかけたまま、朱理は倒れ込むようにどさりと横になった。

台所ではベルがなにか料理を作る音がしていたが、妻のそれとは違って乱暴で、心地よい子守歌にはなってくれなかった。うるさいと思い布団を頭からかぶって耳を塞ぐ。
今日も薬が効いてくるまでの時間が、あまりにも長く苦しかった。

……、……あなた……。

しばらくすると、ベッドサイドに手を繋いだ妻と娘が立っている気がした。
朱理は丸めた背中で、その幻影を感じる。

ねぇ……あなた、早くこっちにきなさいよ。
なんでパパだけ生きてるの？
そうよね真由、わたしたちずっとさみしいわ。
痛いよ、寒いよ。助けて、パパ。
どうして早く帰ってきてくれなかったの。
どうして？
嘘つき。
うそつき。

なんで一緒に死んでくれなかったの。

「……っ、……ぅ……」

ふたりの突き刺すような幻聴が脳裏で響く。

目を閉じればいつだって彼女たちは手招きをしてくる。

「まだ……行けない……、……ごめん……、……な……」

薬が全身にまわり、混濁していた意識がようやく薄れてきた。

そしてふたりの影は静かに闇の中に溶けていくのだった。

「――おぉいシュリよ！」

「ん、ぐ、重……っ……、な……なんだベル……」

ようやく眠れたと思ったら腹の上にのしかかられた。朱理は布団からのそりと顔を出す。「こいつが鳴っておったぞ」と、にやついた顔でスマートフォンを眼前に突き出してきた。一瞬のような睡眠は、実際には十二時間を超えていた。もう夕方の五時だ。

いつもなら肌身離さず持っているスマートフォンを、うっかりリビングに置き忘れて寝てしまったらしい。ため息をついて起き上がる。

奇特捜の番号からの着信時刻は一時間前だ。

「一時間前じゃないか……鳴っているときに起こせ」

「持ってきてやっただけありがたく思え。そいつが鳴ったせいで大暴れ将軍スペシャルの再放送に水をさされたのだ。まったく、たたき壊してやろうかと思ったぞ」

朱理は不機嫌にベルの手からスマートフォンを奪ってかけなおした。肩と耳でそれをはさみ、開きっぱなしだったシャツのボタンを留める。

「……あぁ、一之瀬です。課長は？」

相変わらずそっけない応対で健一が電話に出た。取次の言葉もなくすぐに保留音が流れて、神楽坂課長の内線電話に転送される。

『非番の日にすまないね』

「俺は構いません。奇特捜案件が入りましたか？」

『それが……本庁はそうしたいと言っているが、所轄の意見は違う』

珍しく神楽坂課長が言いよどむ。

「複雑な事件ですか？」

『いや、なんというか……おそらくは、だが。中学生の自殺だ』

「自殺……？　ウチは猟奇殺人捜査の課ですが……」

『まぁ現場に行ってもらえば双方の主張もわかるだろう。捜査資料は共有ネットワークで見てくれ、佐藤くんがパスワードを送る。あとは目白《めじろ》署の鈴城《すずしろ》巡査長が詳しく話してくれる。ちょうどいま現場にいるはずだが、向かうのなら一報入れておくが……』

「わかりました、いまから合流します」

電話を切って素早く身支度をする。

「お、殺人か？」

いつの間にかエプロンを着けているベルが、フライパンでハムを焼いていた。リビングには香ばしいにおいが漂っている。台所に広げられている材料を見るからに夕飯はサンドウィッチらしい。朱理はそれを横目にネクタイを締めた。

「シュリ、しばし待て」

彼はフライパンの縁で器用に卵を割り落とす。

「おまえは後で来い」

「まぁ待てと言っておろうが」

ふんふんと鼻歌を口ずさみながら、ベルはまな板の上に食パンを二枚ならべ、その上にハムエッグを載せた。冷蔵庫からひょいとマヨネーズとマスタードを取って適当に味付けをする。完成したサンドウィッチをぱくんと大口で頬張った。

「うむ美味い。我は料理も天才だな！　パンはエネルギーになり、卵は総じて栄養価が高く肉はタンパク質が豊富だぞ。健康な肉体ありきの魂だ、ほぅら貴様も食え」

「……俺はいい、腹は減ってない」

「一口だけでも食っておけば違う。貴様が失神している間にテレビで観たのだ」

「悪魔は健康番組も観るのか――、んむっ」

ずいと口元に押しつけられたので、朱理はしかめっ面で拒否した。

「これは我の命令だ、吐いても食え。栄養失調なんぞで死んだらつまらんだろう？」

引き結んだ唇にぐいぐい押しつけてくるので仕方なく口を開いた。朱理が咀嚼《そしゃく》するのを、飼育員のように見つめてくる。「美味いか？」「……」久しく固形物を摂取していないせいか、調味料のにおいだけで吐き気がこみ上げてきた。

「なんだ小さい一口だな。遠慮するな、もっと食え。ほうらほら！」

「や、めろ……っ、もういらん」

「こら吐くな、飲み込め」

「さっきからなんなんだ。俺はもう行くぞ」

心とは裏腹に、身体は正直だ。生への執着を拒んでいる。

「トイレで吐くでないぞーっ」

「……悪魔のくせに……」

朱理は口を手で押さえてなんとか飲み込み、吐き戻しそうになるのを耐えた。

「くく……おまえは本当にからかい甲斐がある」

残りのサンドウィッチをたいらげ、ベルは親指についたマヨネーズを舐めた。

†

ＪＲ山手線目白駅を降りる。ツワブキの若い葉が夕陽に照らされていた。

身なりの良い生徒たちが下校していく。白いシャツの襟には上品な藍色の線が入っており、胸元には金糸で縫い付けられた鳩《はと》の校章が見える。名門私立・上山《かみやま》学園の制服だ。偏差値は都内トップクラス、学費も高額で初年度費用だけでも百五十万円は軽く超える。そこに教育推進基金という上限なしの任意寄付金が乗るため、相当な金持ちの家でなければ通うことは難しい中学校だ。

その横を、真っ黒なスラックスに黄ばんだシャツ姿の男子たちが、大声を出しながら駆けていった。

上山学園の生徒らは、彼らを見てひそひそと顔を寄せ合った。通り過ぎていった生徒たちを蔑んだ目で見送る。白い学生服の彼らと、黒い学生服の彼らはともに中学生。ほぼおない年だ。しかし彼らはまったく違う世界を見ながら生きている。親の資本の都合で、「私立」と「公立」というある種の格差をつけられているのだ。

彼らは十代前半にして既に、教育の質は金であることを敏感に感じ取っていた。

「この年代の子どもは特に親の写し鏡だな」

ベルは皮肉っぽく言った。

そんな子どもたちが下校する方向とは逆に、朱理たちは目的の中学校を目指した。

純白のペンキが塗られた美しい私立上山学園の前を通過した。隣接する目白警察署を挟み、赤茶けた古めかしい校舎が見えた。

「……窓ガラスが割れている……？」

見上げると、大きな亀裂が入った窓ガラスにガムテープが貼られていた。

「ほぉ、これは随分と禍々《まがまが》しい」

なにか感じたらしいベルが愉快げに鼻を鳴らす。

区立目白坂《めじろざか》中学校。目の前にバス停が用意されて駐車場も守衛室も備えた私立上山学園とはまるで雰囲気が違う。ろくに整備の手が入っていないのか、校庭は雑草だらけで一歩踏み出すたびに砂利とともに野草を踏む感触がした。

「どちらさま？」

正面玄関に向かおうとした朱理たちを、はつらつとした女性の声が止める。

振り返ると、長い黒髪をひとつに束ね、明るいグレーのスーツ姿の女性が立っていた。大きな胸を支えるように腕を組んでいる。化粧っ気がなく、見るからに勝ち気で性格がきつそうな顔立ちだった。

「あら？　いまもうひとりいた気がしたけど……」──彼女は周囲を見渡す。

金色の蝿が朱理の背中にとまっている。間一髪でベルを見られずに済んだようだ。

「警視庁猟奇殺人事件特別捜査課の一之瀬朱理です」

朱理は警察手帳を見せた。そちらではなく胸元の黒い丸バッジに視線が注がれるのを感じる。すると彼女はちょっと驚いて目を瞬かせた。

「驚いた。奇特捜って問題児の追い出し部署って聞いてたけど、あなたはまともそうね。アタシは目白署の鈴城恵美《えみ》。四十歳、生涯独身って決めてるから女扱いはしないでちょうだい。あなたアタシより年下でしょ。一之瀬くんでいいわよね？」

「どうも……」――随分元気な女性だと思った。

「アタシたちは自殺だっつってんのに、事をでっかくされて嫌ァね。あぁアタシはね、部署はともかく本店の人間は誰だろうと大嫌いなの。できるなら早く帰ってね」

彼女は思ったことはすぐ口に出す、表裏の無いさっぱりした性格らしい。

捜査員の腕章をつけた人間から差し出された手を握らないわけにはいかない。朱理がそっと触れると「冷た！」と手を引っ込められた。

「うわびっくりした、七月とは思えない冷たさね……低体温体質？」

「……で、現場はどちらですか」

「人の話聞いてた？　あなたもしかして世間話とか苦手なの？　まぁいいわ、ついてきて。三人目のホトケはまだそのまんまなの。歩きながら話すわ」

恵美は大股で歩き始める。玄関で朱理が持参のナイロン足袋をはめようとすると、彼女は「そんなのいいわよ」と手招きした。見れば彼女は来客用のスリッパをはいていた。

――本庁一課と所轄の意見が違う――、神楽坂課長に言われたことを思い出す。

「捜査資料は見たわよね」

「はい」

「オーケー、じゃあ詳細は省略。現場は二階の美術室内よ。先月からこれで三人目ね。ざっくり言っちゃうと三人とも縊死《いし》よ――こんにちは、気を付けて帰ってね」

通りがかった生徒にニコリと微笑む恵美。肘でつつかれたので、朱理も思わず小さく頭を下げた。生徒は見知らぬ大人たちの存在に不安そうな顔をして去っていった。

「……あのねぇ、同級生たちが死んで子どもたちはピリピリしてるのよ。教職員じゃない大人が出入りしてるだけでストレスなんだから愛想良くしなさいな」

「はぁ……」

学校で既に三人も死んでいて、そんな中で愛想の良い大人が出入りしていたら、むしろ不気味じゃないだろうかと朱理は思った。

階段をのぼって左に折れると、奥のどん詰まりはビニールシートに覆われていた。

「市民に尽くすのが警察官の仕事よ。穏便に済ませることもね」

「それでそちらが自殺と判断した理由は？」

「あなたさっきからアタシの話をぜんぜん聞かないわね……所詮は所轄の女だからって舐めてると、その細っこい身体ごとへし折られて帰ることに――」

「鈴城さんが優秀なのは理解しました。警察官の在り方については、俺も同意見です。ですが俺は奇特捜の人間なので猟奇殺人の捜査以外は俺の仕事ではありません」

「あ、そ……。猟奇殺人専門ねぇ……アタシらとやることなにが違うってのよ」

興味津々にじろじろと見上げられたが、朱理は気にせず両手に手袋をはめた。

ブルーシートをめくると美術室の入り口が開けっぱなしになっていた。恵美が言うように現場は少人数でありながら慌ただしく、この事件を迅速に、かつ穏便に済ませたいという空気が漂っている。

美術室の中央には首に長いロープを絡めた中学生らしき生徒が横たわっていた。死んでから間もないらしく、顔色はまだかろうじて人間のそれをしている。木の椅子は散乱し、おなじく木の机も倒れ、美術の授業で使う画材もぐちゃぐちゃだ。これを争った形跡と考えるのは早計かもしれないと思い、朱理は慎重な足取りで遺体に近づいた。

両手を合わせて膝を曲げる。

衣服の乱れはない。両爪には皮膚片らしきものが付着しているが、恵美曰《いわ》く、簡易検査の結果は本人の皮膚片だそうだ。首が絞まる苦しさに耐えかねて引っ掻いたのだろう。確かに首には多数の引っ掻き傷が見受けられる。

「踏み台になる椅子もあるわ。天井に打たれた釘に、ちぎれたロープの残骸もあるし、自殺とみていいんじゃないかしら」

「釘……ですか」——朱理の眉がぴくりと動く。

「正確な名称はヒートンっていうのかしらね」

見上げれば天井にはぽつぽつと鉤《かぎ》状の釘らしきものが打たれている。遠くから見る限りだが、ここ最近付けられたものではない。錆びた色をしながらも、太くて頑丈そうだ。

「古い学校ってああやって壁とか天井にいろんなものが打ち付けてあるわよね」

特にめぼしい情報もなさそうなので朱理は視線を遺体に戻した。

「体格のいい生徒ですね」

うっすらと日焼けして焦げた肌は、生前の健康体をあらわしている。屋外スポーツの部活動でもやっていたのだろうか。下は学校指定の黒いスラックスだが、上は白のシャツではなく派手な黄色のTシャツだ。髪の毛の一部には緑色のメッシュが入っている。

——素行のいい生徒ではない……か。

朱理はどことなく違和感を覚えた。

「いまの中学生で身長百七十センチ超えなんて珍しくもないわよ」

「で、遺書は？」

「ないわ」

「ない……？　三件ともですか」

恵美はそうくると思ったとでも言わんばかりに、大きなため息をついた。

「えぇそうよ、三件とも。全員ここ美術室で首を吊っていたわ。現場はこれだけ荒れてるけど、誰かと言い争っていたとか、目撃証言は一切ないから事件性は薄いわね」

「遺書のない自殺は変ですが」

「んー……もしかして学校の怪談的な呪い……の可能性もあったり、とか？」

「学校の怪談？」

「だってこの学校古いもの。幽霊とか出そうじゃない？」

「幽霊の仕業ですか……」——朱理は立ち上がった。膝に白い粉がついていた。

石膏《せっこう》の粉だ。掃除が行き届いていない美術室の床は、粉と埃が積み上がり、不自然なほど白かった。死んだ生徒の足跡は強く引きずられたかのように、入り口から曲線を描いている。

幽霊……あながち間違ってもいないかもしれない、と朱理は真剣な眼差しを向けた。

じっと見つめられた恵美がハッとして一気に顔を赤くする。

「じょ、冗談よ！　そんな目で見ないで！」

「いえ……俺はなにも……」

「幽霊なんているわけないわよ。否定しなさいよ、恥ずかしいじゃない！」

「……本庁とは方針が違うそうですね。なぜですか？」

話を逸らせば、恵美はころりと表情を変える。彼女の眉間に深い皺が寄った。

「一之瀬くん、ここがどこだかわかるわよね」

「美術室……中学校ですね」

「そう、学校よ。学校側はこの件を自殺にしたくないの。もちろん殺人事件なんてもってのほか。隣の名門私立と比較されてただでさえ肩身の狭い公立学校だからでしょうね。教育委員会っていうの？　上からお達しがあったそうよ。つまり学校側は――」

「これは事故ですよね！」

しゃがれた大声が美術室の外から聞こえた。

「チッ……あいつらまだいるのか。校長には構うなっつってんのに！」

恵美は忌々しげに舌打ちを落として身を翻す。

彼女に続いて現場を出れば、朱理も見知っている本庁捜査一課の中堅面子が、青い顔をした中年男性を囲んでいた。

「ちょっとアンタたち！　いまこっちは立て込んでんだから……っ、え？」

噛みつきかけた恵美の肩を、朱理は摑んで後ろに引かせた。

「失礼」――急に触ってしまったことに朱理は謝罪する。

彼らの視線が一斉に朱理の胸のバッジに向いた。

「お、おまえ、奇特捜の一之瀬……」

かつての先輩たちが顔を見合わせてまごつく。

「本件は奇特捜案件になりました。あとは俺が引き継ぎます。お帰りください」

†

校長室であたたかい茶を勧められたが、朱理は丁重に断った。

須加《すが》校長は来年で定年を迎えるそうだ。穏やかな教員生活をおくるはずが、最後は名門私立と隣接する粗暴な公立に配属された。いままで勤めてきた学校では、一度も問題らしい問題は起きなかった。生徒が死した騒動に対して世間に頭を下げなければならないのはわかっている。けれどそれが自殺や殺人となると、謝罪だけでは済まない。わかりますよね……、と同情を請われて朱理は目を眇《すが》めた。

須加校長は言い訳を吐き尽くすとハンカチで禿《は》げ上《あ》がった額に浮かぶ脂汗を拭った。

黒革のソファに座って向き合っているが、彼の目はずっと泳いでいる。時折ちらりと朱理の目を見ては慌てて目を逸らしていた。とてもじゃないが落ち着いた様子ではない。

彼の頭の中は保身でいっぱいなのだろうと思った。

「おなじことを何度も訊いて恐縮ですが」

「い、イジメはないと認識しております！」

朱理の質問は前置きの時点で遮断される。

「最初に亡くなった殿岡《とのおか》くん、先月末に亡くなった松田《まつだ》くん、それから今日亡くなった山本《やまもと》くんは……、た、大変活発な生徒で、部活動も頑張っておりましたし、どちらかというと、その……目立つ生徒だったと聞いております」

「家庭に問題は？」

「そ、そこまでは、わたくしどもにはちょっと……。なにせ一クラス四十人はおりますもので、担任も家庭のことまでは把握しきれません。我が校ではイジメに関する調査も定期的に実施していますから、とにかく問題はなかったということで……まぁ、あるとすれば校舎が古いため、釘に衣類を引っかけたりすることはしょっちゅうかと……」

須加校長は先ほどからすべてが事故であったかのように話を誘導している。責任から逃れようとしているのが見え見えだった。

朱理は彼の顔色をうかがいながら、恵美の言葉を思い出していた。皆それぞれに思惑があってこの連続不審死を早く片付けたいと思っているのが透けて見える。

自殺で処理したい所轄と、事故にしてほしい学校側。

本庁の捜査員が双方から板挟みにされた結果、上は奇特捜にまわしたというところか。

「と……ところで、猟奇殺人事件特別捜査課とはいったいなんでしょうか？」

須加校長はテーブルの上に置かれた朱理の名刺を訝しげに見やりながら、ハンカチで顔全体をごしごしと拭いた。愛想笑いがすっかり怯えて引きつっている。常軌を逸した殺人――『猟奇殺人』という言葉をひどく気にしている様子だった。

「組織上の名称は気にしないでください。悪いようにはしません」

「と、言いますと……」

「現時点で捜査にあたっている者を全員撤収させます」

朱理は組んだ両手に視線を落とす。

「……そういうことです」

わざわざ刺激することもない。朱理はあえて明確に思考を開示しないことを選んだ。

おそらくこれは殺人事件だ。敷地内に踏み込んだとき、ベルが反応した。この校舎の中にはベルが好む殺人者の魂を持つ者がいる――。朱理はガリ、とうなじを掻いた。

――ちょうどいい……そろそろ殺さなければならないと思っていたところだ。

すると須加校長は良いように捉えたらしく、露骨に安堵の表情を浮かべた。

「必要最低限の捜査で生徒たちを不安にさせないよう処理します」

「あっ、……ありがとうございます！」

須加校長は立ち上がって自ら朱理の手を握ってきた。

今後の捜査方針は追って連絡することを伝えると、朱理は校長室から出た。

「アタシは校長を守れなんて言ってないわ」

むっつりとした恵美が壁に寄りかかっていた。

『おいシュリ、この女ずっと聞き耳を立てていたぞ』

「……おまえはあっちにいってろ」

金色の蝿が耳元でぶんぶんとうるさかったので、朱理は鬱陶しそうに手で払う。

「全員撤収ってアタシのことも含めてかしら？」

ここで彼女と意見をぶつけあっても朱理に利点はない。本件はあくまでも自殺であると譲らない彼女たちの存在は、単独での捜査を制限されて邪魔になる。

「ふざけないで。アンタたち本店の人間はそうやっていつも真実よりも自分たちが傷つかないことを選ぶから――……ちょっと、人の話を聞きなさいよ！」

無視して通り過ぎようとする朱理の前に、恵美は立ち塞がった。

男勝りな女刑事の目はナイフのように鋭い。

「事故で処理なんて絶対にさせないわよ。自殺なら自殺って、ハッキリさせるべきよ。イジメがあったのなら、それはそれで第三者を介入させてきちんと調査するべきだわ」

「本件はイジメを苦にした自殺と考えてますか？」

「たぶんね。学校側はなにか隠しているもの」

「亡くなった三名とも活発で目立つ生徒だったようですが」

「明るい子がイジメを受けていないなんてただの先入観よ」

朱理が彼女を避けて歩き出せば慌ててついてきて食い下がる。

「今後学校は保護者たちに対して、事実を説明する義務を果たさなければならないの。これを事故にするなら、彼らはなにに対して謝罪するのよ。設備の不具合？　校舎の老朽化？　大人は逃げ道を知っているからいくらだって言い訳ができるの。でも言い訳は謝罪なんかじゃない」

徐々に彼女の身振り手振りは大きくなり主張はヒートアップする。すっかり暗くなった校舎に、彼女の声が大きく反響していた。

「二度とおなじ過ちを繰り返さないって誓いをたてるのが謝罪なのよ。彼らにその謝罪を口にさせるのがアタシたちの責務でしょう！」

階段の途中で朱理はぴたりと足を止める。

「謝罪は誰のためにあると思いますか」

恵美は顔をしかめる。けれど迷うことなく即座に朱理の背中に答えをぶつけてきた。

「遺族のためよ。亡くなった生徒のご家族のために決まってるじゃない」

彼女の言葉にはぶれない信念を感じる。同時に、自信に満ちあふれた正義感も備わっていることも痛感させられた。だがそれは、警察官としての「模範解答」に過ぎない。蚊帳の外から中立という名の偽善を振りかざしているだけだ。

「謝罪なんて死者に無関係な人間のための見世物です。俺たちがどんなお膳立てしたところで頭下げるやつらに『てめぇらいますぐ死ね』って思うのが遺族の本音です」

足を止めた恵美がひゅっと息をのんだ。

「あなたは正しい。ですが正しさの押しつけは加害者への憎しみを捨てろと言っていることとおなじです。必要なのは謝罪ではなく、相応の償いです」

彼女がどんな表情をしているのか見当はつく。

朱理は階段の途中に彼女を残し、ひとりで二階の美術室へとあがっていった。

†

二年一組の瀬戸《せと》裕也《ゆうや》は、一年生のころから教室で隅っこの席だった。

席替えの話が出ると、誰がなにを言うでもなく、暗黙の了解でいつもその席になった。空調の風は届かず、夏は暑くて冬は寒い。近くを人が通るたびに埃が舞う。七月も後半にさしかかり、むわりと蒸し暑い熱気が廊下から伝わってくる。

他愛もない談笑が、くぐもったクラクションの連続みたいに、耳の奥で反響していた。誰も彼の話をしていない。

誰も彼に声はかけない。

「おいおまえら、遊んでないでプリントまとめて持ってこいよ」

「はーい」

「つぎ特別授業だから、おまえらサボんなよ」

「はーい」

担任の教師が言う『おまえら』には、彼の存在はなかった。

無数の傷がつけられた机の上で、瀬戸は「イジメに関するアンケート」というプリントと向き合っていた。先月、このクラスの殿岡と松田が学校内で死んだらしい。先週は山本が死んだらしいと担任の教師は言った。

なんで死んだのかとか、どうやって死んだのかとか、具体的な話はなかったけれど、クラスメイトたちは——イジメを苦に自殺した——と噂している。たぶん先月配られたこのアンケートのせいだ。皆配られてすぐに書き、学級委員長が集めて既に生徒指導員に提出している。けれどこうして瀬戸のプリントだけが回収されていない。

イジメられている人を見たことがありますか。

——はい。

その項目以降を瀬戸は書けずにいた。アンケートは匿名だが、字を見れば誰が書いたのかは一目瞭然だ。こんなものをばか正直に書く生徒はいるのだろうか。そもそもこのクラスにイジメというものが存在していること自体、認知されているのかも疑わしい。

彼はシャープペンシルを握る手に力を込めた。

——ボクらは小さな魚だ……。

この狭い学校という水槽の中で、魚たちは群れて生活することを強いられている。その群れから外れて漂う一匹の魚にいったいどれだけの魚が気づいているのだろう。

だからこんなアンケートになんの意味があるのか、と瀬戸は思っていた。

「ハロー、エブリバーディーッ!」

前方の扉が勢いよくバァンと開け放たれた。教室内に一時の静寂が訪れる。

金髪に青い目の見目麗しい男性が、軽やかな足取りで入ってきた。胸元に「侍」とデカデカとプリントされた真っ白いTシャツに淡い水色のジーパン姿だ。一瞬にしてクラス全員の脳裏に、日本かぶれの外国人観光客というイメージがよぎった。その後に続いて、バインダーを脇に抱えたスーツ姿の暗い雰囲気の男性がやってきた。

「ドゥーユーセイッ、ハロー? ヘイ、そこのお嬢さん、ハロー、アハン?」

机に尻を置いて唖然《あぜん》としていたギャルの顎を指で上げ、金髪の男性は顔を近づけた。

「は……はろー……」

彼女は呆然となりながらそろりと机から降りた。

どこからともなくキャアと黄色い声がした。反対に、男子の反応は薄い。

「ギリシャから来た留学生のベル・アンダーソンだ。日本の倫理観を研究している。留学生だから日本語はつたないが――」

抑揚のない掠れた低い声で、死んだ魚の目をしたスーツ姿の男性が隣で喋る。

「つたなくはないぞ」

「つたないことにしておけ、そういう設定だ」

「ギリシャの公用語は英語ではないのだが」

「中学生にギリシャ語は難易度が高い。英語を喋るギリシャ人という設定にしろ」

「オーライ、そういう設定だ、さぁ特別授業を始めよう。よろしくジャパニーズ？」

ベルとかいうギリシャ人の男性は、主にクラスの女子に向けてウィンクを飛ばした。

まるでタイプの違うふたりの美形を前に、いつもは授業中ですらまともに席につきもしない生徒たちがおとなしく着席し、爛々《らんらん》とした目を教壇に向けている。

とある女子がおそるおそる手をあげた。

「あのー、そ、そちらの方は……？」

「ん？　……俺か？」

ちらりと目を向けられた彼女は、頬を染めてこくこくと頷く。

「通訳の一之瀬だ。俺のことはどうでもいい。こいつ……じゃない、ベルさんの質問に答えてやってくれ」

そう言って一之瀬という男性はゆっくりと生徒たちの机の間を歩いていく。

「そうだな、まずはユーたち、ジュニアのスゥイート・ラブについてクェスチョン」

指された生徒たちはなぜか彼に合わせてたどたどしい英語で答える。そのたびにオーバーなリアクションで、ベルは喜怒哀楽を示した。いっぽうで一之瀬という男性は通訳と名乗っておきながら別段口を挟むでもなく、端から端まで、コツコツと生徒たちの机の間を歩いていた。クラスメイトたちはベルのユーモア溢れる質疑応答に夢中だったが、瀬戸だけはずっと伏した格好で一之瀬の動きを追っていた。

――あの人……ボクらを観察してる……？

全員がベルの面白可笑《おもしろおか》しい一挙一動に集中し、ゲラゲラと沸き立っている。

――誰もあの一之瀬って人を気にしてないのか……。

「ははははベリーナイス！　ネクスト、ユーたちにとって『デス』……死とはなにか」

死――。いまこのクラスで連想される「死」はただひとつだ。見て見ぬ振りをしていた生徒たちの顔色が変わり、笑い声で満ちていた教室がシンと静まりかえった。

「キミはどう思う」

それは急だった。一之瀬はよりにもよって、瀬戸の机に手を置いた。

ニキビまみれの顔を上げれば、視界は無表情のクラスメイトたちでいっぱいになった。

教室じゅうの目という目が、ぎょろりと瀬戸に向いている。全身の血液が一気に下がった。

「死……ですか……」

腕の下に敷いたイジメに関するアンケートがくしゃりとなった。

「わ、……わかりません……」

「そうか」

すっとアンケート用紙の端を摑まれる。驚いて思わず腕を浮かすとアンケート用紙は抜き取られ、机全面にカッターでこまかく刻まれた『死』の文字を見下ろされた。

「その机……」

「あ……」――慌てて隠そうとしても呪いのような文字は身体から漏れていく。

絶望の表情で見上げると、漆黒の瞳が胸のうちを探ってきた。

「キミからは個性的な答えが聞けると思ったんだがな」

「……僕は『死』は始まりだと思います」

最前列の席の深沢《ふかざわ》が、不意に手をあげて立ち上がった。教壇に立つベルにではなく、一之瀬に向けて凛《りん》として答えた。全員の目が深沢に向いたのでほっとした瀬戸は隙をついてアンケート用紙を奪う。アンケートの回答を消しゴムで擦り消した。

「始まり？　死は終わりじゃないのか？」

「自分に置き換えるとそうなりますが……他人の死は、人間にとって節目になります。たとえば身近な誰かが死んだとして。後ろ向きになって悲しんだり苦しんだりするより、その死を意味あるものと捉えて、前向きに活《い》かすべきだと僕は思います」

「死を前向きに捉えるその意図はなんだ？」

「声をあげるよりずっと効果的に社会へ訴えるためです。たとえば、そうですね。閉鎖空間の中で隠され、容認され続けた特定の人間へのイジメって、当事者が死んだらようやく明るみに出たりしますよね」

「それはイジメを苦にした自殺行為を肯定しているのか」

「問題提起にはなります。イジメられていることを誰も信じてくれなくて、助けてくれないのなら、死をもって苦しみを理解してもらう行為は意味があることですよね」

「十四歳かそこらの子どもが考えることじゃないな」

「子どもは大人が想像しているよりずっと考えていると思いますよ」

　誰もがぴりっとした空気を感じたと思う。

　不自然にみっつ空いた机に、全員の意識が向く。首を吊って死んだ三人の机だ。けれど瀬戸だけは伏せながら別のものを見ていた。窓際の席で、派手な髪型をした、そばかすまみれの男子が唇を震わせている。

――あいつはわかっているんだ……。

──深沢が言う意味のある死の真意を。

パン、と手を叩く音で皆が我に返る。

「オーケーオーケー、それもひとつのアンサーだな」

ベルが手を叩いた拍子にちょうどチャイムが鳴った。

「そう怖い顔をするな通訳ボーイ。生徒たちが怯えているぞ」

「……いまから紙を配る。一言だけでいい、特別授業の感想と名前を書いて教壇に置いてから帰るように」

一之瀬は生徒ひとりひとりの机に白い紙を置いてまわった。

大抵の生徒はさらさらと「楽しかった」だの、「興味深かった」だの、当たり障りのない感想を書いたらしい。彼らは流れ作業のように教壇に紙を置いて教室を出ていった。ベルの周りには女子生徒が群がっていた。彼は女子生徒たちの肩を抱いたり、スマートフォンを出して連絡先を交換したり、まんざらでもない対応をしている。本当に倫理を学ぶために日本に来たのか怪しい。

瀬戸は紙になにも書けず、血走った双眸で深沢の背中を見つめる。

いっぽうで深沢は熱心になにかを書いていた。書き間違えた箇所を、ちぎれて小さくなった赤い消しゴムで消す。その深沢の手元を通訳の男がじっと見ていた。

†

「子ども相手にムキになりおって」

「なんの話だ」――回収した紙に目を通す。

「久しぶりに貴様の可愛らしい姿を見れたぞ。普段からそれぐらい生意気なほうが、我も退屈しないのだがなぁ」

「……なにが可愛らしいだ」

朱理はベルにぎろりと睨みをひとつ返して、生徒たちから集めた紙に視線を戻した。

「褒めておるのだぞ。貴様のアングリーなフェイスは、ベリー・キュートだ」

「その変な英語の設定はもういい」

裏庭には朽ちた用具室が建っている。その周辺は雑草が膝丈にまで伸びて生い茂り、かつてはサッカーゴールに使われていたであろうネットの残骸が蔦《つた》のようにそこかしこに絡まっていた。

ベルは転がっていたサッカーボールを蹴り上げ、リフティングを始めた。

「いまのジャパンは不自由だな。子どもは遊ぶことも許されぬのか。毎日休まず学校、学校が終われば塾に通い、家でも勉強を強いられる。性根が歪むのも無理はない」

用具室の腐った木壁には赤いスプレーで「死」と吹き付けられている。

「なんとも窮屈な世界だ」――言葉とは裏腹にベルは嗤う。

雨水を吸ったボールが変則的に跳ねて雑草の中に埋まった。

「だからこそ我も居心地がいいのだがな」

ベルはへこんだサッカーボールを踏みつけて上機嫌に言った。

悪魔にとって居心地のいい世界とはどういう意味なのか、朱理は頭の隅で気になりつつも、それはきっとよくない意味なのだろうと思い言及しなかった。彼が愉快なときは大概ろくでもない。朱理は相づちも打たなかった。

「おいシュリ、聞いておるのか？」

「聞いてない」

「聞いておるではないか。どうだ、気になる感想でもあったか？」

サッカーボールで遊ぶことに飽きた悪魔が朱理の手元を覗き込んだ。

特別授業の最後に発言した男子生徒、――僕は『死』は始まりだと思います――と答えたあの生徒の感想だ。他の生徒たちの回答はありきたりの文言ばかりで、なんの引っかかりも感じなかったが、真面目に書かれた彼の言葉だけは意味深だ。

「……『イジメは僕らの世界を成り立たせるためのカースト制ではない。生きていいか死ぬべきかの選別の儀式である』……ほう、深いな」

「深沢秀一《しゅういち》。この事件についてなにか知っていそうだな」

「なぜそう思う？」――ベルは青い目を丸くした。

「教室の隅にいた瀬戸裕也という生徒を覚えているか」

ベルはぱっと思い出せないようだ。だが、朱理ははっきり覚えている。机にたくさんの胸くそ悪い落書きをされていた生徒だ。誰が見ても彼は長期間に亘って誰かからイジメられている。彼を担任の教師も、他の生徒たちも、そこにはいない存在として扱っていた。須加校長もイジメはないとしきりに言っていた。死んだ生徒三名は素行が悪く、どちらかというと目立つ生徒であったから、イジメられていたとは考えられない。そもそもイジメと彼らの連続死は無関係だ、と。

来校してからずっとこの学校全体から感じられる隠蔽の空気。殺人ではなく自殺でもなく事故にしたい――……それは三名の生徒の「死」を隠したいわけではないのかもしれない。朱理はこの学校で起こっていた「イジメ」を隠そうとしているような気がしてならなかった。

そんな中で唯一、死とイジメを結びつけて、におわせてくる生徒がいる。

「深沢秀一に話を聞くべきだろう」

ベルは興味なさそうに頭の後ろで手を組む。

「となると、もう一度特別授業をするのか？」

「いや……その必要はない。彼は俺が警察官であることを知っている。そうだな？」

七月の眩《まぶ》しい夕日を浴びて伸びた用具室の影が、ぴくりと揺れた。

朱理の視線の先を追ってベルが振り返る。

短い黒髪。この学校では制服を着崩した生徒が多い中、彼はきっちりとシャツの第一ボタンまで留めている。精悍《せいかん》な顔つきの深沢秀一が会釈をしながら顔を見せた。その姿と振る舞いで、規律正しい真面目な生徒だと一目でわかる。

「これは気づかなかった」――そう言いながらベルは口の端をあげる。

「おまえが気配に気づいていないわけがないだろう」

「いいや確かに気づかなかったぞ。……雑魚らしい真似事《まねごと》よ……」

「雑魚……？」

朱理はどことなくベルの言葉に引っかかりを覚えた。

「まぁその話はいい。……で？　貴様はなぜシュリが警察官だと知っておるのだ」

「山本が死んだ日の放課後にあなたとすれ違ったからです」

深沢秀一の声はまっすぐだった。

どこですれ違っただろうかとベルは唸《うな》って首を傾げた。「階段だ」と朱理が呟くと、ベルは「あぁ」と両手をポンと合わせた。あの女刑事に同行していたときベルは蝿の姿になって朱理の背中にくっついていたから、覚えていないのだ。

「やっぱりあなたも刑事さんなんですよね。さっき先生たちに訊いてもはぐらかされたんですけど」

「俺じゃなくても、もっと前から知らない大人が出入りしていただろう」

「えぇ……でもあの女性刑事さんは自殺の一点張りで、僕の話をちゃんと聞いてくれなくて。あなたなら僕の話を聞いてくれそうだったので」

なるほどと朱理は小さく肩を落とす。

「死んだのは瀬戸くんをイジメていたやつらなんです」

やはりそうかと朱理は内心頷く。

「一人目の殿岡が首を吊って死んだって聞いたときはあんなやつでもなにか悩みがあったのかなぁって不思議に思わなかったんですけど、二人目の松田がおなじように死んだと聞いたときは、もしかして……って思いました。山本のときに、あぁきっとそうだって疑問が確信に変わっていって」

朱理は聞きながら目を細める。

「三人は自殺じゃなくて殺されたんじゃないかって思いました。そう思っているのはたぶん僕だけじゃないです。最後の一人が死ぬまで続くんじゃないかって思うから、みんな怖くて話題にしないようにしているんです」

あえて口は挟まず、深沢秀一に続けさせる。

「瀬戸くんをイジメていたのは四人です。あともうひとり鈴木仁八《すずきじんぱち》っていう――」

話の途中で、ガシャン、となにかが割れる音がした。

三人は一斉に振り向いた。直後に誰かがわめきちらす怒号のような声が聞こえ始めた。

「この声、鈴木だ！」と、深沢秀一が忌々しげに吐き出して走り出した。

朱理はベルに目で合図し、その後を追った。

金色の蠅が上空へと飛んでいった。


「つぎはオレを殺すつもりか！」

「やめろ鈴木！」――深沢秀一が声を荒らげる。

瀬戸裕也は蜘蛛の巣状にヒビ割れたガラス窓の下で、潰された虫のように小さくなっている。彼の髪を引っ摑み、真っ赤な顔をした鈴木仁八が拳を振り上げた。

「やめろって！」「うるせぇッ！」

肉と骨がぶつかり合う嫌な音が響く。

殴られた瀬戸裕也は人工土の上に、うつ伏せに倒れた。呻《うめ》いて背中を丸める彼に容赦なく蹴りが浴びせられる。くそが、おまえが死ね、汚物のくせに――。およそ人間に投げかける言葉ではない罵声とともに激しい暴力が降り注いだ。

「警察がいるんだぞ！」

「けっ、けい……さつ?」──鈴木仁八はぎくんと固まった。

陰で様子を見守るつもりが、そう言われて致し方なく朱理は姿を見せた。

「あァ……警察っていぇ、さっきの通訳のオッサンじゃねーか?」

朱理は渋々、上着の内ポケットから警察手帳を出す。

子どもであろうと大抵の一般人はそれが本物かどうか疑って目を凝らすが、彼は警察手帳を見せられて条件反射のように震え上がった。おそらく過去にこれを見せられた経験があるのだろう。補導されたか、それ以上か。反応をうかがう限り後者かもしれない。

「ち、違うって、オレらはこいつに……っ」

「……おまえも……死ね……」

くぐもった声がした。

瀬戸裕也が人工土にガリガリと爪を立てていた。

「おまえもあいつらみたいに……さっさと死ねよ」

ガラスの破片が光る乱れ髪の隙間から、血走った目が睨み上げていた。

「ひっ……!」

彼の禍々しい殺気に圧《お》された鈴木仁八は後ずさりし、やがて悲鳴にも近い罵詈《ばり》雑言を吐き捨てて走り去っていった。

瀬戸裕也はゆっくりと立ち上がった。額からは一筋の血が流れていた。

鞄の中身をぶちまけられたのか、人工土の上にはノートやシリコンペンケースが散乱している。ペン、定規、分度器……。彼は何事もなかったかのように静かにそれらを拾いながら、鞄に詰めていく。

「深沢くんは、もう行って」

「……でも」——深沢秀一は困って朱理を見た。

「その人、警察の人なんでしょう」

「うん……」

「だったらボクは話さなきゃならない」

「そ……、そっか……」

俯《うつむ》いたまま、瀬戸裕也は額から流れた血を手の甲で拭った。

「いままでありがとう」

「……っ、ご、……ごめん……僕は……、そんなつもりじゃなくて——」

「謝らなくていいよ。キミは正しいよ、わかってるから」

躊躇いながらも深沢秀一は校舎に戻っていった。

彼は途中、何度も振り返ったが、瀬戸裕也は鞄の中身を拾うことだけに専念するフリを見せてクラスメイトの気遣いに拒絶を示した。小さな唇を噛みしめていた。

「深沢くんがボクを助けたって、誰にも言わないでください」

「なぜだ？」

「深沢くんまでイジメられちゃうから。学校ってそういうところなんです。ボクを庇《かば》ったって知られたら誰が深沢くんを無視しだすかわかりません。あのクラスで『いるけどいない存在』なのはボクだけでいいんです」

「いるけどいない存在……」

「人ってそうやって弱者をつくって均衡を保ってるんですよね」

ぎこちない笑顔を見せられて、朱理は軽率にそれは違うなどと否定の言葉を口にしてはならないと思った。彼は彼なりの解釈をもって自分を納得させようとしているのだ。この狭い水槽の中で、自分ひとりがいたぶられることを我慢し続ければ、他の生徒は被害を受けないという悲しい正義《ルール》を背負いながら。

朱理は屈《かが》んでペンケースの中身を拾うことを手伝った。

「変わった消しゴムだな」

ブロック状の消しゴムが散らばっていた。それらはほぼ均一の形をしており、数えると全部で十八個もあった。一個だけ赤い。あとはすべて青色だ。

興味本位で凹凸を重ねるとくっついた。

「組み立て消しゴムっていうんです。……知りませんか？」

「上野《うえの》駅の無限パンダ消しゴムなら知っている」

　すると瀬戸裕也はぱっと顔を上げてフフッと笑い出した。

「無限パンダって、もしかして押し出し成形の消しゴムのことを言ってますか？」

「……なんだそれは」

「金太郎飴みたいに切るとおなじ形の消しゴムがいっぱいできるやつです」

「あぁ……それだ。俺の娘がそう言っていたんだ」

　子どもはちょっと変わった文房具を集めるのが好きだ。朱理が幼いころは香りがついた「ねりけし」が流行《はや》った。大人たちはなぜそんなものを欲しがるのかと不思議がるが、子どもは収集目的の文房具に機能は期待していない。収集用と、普段使いは別なのだ。だから大人になってから、なんでこんなものを集めていたのだろうかと思うほど、引き出しの奥から大量のシールが出てきたりする。

「組み立て消しゴムということは、これを組み立てたらなにかになるのか？」

「はい、お魚さんになります」

「お魚さんか。いまはそういうのが流行っているのか」

「流行っているっていうか、ボクが好きなだけです」

　しかしこの十数個のブロックだけで魚を一匹作るには足りない気がする。ブロック状ということはおそらく立体になるのだろうし、そうでなければ楽しくはない。

「お魚さんは全部で三十六個のブロックを組み立てると完成するんです」

「三十六個か……残りは家にあるのか？」

「あ、……ええと、た……たぶん、あと十七個は家にあります」

瀬戸裕也の目が急に輝きを失ったので、朱理はそれ以上を言及するのはやめた。彼は再び唇を噛んだ。残りのブロックはイジメられて奪われたのかもしれない。

「全部拾えたか？」

「ええと……、あ、はい。大丈夫です」――消しゴムを数えて彼は頷いた。

「警察の俺に話があると言っていたな」

鞄にすべてを詰め込んでから、ようやく朱理は切り出した。

「はい……でも学校では、ちょっと……」

瀬戸裕也は無理に笑顔を作った。乾いた額の血の跡が痛々しかった。

「学校の外で話していいですか」

†

真横を数分間隔で山手線が走っている。目白駅を素通りし、高田馬場《たかだのばば》方面へ下る。

瀬戸裕也はぴたりと足を止めた。高層マンションの一階駐車場では幼い子どもたちが走り回っていた。買い物袋を提げた母親らしき女性に呼ばれ、子どもたちはマンションのエレベーターに向かって駆け出していく。

学校の外で話していいですか――瀬戸裕也はそう言ったのだが、実際、学校からかなり離れてからやっと口を開いた。それまでは足元を見ながら歩いて押し黙っていた。

「……ボクのお父さんはもう何年も無職なんです。部屋にこもったまま、出てきません。でもマンションのローンを払わなきゃいけないから、お母さんがパートで働きに行っています。って言っても、机のメモ帳にそう書いてあっただけなので、本当にそうなのかはわかりませんけど。うちはメモ帳を介してでしか会話をしないんです」

「それは……おかしいとは思わないのか？」

「いろいろ訊いちゃだめなんだろうなとは思ってます。お父さんはきっと嫌な思いをしたから会社を辞めたんだろうし、お母さんは毎日朝から晩まで仕事で疲れているだろうし。なんか大人って、いろんなしがらみがあって大変なんだろうなって思うから」

「キミは――」

我慢強いんだな、と言いかけてやめた。

彼は我慢をしているわけではない。諦めているのだ。先人たちによって定められた、たくさんのルールに縛られたこの世界では、彼は自分は非力でなにもできないということを悟っている。彼は頭がいい。なにもできない子どもだからこそ、両親にはなにも訊かないという態度を示しているのだろう。

「よくイジメられたら『逃げたらいい』って大人たちは言うじゃないですか。自殺するぐらいなら逃げろとか、まるで自殺した子どもが悪いみたいに言いますけど――」

やがて電車の行き交う音だけが残った。

「――逃げ場所がなかったから自殺するしかなかったのかなってボクは思います」

都会はうるさいのに、彼の周りは静かだ。

「キミも自殺を考えたのか？」

夕焼けに照らされた横顔は暗い。

「考えました。でも自殺するとたくさんの人に迷惑がかかります。特に、両親には……だったら生きて地獄のほうがいいのかな、とか。だって大人たちは子どもたちに将来の納税を期待するわけじゃないですか。日本って少子化が問題になってるし」

「いまから納税のことを考えているのか。子どもらしくないな」

「あはは、そうですね」

引きつった笑顔も十三、四歳の子どもがする表情とは思えなかった。

ニキビが潰れて荒れた頬だけが、彼をなんとか中学生に見せていた。

「あぁそういえばさっきのお魚さんの組み立て消しゴムは、ボクが小さいころにおねだりしてお父さんに買ってもらった最後の誕生日プレゼントなんです。だいすきでずっと持ち歩いてました。授業中に先生の目を盗んで組み立てるのが楽しいんですよ」

「だがブロックの半分はなかったな。残りは家にあると言っていたのは嘘だろう？」

「……はい」

瀬戸裕也は俯いた。

「殿岡、松田、山本、鈴木……」

なだらかな下り坂を並んで歩く。

「屋上に呼び出されて、ほとんどあいつらに捨てられました」

俯くのはつらいことを思い出したときの彼の癖らしい。履きつぶして灰色に汚れたスニーカーの靴先に目をやっている。

ちょうど下にプールがあるぜ。

お魚さんは水槽に戻してあげましょ〜ね〜？

それ淡水魚じゃねぇだろ、ギャハハハッ！

うわきったねぇ〜、あんなのプールじゃねぇよ。

「いそいで駆け下りてプールに飛び込みました。苔《こけ》と虫の死骸だらけの水は冷たくて、臭くて、潜ったら全身に纏わり付いてきて、手探りでかき集めて……。でもプールに無断で入ったのを先生に見つかって怒られたんで、十九個しか回収できませんでした」

「先生には事情を説明しなかったのか？」

「どんな事情だろうと、使用禁止のプールに無断で入るのはダメだ、って」

そうか——と朱理は腑《ふ》に落ちる。教師は、彼がプールに入らなければならなかった理由を聞かずに、無断でプールに入った事実を罰することしか頭になかったのだろう。

彼はまた唇をきつく噛んで、鞄を握る手を震わせた。

「最後には……たかが消しゴムだろう、って……鼻で嗤われて……」

口元は笑っているのに言葉が涙で掠れていく。

「そうかもしれないけど……ボクにとっては宝物だったんです。そう訴えても先生は、そんなのまた買えばいいじゃないかと言いました。でも他のお魚さんじゃダメなんです。お父さんが買ってくれたお魚さんだから、ボクの宝物なのに」

電車の音が遠くなった。閑静な住宅街を抜けて、遊具がひとつしかない公園に行き着く。かつては砂場もブランコもあったのだろうが、それらは撤去されていて、痕跡が残るだけだ。座板と鎖が外されて立っている、錆びたブランコの支柱が侘《わび》しい。いまどき揺れるヒヨコの乗り物しかないつまらない公園で遊ぶ子どもはいないようだ。

瀬戸裕也は公園内に入り、ヒヨコの乗り物に手を置いた。

「制服とかコインランドリーで洗って、乾くまでここにいました。コンビニのトイレでトイレットペーパーをたくさんもらってきて、汚れた消しゴムを拭いて……」

カラスが鳴きながら上空を飛んでいく。

「そうしていると……あのブランコは、首を吊るのにちょうどいいなと思ったんです。なんか踏み台になるものとか、ロープとか持ってきたら良さそうじゃないですか？」

朱理は立場上、肯定も否定もしなかった。

ほぼ無反応に等しい朱理にぎこちない笑みを向けて、瀬戸裕也はヒヨコの乗り物に寄りかかる。まるで神にでも祈るかのように膝の上で両手指を組んだ。

「ボクはいつ自殺してもいいと思ってるんです。死ぬのは怖いとも思いません。それがたぶん一番ラクになれる方法だと思うんで。でもボクが生きていることで救われている人もいる……ボクがまだ生きている理由って、その程度なんでしょうね」

†

杉並区の住宅街は静かな夜に包まれていた。

「……ただいま」

朱理は自宅マンションのリビングチェアに腰掛けて、ホームセンターの紙袋を開けた。テーブルの上には『組み立て消しゴムシリーズ・お魚さん』の小さな箱が転がる。幼児の誤飲を防ぐためか大きな文字で、対象年齢六歳以上と印字されている。

――意外と難しいな……。

傍らに説明書を広げ、ブロック消しゴムを組み立てていく。

すべておなじ形かと思いきや突起の数に違いがある。側面に穴がなく突起があるだけの一個一個確認しながら土台を作り、半分までさしかかったところでベルが向かいの席にどかりと飛び乗ってきた。

「なにをしておるのだ？」

ベルは椅子の背もたれに組んだ腕と顎を乗せ、にやにやと朱理の手元を見る。

「貴様がそんな子どもの遊びに興味を持つとはな」

「ちょっと気になることがな……」

「ほぅ？」――ベルは転がっている青い消しゴムを一個摘まんだ。

瀬戸裕也は全三十六個からなる宝物の『お魚さん』のうち、十九個だけしか持っていないようだが、それでも意味のあるもののように大事にしていた。半数も欠けていたら組み立てられないから持ち歩いていても仕方がないのではないかと朱理は思った。

違和感を覚え立ち寄ったホームセンターで手に取った『組み立て消しゴムシリーズ・お魚さん』の箱の側面に印字されている「遊び方」を読むと、どうやら三十六個揃っていなくても組み立てて遊ぶことができるらしいのだ。

「マグロ……サンマ……イカ……」

ぶつぶつと呟きながら真剣な顔でぷちぷちと消しゴムを組み立てる朱理を、ベルは不思議そうに覗き込む。

「寿司《すし》のネタか？」

「まぁ……魚だからな」

「そう聞いたら今夜は寿司の気分になったな。よし、寿司の出前をとるぞ」

ベルは朱理の共済組合保険証とクレジットカードを持ち出し勝手に契約したスマートフォンを使っている。慣れた手つきでアプリを駆使し、さっさと出前を頼んだらしい。あと三十分で来るぞと一方的に言われたので朱理は呆れて肩を落とした。

「俺はいらん」

「ほーほーそう言ってよいのか？　貴様の好物のエンガワ入りの桶にしたぞ。目の前でうまそうに食われたら、やっぱり食いたかったと思うかもしれんがなぁ」

朱理の手が一瞬止まる。

――なんで俺が好きなネタを知ってるんだ……。

じろりと睨む朱理のその反応に、ご満悦らしい悪魔はフハハと高笑いした。

「ん、エンガワ……？　……ヒラメ……か」

説明書を裏返すと、もっとも少ない個数で組み立てられる「ヒラメ」があった。最低でも青の消しゴムが十七個、赤の消しゴムが二個あればできる。他の魚に比べて平べったく立体的ではないが、そのぶん隣接する消しゴムがハマれば突起やくぼみの形には制限がない。——もしや……と組み立て途中の消しゴムを一旦ばらした。

集中しているうちにチャイムが鳴り、ベルがさーっと走っていった。

朱理は試しにランダムで青の消しゴム十七個を摑んで何パターンか組み立て始めた。

「シュリ、最後の一貫だぞ。ほうらほうら食ってしまうぞ。……って聞いておらんか」

目の前でベルにエンガワをうまそうに食われつつ、組み立てと解体を繰り返す。

完成形の見た目にばらつきはでるものの、確かに青の消しゴムに関しては、形状を問わず十七個あれば「ヒラメ」だけは組み立てられるようだ。

ただし——、と朱理は赤い消しゴムを一個握り込む。

「そういうことか……」

腹一杯寿司をたいらげたベルはいつの間にかソファに移動していびきをかいている。

「知らないわけがないんだ、彼は」

プールに落とされた消しゴム。それは合計十九個しか回収できなかったと、瀬戸裕也は強調して言っていた。なぜ、アレも含めて十九個とは言わなかったのか——。

赤い消しゴムはちょっと力をこめて擦り付けると、簡単に折れた。

「……迷っている時間はない、か……」——朱理は首に手のひらを当ててうなだれる。

果たして殺してもいい相手なのかと自問自答するうちに朝日が昇る。

うなじの黒い歯車が、あと数日の命を示して薄くなった。

†

捜査員が引き上げた学校はいつもの喧噪《けんそう》を取り戻している。

朱理は正門に寄りかかって、生徒の下校を見送っていた。

『あの胸のでかい女と随分長く話し込んでいたな』——肩にとまっている蝿が嗤う。

「あぁ、……ちょっとな」

『EかFはあるな。サイズは何カップか訊けたか？』

「そんな話はしていない」

あれから朱理は鈴城恵美に連絡を取った。一方的に捜査から外された彼女は、不躾《ぶしつけ》に電話をかけてきた相手に不満を漏らしながらも渋々情報を提供してくれた。

一年前——瀬戸裕也は美術部を強制退部になっている。

それ以来、美術室は施錠されるようになり、美術部の部活動以外では使用されなくなったという。美術室の鍵を持っているのは顧問の教師と美術部の部長のみだ。

だが三件の不審死があったとき、鍵は開いていた。もちろん恵美たちは顧問の教師と美術部の部長に鍵の使用があったかを確認したが、開けていないと答えたという。

「あ……、こ……こんにちは」

朱理の姿に気づいたひとりの生徒がぎくんと足を止めた。

瀬戸裕也だ。担いだ鞄の取っ手を握りしめ、背中を丸めた。その手は震えている。

「すこしいいか？」

「な、なんのご用ですか……？」

「キミに確認したいことがある」

彼は観念したかのように表情を硬くし、ごくんと唾を飲み下す。

「……じゃあ、この前の公園で……」

そう囁くように告げてサッと校舎を振り返る。朱理もつられて彼の視線の先を追った。

大きく亀裂が入った窓に目をやった彼は、朱理もおなじ窓を見ていることに気づき「行きましょう」と足早に公園に向かった。

——あの窓がある教室は……。

その瞬間、まるで闇が降りたように、ふっ、と学校全体が静まりかえった気がした。

下校する生徒の数がまばらになったせいもあるかもしれない。そしてあの場所では、忌まわしい死が連続しているという先入観がそう思わせた可能性もあった。

公園には相変わらず人けがなかった。

豊かに青々とした葉を揺らす木でセミが鳴いている。

「ボクに確認って……なんですか……？」

ヒヨコの乗り物に腰を落ち着けた瀬戸裕也は、長い前髪で自分の顔を隠すように俯く。組んだ両手は緊張しているのか激しく震えていた。

「……あの消しゴムはまだ持っているのか？」

「え？」――意外な質問だと思ったらしい瀬戸裕也が驚いて顔を上げる。

「お魚さんの消しゴムですか？」

「あぁそうだ。もう一度見せてくれ」

戸惑いながらも瀬戸裕也は鞄を開けてシリコンペンケースを取り出す。朱理はその間にそっと両手に黒い手袋をはめた。彼はその両手に「どうぞ」と小さな消しゴムを出してきた。手垢《てあか》にまみれた組み立て消しゴム。やはり――と、朱理は数えて目を眇める。青い消しゴムが十七個、赤い消しゴムが一個で、合計十八個だ。

「これでキミが回収できた消しゴムは全部か？」

「は、はい……」

「キミはこれでヒラメを組み立てられるから未だに宝物として持ち歩いているのか」

すると瀬戸裕也は肩を跳ねさせた。

「え……知ってるんですか」

「最低十九個あれば組み立てられるのはヒラメだけだ」

「はい、そうです。だからボクはそれだけでも充分遊べるから宝物に——」

「十八個しかないが？」

　ニキビだらけの頬が引きつった。

　朱理が探るように目を合わせると、彼はばつが悪そうに目を逸らした。

「赤い消しゴムが一個足りない」

「ぼ……ボクの記憶違いだったかもしれません……十八個だったかも……」

「キミはずっと十九個だと言っていた」

「じゃあ、あの……、鈴木にばらまかれたとき、一個落としたかも……」

「俺が『全部拾えたか？』と尋ねたら、キミは数えて『大丈夫』と答えたな？」

「……あ……」——思い出したのか顔面から血の気が引いていく。

　その反応が、ある推察を肯定する。瀬戸裕也は消しゴムをプールに捨てられた日「ヒラメ」を組み立てられる必要最低限の、青い消しゴム十七個と、赤い消しゴム二個の、合計十九個を確かに回収した。しかしなんらかの事情で彼は「ヒラメ」の目になる重要な赤い消しゴム一個をある人物に預けている。だから彼の認識では全個数は十九個だが、実際には十八個しか手元になくて『大丈夫』なのだ。

　朱理は口が開いたシリコンペンケースの中に消しゴムをぱらぱらと注ぎ落とした。

「深沢秀一がこれとおなじ赤い消しゴムを持っていた。そして彼は、美術部の部長だ」

「っ……」――瀬戸裕也の肩がぎゅっと縮こまった。

「一年前にキミは美術部を強制退部させられている。それ以降美術室は施錠することになり、鍵は顧問の教師と部長のふたりが持っていた。……深沢秀一とキミは、どうもただのクラスメイトではないようだ」

彼は青紫の唇を痙攣《けいれん》させて、ゆっくりと瞼を下ろしていく。

「キミたちの関係は共犯か？」

「……いえ……、……違います」

遠くで山手線が走っていく。

茜色《あかねいろ》に染まっていく空を、薄い雲が覆い始める。

「一年前」

少年は重い口を開く――。

瀬戸裕也は入学してすぐに四人の生徒からイジメの標的にされた。

美術室は彼らにとってその行為を行うのにちょうどいい場所だった。壊される石膏像、イーゼル、ロッカー、ガラスの入れ替えが不可能になるほど歪んだ窓。慌てて顧問の教師が駆けつけるころには加害者たちは退散し、瀬戸裕也だけが残される状態が続いた。

――ボクがやりました。

そう言うしかなかった。イジメの加害者四人からの報復がおそろしかったから。

そして誰も関わろうとしなかった。その矛先を向けられたくなかったから。

やがて顧問の教師は見て見ぬ振りをするようになり、美術部の部員たちは怯える毎日から逃げるように退部していき、深沢秀一だけが部長として残った。

ある日の放課後、顧問の教師から呼び出された瀬戸裕也は、部長の深沢秀一と話し合った結果、強制退部処分とすることになったと伝えられた。

そう語ってから、瀬戸裕也はスラックスのポケットに手を突っ込んだ。

握った拳を出して開けば、小さな鍵が手の中にあった。

「美術室の鍵です」

彼はうっすら笑った。

「最後には深沢くんに罪をかぶせるつもりで……ぜんぶボクがやりました」

どろりと淀《よど》んだ瞳が真正面から朱理を見上げていた。

「あの美術室、至るところに釘が刺さってるんです。ロープをわっか状にして、出入り口に仕掛けておきました。ひとりずつ呼び出して、扉を開けて入ってきたら思い切りロープを引っ張って、引きずって、天井から吊《つる》しました」

群れを成したカラスがギャアギャアと鳴いて飛び立っていった。

「ボクひとりじゃあさすがに四人は一気に殺せないので、ひとりずつ呼び出したんです。殿岡は一番単純でケチだったので簡単にお金で釣れました。二人目の松田も同様です。でも三人目の山本はさすがに警戒するだろうなと思ったんで、呼び出す手法を変えました。山本のお父さんは区議会議員なんで誘うというより脅しました」

「……」──朱理の眉間に皺が寄る。

「美術室はやつらにとってボクをイジメる場所だったから油断したんでしょうね」

淡々と語る声に感情はない。

「なぜ殺した」

「じゃあボクが自殺すればよかったんですか？」

やけに落ち着いている彼を揺さぶるつもりで朱理は質問を変える。

「よくひとりずつ呼び出せたな」

「あぁそれは、悪魔がボクに力を貸してくれたんです」

「悪魔……？」

金色の蝿が朱理の周りを愉快そうに旋回する。いや──ベルに限ってそんなことはないはずだと思った。ベルの好物は非道な殺人者の魂だ。

「……まさかとは思うが、おまえの仕業じゃないな？」──囁いて確認する。

『我が人間の魂を食えば貴様の歯車は黒くなるが？』

朱理は密かにうなじに触れた。ここ最近は消えるいっぽうで、今朝、鏡で見たときも黒い歯車はかなり薄くなっていた。それはつまり長期間ベルが人間の魂を食べていない証拠でもあった。

悪魔が力を貸してくれた、とはおそらく比喩表現だ。子どもの幻想か、妄想だろう。この金色の蝿がさっきから妙におとなしいことは引っかかるが朱理はそう解釈した。

「人を殺す勇気が出せたなら他にいくらでも手はあっただろう」

「じゃあ誰に訴えたらあいつら四人を学校から追い出してくれたんですか。大人たちはイジメから逃げろとは言っても、イジメた連中を学校から排除することは頭にないんですよ。これはボクにできた精一杯の勇気だったんです」

逃げる場所もない。

生き続けるのも地獄。

でも自分が死ぬのは迷惑。

だったら、殺せばいい。——……彼は、薄暗く濁った空を見上げる。

「ボクは間違っていたとは思っていません」

こんなことは言うべきじゃないと朱理は思ったが、訊かざるをえない。

「もうひとり残っているぞ」

「……鈴木ですか。はい、まぁ、そうですね……でもあいつはほっといても死にます。ボクが死ねって言ったんで、きっと今夜、悪魔が殺してくれます」

また悪魔か――と朱理は肩を落とした。イジメを受け続けて極限状態に追い込まれ、この若い年齢で短期間に三人も殺したのだ。殺したのは自分ではなく悪魔であると思い込む、妄想の世界に浸ることで、彼は休息の時間を得ようとしているのかもしれない。さすがに四人目には手が伸びず疲れたのか。

「どんな事情があろうとキミは人殺しだ」

星でも探しているのだろうか。上を向いた瀬戸裕也の目は左右に揺れている。

「ボクは逮捕されるんですか？」

朱理は悪魔の名を口にしかけて躊躇った。彼はいままで朱理が殺《あや》めてきた人間とは明らかに違う。許しを請うでもなく、逃げる素振りも見せない、子どもの殺人者だ。

「……まだやりなおせる。自首を勧める」

「へぇ、そう……ですか。ここまで言っても逮捕されないんですね」

「自首をしないというなら逮捕状を請求する」

「それってどれぐらい時間がかかるものなんですか？」

瀬戸裕也は首を戻してブランコに視線を移した。

「ボクが首吊って死ぬまでに間に合いますか？」

朱理はベルのように人間の魂の色は見えない。だが彼の魂は取り返しがつかないほどに真っ黒に染まっていると感じた。その小さな両手はこれから最後の殺人を犯そうとしている。自殺だ。

四人全員を殺したところで彼に希望は残るのだろうかと思った。本来支えとなるべきはずの両親は子どもに目を向ける余裕もなく、家庭は崩壊寸前だ。そのことを彼もじゅうぶん理解してしまっている。まだやりなおせる——なんて赤の他人が吐く言葉は、彼が言うところの『逃げ場所がなかったから自殺するしかなかった』という絶望を覆せるほど心に響く支えにはならない。

——俺の命も、もう保たない。

死なせるくらいなら殺してやったほうがいいと、朱理は結論を出す。

「……来い、ベルゼブブ」

朱理が呼びかければ、背後で金色の蠅が人間の気配を纏わせた。

少年の瞳にずるずると禍々しい闇が忍び寄る。

「悪魔の名前だ……」

「この世に悪魔なんてものはいない」

朱理は遮るように言った。

「ボクはずっと誤解していました。小さいころに読んだ絵本には、天使は良いやつで、悪魔は悪いやつなんだって描かれていたから。でも実際は違うんですね。天使は良い行いをしたら死ぬときに迎えには来てくれるかもしれない。でも生きているうちに助けてはくれなかった。悪魔はずっと、ボクのそばにいてくれたのに……――」

瀬戸裕也は穏やかに目を閉じた。

†

ずり落ちて寄りかかった少年の重みで、ヒヨコの乗り物が傾いている。

瀬戸裕也はおそろしいほど素直に死を受け入れた。

悪魔に魂を食われる恐怖の時間は、現実にはほんの数分でも、本人にとっては永遠に続く苦痛だと以前ベルは言っていた。だが彼はいままでの誰とも違う死にざまを見せた。命の灯火《ともしび》が消える瞬間、安らかに閉じた両目からは、明らかに「苦痛」とは違う涙が溢れたのだ。

その死に顔は心なしか笑っているようにも見える。

朱理の胸には苦いものが拡《ひろ》がった。

「こんな薄味の魂など食った気がせぬ」

白いシャツの腹をさすり、ベルは不満を垂れながら朱理の首に触れて言った。

事切れた少年を見下ろしながら朱理は思う。瀬戸裕也の歪んだ思想と凶行には同情できないが、その悲運な境遇に、誰かが寄り添うことはできなかったのだろうか。

なんともいえない後味の悪さが残った。

「……うん……？」

不意に、触れられたうなじに違和感を覚えた。

首筋を覆うようにぺたりと触れる。——……冷たい。

いつもなら燃えるように熱く刻まれる歯車が、なんの反応も示していなかった。

「おいベル、どういうことだ」

朱理は顔をしかめる。

「いま殺人者の魂を食ったんじゃないのか」

「食べたぞ、一応な。貴様が食えと言うから仕方なく食ってやったわ」

ため息交じりにベルが言う。

「仕方なく……？」

フン、とベルは鼻で笑った。両腕を組み、試すような薄笑いを朱理に向けてきた。

「まぁ寿命一日分ぐらいは稼げたのではないか？」

「この子は三人殺したんだぞ、たとえイジメられていたのだとしても殺していい理由にはならない。自分をイジメた生徒をあとひとり殺せなかったとはいえ——」

瀬戸裕也の、あまりにも素直に受け入れた死の意味を悟る。

「あと、ひとり……？　まさか……」

──悪魔がボクに力を貸してくれたんです。

──ボクが死ねって言ったんで、きっと今夜、悪魔が殺してくれます。

──悪魔はずっと、ボクのそばにいてくれたのに……。


悪魔──……、ずっとそばにいた。

「いい顔だなシュリ。そうやって怒り、苦しみ、嘆いて、もっと我を楽しませろ」

「……俺は……」──ぬるい汗が背中を伝う。

「貴様は焦って間違えたのだ」

そういうことだったのかと朱理は上着の裾を翻し、駆け出した。

「我の好物は殺人者の魂だが、それ以外を食えないとは言っておらぬからな！」

背後でベルがゲラゲラと高笑いする。拳が届く直前に蝿の姿に変化されて逃げられるとはわかっているが、その愉しそうに笑い続ける頬を思いっきり殴り飛ばしたかった。

ベルは誰が本当の殺人犯なのか最初から気づいていたのだ。だがもし問い詰めたところで、はぐらかされただろう。これまでもそうだった。きっと──これからもそうだ。

『どんどん死体が増えていくなぁ！』

金色の蠅がうれしそうに飛んできて、朱理の耳元で嗤う。

『あぁ愉快だ、愉快ッ！』

「くそが……！」

このうるさい蠅を叩き潰すことができないのが歯がゆい。

朱理はベルがいなければ生きてはいけない。復讐を遂げることもできない。

それは瀬戸裕也も同様で、あの狭い水槽の中ではそうだったのかもしれない。

†

ぎぃぎぃと荒縄が鳴いている。

薄暗い美術室の中央で鈴木仁八がつり下がっていた。

床にはパレットやイーゼルが散乱し、机や椅子もそこらじゅう引きずられた跡を残しながらぐちゃぐちゃに倒されている。犯行で残された足跡を掻き消すように。

内ばきを片手に持った少年が廊下を背にして屈んだ。

埃と石膏の粉まみれの足を内ばきに突っ込む。

「キミが彼の悪魔か」

少年は丸めた背中をぴくりと跳ねさせた。

「いま警察を呼ぼうと思ってたので、ちょうどよかったです」

「自首か」——朱理は走ってきた荒い息を悟らせないように短く言った。

「鈴木が自殺していたのを見つけたんです」

凛とした声が振り返る。

「それって『自首』じゃなくて『通報』って言いませんか？」

深沢秀一は冷めた目で朱理を見返した。

恐ろしいほど静まりかえった校舎には人の気配がない。ほとんどの生徒はもちろんのこと、なぜか教職員の姿すら見かけることはなかった。校舎には不気味な静寂が漂う。正門から玄関、階段をあがって美術室までの最短ルートで朱理は誰とも遭遇しなかった。学校とはこんなに人の目が少なくて無防備な場所だっただろうか。すぐ目と鼻の先にある私立校の厳重な警備とは雲泥の差だった。

「瀬戸くんをイジメていた連中が相次いで殺されて、怖くなって自殺したんですかね」

深沢秀一は神妙な顔をした。

「これを自殺だと言いたいのか。それを偶然キミは発見したと？」

「僕は美術部なんで、別に部活動をしに来ててもおかしくないですよね。とはいっても、部員は僕ひとりなんで事実上は美術部なんて廃部になっているも同然なんですけど」

　朱理と深沢秀一は揃って、天井からぶら下がっている遺体を見上げた。

「……助けないんですか？」

「キミこそ随分と冷静だな」

「下ろして助けようと思ったんですけど無理でした」

「触ったのか」

「あー……触りましたね。すみません、それは謝ります」

　床には遺体から漏れ出した体液がぽつぽつと落ちていた。

　もう手遅れだと朱理は思った。鈴木仁八は虚《うつ》ろな表情で頭を垂れている。

「もしかして僕、疑われてますか？」

　深沢秀一は目を丸くして小首を傾げた。

「警察の人たちが調べたら、指紋とかいっぱい出てくるかもしれませんけど、さっきも言いましたが僕は美術部なんです。あの女刑事さんに訊いてください。いままでも第一発見者は僕なんですよ。でも僕には彼らを殺す理由はないんで」

　美術室から出て行こうとする彼を、朱理は腕で止めた。

「なんですか？」

「キミはいま『彼らを殺す理由はない』と言ったな」

「そうですよ。むしろ関わり合いたくないぐらいでなるべく避けてました」

確かに、あのとき鈴木に殴られ蹴られていた瀬戸裕也に、彼は手を差し伸べることなく去っている。

「一年前までは、この美術室は瀬戸裕也をイジメる現場になっていたそうだな。そのせいで部員たちは辞めて美術室は施錠されるようになった」

「はい、そうです。毎日部活どころじゃありませんでしたよ」

深沢秀一は意外にもあっさりとイジメの実態を認めた。

「その後、鍵は美術部の顧問の教師と部長だけが持っていた。部長とは唯一の部員であるキミのことだろう。鍵はどうした？」

「それが……見当たらないんです」

「なくしたのか？」

「はい。最初に殿岡が死んだとき顧問の先生に伝えました。もちろんあの女刑事さんにも話しました。予算の関係とかで鍵の交換には時間がかかるらしいです」

鍵一本の在処《ありか》が不明にもかかわらず、恵美は早々に外部犯の可能性を消している。それは美術室が施錠されていることを知っているのは学校関係者だけだからだ。生徒はもちろんのこと、二本の鍵のうち一本を所持しているのが深沢秀一だと知っている教師も限られる。教師らには殺害動機は薄いと考え、結局、彼女は自殺と言い張ったのだろう。

「鍵をなくした責任を感じてたんで、放課後は美術室に鍵がかかってるか見に来てて」

「で、鍵が開いていたと？」

「今日も誰かが僕の鍵を使って開けたんでしょう……」

「瀬戸裕也が美術室の鍵を持っていた」

するると深沢秀一は顎に手をあてて「そういうことか」と呟いた。

「やっぱり瀬戸くんが彼らを殺したんですね」

「やっぱり、とは？」

「そっか……やっぱり……そう考えるのが自然ですよね。僕だけが怪しんでいたわけじゃないです。口にはしなかったけど、たぶんクラスのみんな、そう思っていたんじゃないでしょうか。瀬戸くんは僕の鞄から美術室の鍵を盗んでイジメていた四人をひとりずつ呼び出して殺した……四人全員殺し終えたら鍵を僕の鞄に戻して、僕に罪をなすりつけるつもりだったとか、そんなところですか？」

「やけに冷静だな」

「冷静っていうか、仕方なくないですか？　僕らは瀬戸くんがイジメられているのを、見て見ぬ振りをしていました。でも誰も止めなかったし、先生たちも黙認していました。いつかはこうなるんじゃないかと思ってましたから」

横目で睨む朱理を、深沢秀一は斜《はす》に構えてやれやれと見返す。瀬戸裕也もおよそ子どもとは思えない雰囲気だったが、彼もまた彼で、朱理が知っている十四歳の中学生ではない。厳しい現実を生き抜いてきたような肝の据わりようだった。

「僕らだって罪の意識がなかったわけじゃないですよ。でも大勢の人間が一緒に生きていくって結局は誰かが我慢しなきゃ成立しないよなぁってみんなわかってるんです」

深沢秀一は淡々と続ける。

「イジメって学校《こども》に限った話じゃなくて、大人の世界もきっと変わりませんよね。誰かが犠牲になってくれているから世界はなんとなく平和気分でいられるんだと思います」

「キミの言うその犠牲が瀬戸裕也だったのか」

「僕というかこれってみんなの代弁ですよ。でもなんて言うんですか、窮鼠《きゅうそ》猫を嚙む、でしたっけ。殿岡が死んだって聞いたとき、クラス全員が、やったのは瀬戸くんだろうって顔してましたよ。それからすぐに松田が死んで、山本も死んで、絶対に瀬戸くんが追い詰められて殺したんだろうって、そういう気持ち悪い空気でした」

「いいや違う、瀬戸裕也は誰も殺していない」

「……え？　じゃあ誰が――」

「全員キミが殺したんだ」

シン、と――埃を含んだ空間が固まった。

やがて深沢秀一は口の端を引きつらせて「いいえ」と首をねじ曲げた。

「だって鍵は瀬戸くんが持ってたんでしょう？」

「確かに実際に彼が持っていた。だがそれは今日、……しかも、ついさっきだ。たとえば鍵を開けてから、キミが瀬戸裕也に鍵を託したとも考えられる」

「ちょっと待ってください。僕が嘘をついているとでも言うんですか？」

「第一発見者ならば警察関係者に手荷物の確認をされているはずだ。キミが鍵を紛失していたのは事実だと認められたから犯人とは見られなかった。だが実際には、美術室の鍵は殺してからすぐに瀬戸裕也に渡し、交互に持ち回していたのだろうな」

「それじゃあ逆じゃないですか」

「あぁそういうことだ。瀬戸裕也はキミに罪をなすりつけようとしていたんじゃない。いざとなったときにキミが瀬戸裕也に罪をなすりつけようとしていたんだ。遺体発見時に美術室の鍵を持っているのは瀬戸裕也だからな。彼には殺すだけの動機もある」

「仮にそうだとしても、僕には彼らを殺す動機がないじゃないですか」

朱理はポケットに手を突っ込んで赤いブロック消しゴムを出して見せた。

「それは……？」

「組み立て消しゴムだ」

深沢秀一は急に顔を険しくして真正面を向いた。

「それが、なにか関係あるんですか」

平静を取り繕っていた子どもが、一気に追い詰められた幼い表情になる。

「これが共犯を証明してくれる」

焦って泳ぎ始めた視線が、廊下に置き去りにされたままの鞄に向いた。朱理はその鞄の中を探らなくとも彼が焦る理由をわかっていた。

「瀬戸裕也が大事にしていた組み立て消しゴムは、イジメられてプールに捨てられた。しかし使用不可のプールに飛び込んだ彼は、先生に叱られて消しゴム三十六個のうち、組み立てて遊べる最低限の十九個しか回収できなかったと嘆いていた。だが青の消しゴム十七個と、赤の消しゴムを一個。合計十八個しか持っていなかった。自ら『宝物』と称するものなのになぜそんな誤認が発生しているのか不思議だったが、組み立ててみて初めてわかった」

「…………」――深沢秀一は唇を引き結ぶ。

「赤い消しゴムは重要な目の部分だ。二個なければ組み立ては完成しない」

どうやら認めるつもりはないらしい。朱理の隙をついて逃げようと思っているのか、足がじりじりと不自然に後退している。

「それでキミはなぜこの赤い消しゴムを持っているんだ？」

「や、あの……、偶然……じゃないですか？　それが瀬戸くんのお魚さんの赤い消しゴムとは限りませんよ。刑事さんは知らないかもしれませんが、組み立て消しゴムっていろいろあるんです。……ゾウさんとか……カエルさんとか……」

蚊の鳴くような声が落ちる。

「あっ！」

言い訳を思い付いたのか、彼ははっと顔を上げた。

「そうだ！　それは拾ったんですよ！　どこだったかな、たぶん廊下で――」

「俺はこれが『お魚さん』とは言っていないが」

「え……？」

深沢秀一の身体が硬直した。

「それからこれは瀬戸裕也本人が持っていた赤い消しゴムだ。キミはさっきから自分の鞄を気にしているが、あの中に赤い消しゴムが入っているんだな？」

「あ……」

ゆっくりとその視線が落ちていく。

「無意識で気づいていないかもしれないが、キミは死んだ生徒たちの苗字《みようじ》は全員呼び捨てで『連中』とまで呼んでいる。なのに瀬戸裕也だけは『瀬戸くん』だ。深い仲でもなく無関係と言い切るのに、どうして呼び方に差が出ているんだ？」

「……そ、それは、たまたま……」――唇が痙攣している。

「もちろん他にも疑問点はある。消しゴムを回収するためにプールに飛び込んだ瀬戸裕也はコインランドリーで制服を洗って、乾くまで公園にいたそうだ。裸で、か？」

家に帰らずわざわざコインランドリーを利用したのは、家で引きこもっている父親と鉢合わせるのを危惧したからだろう。父親思いの少年は、自分がイジメられていることを悟られたくなかったのかもしれない。

「瀬戸裕也の傍《そば》には常に『誰か』がいた。彼は、自分が生きていることで救われている人がいると言っていた。それは深沢秀一……キミのことだな？」

濡れて公園のヒヨコの乗り物に寄りかかる彼に、着るものを貸してあげた人物。

その存在を彼は悪魔と呼んだ。優しさを感じていたのならば天使と呼ぶほうがふさわしいはずなのに、悪魔である。そう比喩して呼んだ理由は当然だが、悪い意味だ。

「キミたちは『友達』だったのか？」

「…………」──彼は黙って下を向いていた。

「まだ鍵をなくしたと主張するのであれば、残念だが日本の警察は証言を鵜呑《うの》みにするほどバカじゃない。すべての不審死の際には、鍵の差し込み口の腐食片を調べている。もし四件すべてにおいて瀬戸裕也とキミの両方のＤＮＡ型が検出されれば、美術室の鍵は、どちらかひとりが持っていたのではなく、ふたりが持っていたことが証明される。そして室内からは第一発見者のキミの証拠しかない。殺したのは間違いなくキミだ」

「……友達……だって？」

「キミの殺人の動機はそれ以外に考えられない」

「――……そう思ってたのはあっちだけだよ」

深沢秀一は唸るような声で言った。

「鍵は持たせてたんだよ。疑われたらてめぇが犯人になれよって」

「友達を助けたくて殺したんじゃないのか」

「さっきから友達、友達って、なに偽善者扱いしてんだよ。他人のために四人も殺すわけねぇだろ」

口調ががらりと変わった。

「瀬戸くんが自殺しちゃう前にあいつらぶっ殺しただけだよ」

「だからそれは……」――友情からくる感情じゃないのかと朱理は言いかけた。

「彼にはこの学校でずっとイジメのターゲットになっててもらわなきゃ僕が困るんだ。僕は瀬戸くんが自殺しないように見張ってたけど、友達だと認識されんのはもっと困るからつかず離れずの関係を保ってた。けど瀬戸くんはもう限界だったんだ、あと一年半も耐えられなかったんだ」

「義務教育の中学生活はたかが三年だ。それがどうして我慢できなかった」

「たかが……三年……？」――ぴくりと眉が歪む。

「転校という手段だってある。理不尽な暴力からは逃げるべきだ」

「僕らよりちょっと長く生きただけの大人が簡単に言ってんじゃねぇよ。じゃあてめぇは都合が悪くなったらすぐ逃げられんのかよ」

「少なくとも人殺しは間違っている、子どもでもそれぐらいわかるだろう」

「わからないね。なんで僕らが逃げるんだ。悪いのはあいつらじゃないか……」

深沢秀一はだんだんと苛立ってきた。

「理不尽な暴力を許してきたのはてめぇらじゃないか！」

その目には大粒の涙が溢れた。

――かわいそうだが……死んでもらう。

朱理は赤い消しゴムをポケットに戻して、黒い手袋に触れた。悟らせず身にすり寄せるようにゆっくり指を滑らせて手袋をはめる。

ここは学校だ。夕陽も落ちてほとんど人の気配は感じられないものの、ベルが食い殺すまでの間に暴れられたら物音で学校の関係者が気づいてやってきてしまうかもしれない。そうなったときに、素手での接触だけは――避けなければ。

「ベルゼ――」「てめぇら大人はそうやって綺麗事《きれいごと》ばっか言いやがる！」

朱理の言葉は耳をつんざくような激情に遮られた。

「たかが三年の中学生活だと思うなよ、三年もあるんだ！　学校に通うのは義務だって決めたのは誰だよ……義務教育ってなんだよ！　学校なんて監獄と一緒だ！」

頭に血が上った深沢秀一は早口でまくし立てた。

「友達だとか友情だとかそんなん関係ねぇんだよ！　三年間なんとかして、誰かを盾にしてでもうまく隠れて生きなきゃ、僕らは勉強も部活も趣味も寝ることも息をすることも、ずーっと制限されるんだ！　最悪なぁ、生涯ずーっとだよ！　辱められて、写真の一枚でも撮られたら最後だ。ＳＮＳでは流し放題。ログは永遠に残る。てめぇらみたいなネットもなくて曖昧で済ませられた時代を生きてきたやつらに、僕らの、逃げられないこの世界でたったひとりにされる孤独がわかるもんかッ！」

まずい、と朱理は背後を気にした。

深沢秀一は両手でぐしゃぐしゃと髪の毛を掻き乱す。

過呼吸気味に叫び散らして、ため込んでいた鬱憤を出し尽くすまで止まらない。

この騒ぎではさすがに誰かが来そうだ。朱理は一旦退くべきか——けれどここで退いたら、深沢秀一はなにをしでかすかわからないとも思った。「くそ……っ」素早くスマートフォンを手に取り、応援を要請して、ひとまず彼を保護すべきかと迷う。

「僕らが殺される前に、殺してなにが悪いんだよ！」

朱理はいまここで彼を殺すことを諦めた。あの女刑事の携帯電話に発信する。

うなじの黒い歯車は消えかけているが、瀬戸裕也を殺したぶんだけ僅かに日数は稼げている。チャンスは取り調べのときでもなんでも、いずれは訪れるだろうと信じて。

「シュリ、問題ない。我の名を呼べ」

金髪が揺れて、白い指が朱理のスマートフォンの画面に触れた。何回かコールしていたがその電話が繋がる前に切られた。

「誰も来ぬわ」

「なっ……！」——朱理は絶句した。

なにを根拠にそんなことをとベルに食ってかかろうとして隙をつかれた。

「どうせ僕は死ぬんだどうせ僕は死ぬんだ、殺しても死ぬんだ——ッ！」

深沢秀一はぐちゃぐちゃに叫びながら窓に向かって走り出した。黄ばんだカーテンは吹き込む風で揺らめいた。大きな亀裂が入ったガラスはすこしの衝撃で簡単に破れる。

——自殺……！

舌打ちを残して朱理は腕を伸ばした。間に合わない。距離がありすぎる。

「死なせるくらいなら殺してやったほうがいい」

瀬戸裕也を殺したそのときの胸のうちを代弁されるようだった。

「……ベルゼブブ！」——相手は子どもだ。

朱理はあと一歩が届かない迷いを捨てて叫んだ。

それと少年の肘がガラスを割るのはほぼ同時だった。

「そいつを食え！」——それでもすべては復讐のために。

窓枠に手を掛けた少年は、がくん——と、溺れるように膝から崩れた。

「……せ、と、く……ん……」

片手で胸を押さえて、這いずって、彼は昇りかけの月に血まみれの手を伸ばす。

「どうして……ここに……」

涙に濡れた瞳は光を失って濁った。ベルに食われ、闇の中に吸い込まれた彼の目には、瀬戸裕也が手を差し伸べている光景が映っているのかもしれない。


殿岡を殺したのは深沢くんだよね……。

美術室の鍵、ボクに……渡して。

もし疑われたらボクが殺したことにするから。

じゃあ、これ。代わりに……この、お魚さんの消しゴムを持ってて。

殺した理由は訊かないよ、わかってるから。だってボクらは——、

「……僕を……許すの……、僕は……キミを、……突き放したのに……」

ふたりの少年は卒業後も『友達』であり続けるために、『友達』であることを辞めた。

「このせかいは……ぼく、ら、に、やさ、しく、……なかっ……た、ね……」

この狭い水槽の枠を倒れ込むように乗り越えた少年は、落ちていった。

遠くで鈍い衝撃音がするのと同時に、朱理のうなじは燃えるように熱くなった。

「……早く……」――殺し殺される負の連鎖を終わらせなければ。

真っ黒に染まった歯車を隠すように撫でながら朱理は苦虫を噛みつぶしたように顔をしかめた。

「貴様、助けようとしたな？」

唇をぺろりと舌で舐めて、金髪碧眼の悪魔は肩越しに振り返る。

「子どもだったからか？　言い訳をならべて躊躇うとは、我との約束を忘れたか」

「違う……本当に、誰かに見られたらまずいと思っただけだ」

「まぁいい、つぎはもうすこし早く食わせろ」――声を出さすにベルは嗤う。

急に朱理の背がぞくんと震えた。堰《せき》を切ったように学校が騒がしくなったのだ。

ボールを蹴る音。生徒がじゃれあう喧噪。音楽室から響く、すこし外れた吹奏楽器の音色。そして階下からは深沢秀一の無残な姿を発見したであろう女性の悲鳴がした。

……おかしい。

なにかが変だと、朱理はつり下がったままの鈴木仁八を凝視した。

――現場はこれだけ荒れてるけど、誰かと言い争っていたとか目撃証言は一切ないの。

ふと、鈴城恵美がそう言っていたのを思い出す。

朱理は脂汗の浮いた額に手をあてた。

「……四人も……、誰にも気づかれずに殺せるものなのか……？」

ここが開放的な学校という場所でなければ不思議に思わなかったかもしれない。壁の分厚いマンションであったり、隣家と距離の離れた一軒家であったり、密室の偶然が重なれば可能だろう。もしくは被害者が昏睡《こんすい》状態で一気に首を絞められたのであれば
ありえる状況だが、被害者たちの首には激しく引っ掻いた傷が見えた。

「なにをぼーっとしておる。後始末とやらはいいのか？」

ベルに肩を叩かれて、朱理は我に返った。

学校のチャイムが真夏の夕方の空にコーンと響いた。

†

目白署のデスクで鈴城恵美は頬杖をついていた。

刑事課には自分以外、誰もいない。

彼女は受話器を肩と耳で挟みながら、コツコツとせわしなく人差し指の先端でデスクを叩く。パソコンの画面には学校側から提供された生徒たちのイジメに関するアンケートの集計結果が表示されている。目白駅近くの公園でヒヨコの遊具から滑落し、その衝

撃で心肺停止になったとされる瀬戸裕也が「イジメられている」と明確に記載した生徒はわずかに五名。ほとんどの生徒は未記入だった。

そのうち、たったひとりだけがイジメを行っていた生徒の名前を列挙している。照合した結果、美術室から飛び降り自殺した連続殺人犯——深沢秀一の字だとわかった。

どうしてこうなってしまったのか。学校がもっと早くこの資料を渡してくれればもしかしたら救えた命もあったかもしれないのに、いいやもっと強引に学校側に詰め寄っていたらこんな結果にはならなかったのか……。

どうするのが正解だったのかと鈴城恵美はやり場のない怒りに震える。

市民に尽くすのが警察の仕事で、穏便に済ませることもまた警察の仕事だと、自分にも他人にも恵美は口癖のように言ってきた。穏便とは隠すという意味ではない。事件を未然に防ぐという意味だ。なのに実際はどうだったろう。自分は果たして——……。

「——それはアタシたちを疑ってるってことなの？」

彼女は電話をかけてきた相手に対してキツい口調で応えた。

「アタシはおかしいとは思わなかったわ。確かに深沢秀一は自殺よ。アンタたちのところの一之瀬くんの痕跡は出なかった、接触ゼロで間違いなしだけど？」

相手は本店サマの人間だ。恵美は媚《こ》びる必要性を感じなかった。

「深沢秀一の飛び降り自殺を止められなかったって一之瀬くんは言ってたわ。彼がアタシに応援要請の電話をかけた時刻と、深沢秀一の遺体発見時の証言者との話に食い違いもなかった。折り返して以降は一之瀬くんは概ねアタシたちには協力的だった。まぁ、ちょっと無愛想なのは気になったけど別にそれは性格……」

話している途中でぶつん、と一方的に切られる。

あまりにも失礼な態度に驚いて受話器を耳から離した。

「ちょ、なんなのよ！　だから本店のヤツらは嫌いなのよ！」

叩きつけるように受話器を置いて、恵美はあぁもうッと椅子にもたれた。

†

「今回は自殺……っすか」

佐藤健一はエナジードリンクの缶に口をつけながら、二画面を交互に見やる。

一之瀬朱理。三十一歳。

私立大学の法学部のころから付き合っていた女性と結婚し、その後、警察学校に入学した。卒業試験は学科と実技ともに優秀で総合評価は次席。あの細身からは想像がつかないが、実技科目で表彰されている。

「学科じゃなくて実技……？　ちょっと意外っすね……」

在校中に外泊の届け出は一度も出ていない。特別なにか問題行動を起こしたという記録もなく、逆に清廉潔白すぎて面白みに欠けた。

警察官は、お付き合いをする相手の情報を、直属の上司に報告しなければならない。住所、家族の名前、職業など、詳細に記載して提出する用紙が存在する。結婚する際には相手の身辺調査まで行われる。犯罪を取り締まる職業なのだから仕方がない。

左の画面には朱理の妻、一之瀬明日香の免許証の写真が映る。

「……ま、わからなくもないっすけどね……」

化粧は薄くて地味だが綺麗な女性だった。ふんわりとした雰囲気で、目元が柔らかく、口角は自然とあがっている。遊びで付き合う相手としては少々物足りないほど普通だなと健一は鼻で嗤った。しかし彼女の笑顔からは包み込むような温かさを感じた。

激務で疲れて帰った警察官の男を、彼女ならば癒やしてくれそうだとも思った。

「こりゃあ律儀に報告したのって、半分は自慢っしょ……」

最近ご無沙汰のせいか、つい自分の妻と比べてしまったことに健一は苛立った。

思い出は新しいものから消えていく。
昨日も、一昨日も、先週も。楽しかった——それだけは覚えているのに。
なにが楽しかったのかまでは思い出せない。
楽しかったことを思い出そうとすればするほど、涙が溢れてくる。
あんなに笑い合っていたのは本当に現実だったのだろうか。

第三章　優しい裏切り

†

「おいで、ミケ」――と言って風呂場の窓を開ける。

深夜一時すぎ。エサを欲しがった猫がするりと入ってきた。

住宅街は晩夏の湿気を嫌い、ほとんどの家が窓を閉め切って室外機を鳴らしている。

彼は空調がきいた一階で両親が寝静まったのを見計らい、猫を迎え入れた。

明るいぶち頭を足にすり寄せてきて、ミケはにゃあと甘えてくる。

彼はシーッと人差し指を立てた。それでもにゃあにゃあと鳴き続けるので、彼は仕方なく屈んでミケを抱きかかえ、二階の寝室へと向かった。ミケは頭がいい。エサを与えられるまでは甘えん坊を抑えきれないが、食べ終えるとおとなしく布団に入ってくれる。

そして一緒に寝て、自分が起きるのとおなじタイミングで、静かに風呂場の窓から去って行く。

「ごめんな」

ごめん、と繰り返してぶち頭を撫でる。猫に人間の言葉はわからないのに。

人間の都合で一日一回しか与えられないキャットフードにミケががっつくのを見て、彼は申し訳なくなってしまう。撫でながらやはり謝罪を口にせずにはいられなかった。

ミケは両親には内緒で飼っている。猫が家に入ってきたなどと知れば、認知症を患っている両親はパニックに陥ってしまうだろう。ひとり息子の自分のことですらしょっちゅう忘れて――いや、正確には幼いころの息子しか覚えていない両親は――六十歳にもなる男に対し『おまえは誰だ』『あなたは誰よ』と物を投げつけて暴れるのだから、もしミケを見かけでもしたら蹴り飛ばすかもしれない。

両親に殴られても蹴られても、彼自身は割り切っていた。赤の他人に迷惑をかけるよりかはいい。血の繋がった息子だから、選択は受容か反発しかないのだ。もし血を分けた兄弟姉妹がいれば後者も選べたかもしれないが、残念ながら彼はひとりっ子で前者しか選べなかった。たらればを考えても現実は残酷だ。仕方がないと思うしかない。

これはミケの《おまえ》ためだからと彼は言い訳しながら、密かに飼う罪深さを噛みしめる。

朝から晩まで怒鳴り散らしながら徘徊《はいかい》する父が死ぬのが先か。

食事をしながら失禁して赤ん坊のように泣きわめく母が死ぬのが先か。

介護度を認定する認定調査員が来たときだけ、なぜか意識がはっきりする両親であっても怒りを覚えてはならない、恨んではならない、憎んではならない……思えば思うほどにどちらでもいいから早く死んでほしいと考えてしまうのだ。

最低だ。息子なのに。相手は自分を育ててくれた親なのに。

「いっそワタシが死ねばいいのかもしれないね」

声をかけてもミケは応えない。けれど、いまはそれが心地好《よ》い気がする。

言葉が通じないことがむしろ救いなのかもしれなかった。

アザだらけの両手の甲を見下ろしながらミケを撫でるこの時間を愛《いと》おしく思う。

「最近随分食べるなぁ」

ミケがカラになった器をぺろぺろ舐めるので、キャットフードを追加した。心なしか腹が丸くなっている。太ったにしては張り出したお腹《なか》が異常で部分的すぎるので、なぜだろうと首を傾げた。

「あ……」

彼はミケの腹を撫でて違和感に気づいた。ミケは雌だ。——……妊娠している。

途端にミケはどこで子どもを産むのだろうかと不安になった。彼にミケの産んだ子猫たちは育てられない。ならばそろそろミケを拒絶するしかないのだろうか——。

ますますパニックに陥るであろう両親に蹴り殺される子猫たちの姿を想像して、彼は恐ろしくなった。

慌てて「もう寝よう」と震える声で呼びかけ、ミケを抱いて布団に潜り込む。

……明日のことは考えずに眠るんだ。

……深く……、深く眠って……、なにもかも夢だったと思うんだ。

新しいランドセル。常に新品だった学校の用具。

独り占めできたケーキ。広い子ども部屋。

二十歳まで親戚からもらい続けたお年玉。

これは両親の愛情と期待を受け続けた少年時代の「報い」だなんて思いたくない。

この世はなにかがおかしい。

自分たちのせいではない、と彼は静かに枕を濡らす。

「そうだよな……ミケ」――おまえを捨てることが正しさだとは思わない。

朝五時には起きてぐずり始めてしまう母親のために、四時半に設定された目覚まし時計のタイマーをセットしようとして、ふと、彼はやめた。

空調を切ると、やがてじっとりとした蒸し暑さが襲ってくる。

ミケは暑がって布団から出ていった。外のほうが涼しいと思ったのだろう。可愛らしいしっぽがドアの隙間から出ていったのを見送って、彼はタオルケットを顔に押しつけた。

「ごめんな」

かける言葉はいつもそればかりだ。猫に人間の言葉はわからないのに。

ミケが窓から出てからしばらくして黒煙が家の中を渦巻き始めた。

警視庁捜査一課強行犯係のデスクの奥にある別室、猟奇殺人事件特別捜査課――略して奇特捜の在室中のネームプレートは一之瀬朱理だけになっていた。

†

日付が変わった。省エネのためと庁内は一部の照明を除き消されている。

壁掛けのカレンダーはすっかり九月だったが、八月からの高い気温を維持し続け、未だに猛暑の日々だった。二十八度設定で固定された古いエアコンがゴゥンと鈍い音をたてる。

大量の捜査資料を両脇に積み上げ、朱理はそれらの情報を打ち込みながら、いつのまにか寝落ちしてしまっていた。印鑑を押して佐藤健一のデスクに置いておけば、これらの事務作業は彼がしてくれるのだが、あるときふと、共有ネットワークに保存されている過去の資料を探っていたら、なにかが足りないことに気づいてしまったのだ。

とはいえ確認しようにも朱理は事件を抱えすぎていた。脳が情報過多に陥り、具体的になにが足りなくなっているのかまで記憶が行き着かなかった。奇特捜案件になった事件の現場は朱理ひとりでまわしているからだった。

――気のせいならいいんだが……。

アナログのメモや地図、複製写真などの劣化予測のつく資料は基本的には共有ネットワークに保存された直後にシュレッダーにかけることになっている。世の中そのものが情報でパンク寸前だからと、なにもかもデータ化される時代だ。けれども朱理はなるべくアナログを大事にするようにしている。目だけでは気づけないが、五感を使ってようやく気づくこともあるのだ。

――……いや、やはり……なにかが欠けている……。

健一の入力ミスだろうか。しかし収束した事件そのものの整合性は取れている。

――もしかして文章の欠けや脱字の問題じゃないのか？

そう気になってからは、なるべく自分で打ち込むようになった。手書きのメモや地図、複製写真は朱理自らスキャンを取り、共有ネットワークとは別で外付けハードディスクにも保存をはじめた。その手間が増えたせいで朱理の疲労は限界を超えたのだ。

それは二〇××年三月三日に起こった杉並区一之瀬母子殺人事件の膨大な捜査資料を戒めのように見ていたときだった。なぜ自分が被害者になった事件で――なにかが足りない――と感じるのか朱理はわからなかった。それこそ何百回、何千回と目を通している捜査資料だ。妻の明日香の情報は間違っておらず、娘の真由の遺体状態についても、この目で見た光景と一致している。目を背けたくなるような現場写真にもおかしいところは見受けられなかった。

朱理は念のために捜査担当の所轄に連絡を取った。

『すみません、捜査に進展はないんです。……え？　捜査情報に変更点ですか？　いいえ我々はなにも。上書きしたら共有ネットワークには更新日が記録されますから。捜査本部解散から特に日付が変わってないので……』

そうですか、と朱理は担当刑事に礼を言って電話を切った。

杉並区一之瀬母子殺人事件の当事者である朱理は捜査に加わることができない。生き残ったことで被害者であると同時に重要参考人であると扱われているのだ。おおっぴらに聞き込みもできない立場上、捜査員たちの目を盗んで、過去に起こった事件と関わりがないかと情報に目を走らせることしかできなかった。

「……けど……、俺の事件だけじゃないんだよな……」

早く復讐を果たしたいという願望が、脳に錯覚を引き起こしているのかもしれない。

──もう三年半か……。

そう思いながら朱理は明け方まで浅い睡眠を貪った。

「一之瀬くん、昨日は帰ってないのかね」

神楽坂課長が太鼓腹を揺すりながらやってくる気配がした。

「……ん……」──朱理は両腕に痺れを感じて目を覚ます。

重くてたまらない瞼を上げ、壁時計を見ると、既に六時を過ぎていた。眠剤を使わずに寝たのは久しぶりすぎて、まどろみが長い。

「まったく……若さの勢いで無理をしすぎると四十からが怖いぞ」

背後でビニール袋がガサガサいっている。まだ起きられずに突っ伏している朱理の顔の横に、冷たいココアの缶が置かれた。神楽坂課長が好きなメーカーのココアだ。この蒸し暑い中、初老の身体に鞭《むち》を打ち出勤してきた自分のために買ってきただろうに――と、朱理は神楽坂課長の優しさに甘えて再び目を閉じた。

「まぁ佐藤くんが来るまで休んでいなさい」

「……すんません……」

「懐かしいな、一課のころはよくそうやって潰れていたねぇ」

そうだったかもしれない、と朱理はウトウトと数年前を思い出す。

神楽坂課長とは捜査一課のころからの付き合いだが、彼は当時から温和な性格だった。怒っているところを見たことがない。本庁の若い警察官たちは正義感が強いぶんヘマも多いのだが、神楽坂課長は彼らの失敗を責めるどころか、一緒にへこへこと反省をするほどお人好しだった。そのえびす顔も相まって、こんなに穏やかな人がなぜ、警察官などという過酷な職に就いたのかと朱理は疑問を抱いたものだ。どうせ公務員なら教師や役場に勤めたほうが性に合っていたのではないだろうか。

このゴミ溜《た》めみたいな奇特捜が立ち上がるという話になったときも、誰もが課長席に座るのを嫌がったのだが、神楽坂課長は肩を叩かれても嫌な顔ひとつせず引き受けたという話を聞いた。

――そういや課長って離婚してんだっけな……。

噂でしか聞いたことはないが、神楽坂課長は妻子に逃げられたらしい。その話を耳にしたとき――良い人なのに意外だな――と思った。だが警察官の月給はそんなに高くはなく生活も不規則だ。朱理も仕事ひとすじの生活を送っていて家事も育児も家庭のことは妻の明日香に任せっきりで、ある日突然離婚届を突きつけられてもおかしくなかった。

『へー神楽坂さんってバツイチだったのか。愛妻家っぽいのにな』

『あぁ見えて私生活は良い人じゃなかったとか？』

『そんな噂聞いたことねぇぞ。飲み会の席でもあのまんまだったし』

『あ、わかった。つまんない男すぎて、捨てられたんじゃねぇか？』

『まぁなぁ……いまどき警察官の旦那なんてステータスでもなんでもねぇもんな』

独り身の同僚たちが他人事《ひとごと》と嗤っている隣で、明日は我が身などと思ったものだ。

不意にカタン、と物が動く音がした。薄目を開けると神楽坂課長が、デスクに伏せたままの朱理の家族写真を持ち上げていた。布巾で掃除をしている。あぁなるほど、時々なぜか埃が払われているのは課長のお陰だったのかと再び目を閉じる。

朱理はあのころの幸せには未だ触れたくなくてその写真はもう見ていない。

——課長……？

杉並区一之瀬母子殺人事件。当時、事件捜査にあたっていた捜査員のひとりに神楽坂課長の名が残っている。もしかしたら定期的に見ることで部下の無念を胸に刻んでいるのかもしれないし、妻子が去ったという意味で、自分と重ねて同情しているのかもしれない。……朱理は神楽坂課長が写真を見たことに気づかなかったふりをした。

「一之瀬くん、暑くないかね」

「……あー……まぁ、そこそこ……」

「ははは、それはどっちなんだい」

笑われながらエアコンの温度が下げられた。涼しい風がうなじにかかる。

ココアの缶を頬に当てて、その心地よさに朱理ははーっと大きく息を吐いた。

「明日もまだ暑いそうだよ」

「……そー……なんです……ね……」

「長袖じゃなくて半袖にしなさい。熱中症になるよ？」

団扇《うちわ》で頭から背中をパタパタされている。冷風が増して溶けそうなほど涼しい。

「なんだ、汗でびっしょりだぞ。せめて第一ボタンくらいは外しなさ——」

神楽坂課長の気遣いの手が首に触れた。

「……！」

ひゅっと息を飲む気配に、朱理の意識が一気に現実まで引き戻された。

「っ！」――しまった、と咄嗟に顔を上げた。

慌てて左手で覆って黒い歯車の紋様を隠したが、振り返った神楽坂課長の顔は笑っていなかった。見てはいけないものを見た、そんな顔だった。朱理は完全に油断していた。

「い、一之瀬……くん……、……すまない」

小さな両目が困ったように瞬く。

あの日、犯人に切られた傷には悪魔ベルゼブブとの契約の紋様が刻まれた。これを傷跡と言い訳するには不自然なくらい幾何学的な形のアザだ。現在は半分くらい欠けたそれは、見ようによっては中途半端に彫った入れ墨にも見えるものだった。

どのみち警察官としては不適切で処罰は免れない。

――くそっ……最悪だ……！

どうする、と混乱しながらも睨み付けるしかできなかった。

すると神楽坂課長は急に唇をすぼませて、バッと頭を垂れた。

「えっ……」「本当にすまない！」

突然のことに朱理は面食らう。

「男同士でもセクハラはセクハラだ。申し訳なかった！」

「……は……？　セクハラ……？」

「さ、触られて、怒ったんだろう？　違うのか？」

神楽坂課長はばつが悪そうにおそるおそる顔を上げた。

「そういう気がなければセクハラじゃないと思いますが」

「わたしにその気がなくてもキミが嫌だと思ったならばそれはハラスメントだろう」

「まぁ……世間一般的には……そうですね」

直後、朱理の椅子にしがみつく勢いで神楽坂課長は弁明を叫んだ。

「そんなつもりじゃなかったんだ！」

「あの――」

「信じてくれ、わたしは一之瀬くんをそういう目では見ていない！」

「そこまで言われると逆にそういう目で見てたのかって思いますけど……」

「へっ？　あ、あぁ……？　あぁ確かに、……そうか……すまん……」

神楽坂課長はひとまず落ち着いてシュンと両肩を落とした。

「課長は周りに気を遣いすぎですよ」

青春のほとんどが我慢と寛容で成り立っていた昭和世代にとって、敏感で繊細な平成世代を扱うのは大変なのだろう。ふたりして変な汗をかきながら重いため息をつく。

なんにせようなじの紋様がバレずに済んでよかったと朱理は安堵した。

「おはようございまーっす」

クールビズで半袖シャツ姿の健一が気だるそうにやってきた。

ネームプレートをひっくり返すのを、朱理も神楽坂課長もつい凝視してしまう。

「……なんすか、この微妙な空気……なにかあったんすか？」

「「なにもない」」──上司と先輩が同時に声を張った。

「そう言われると逆になんかあった感じするんすけどね。……あっ、そういえば今朝、八王子《はちおうじ》のほうで火災がありましたよね。さっきそこで一課のやつらが奇特捜案件になりそうとか言ってたっすよ」

「火災がうちに？」

神楽坂課長が席につきながら尋ねる。朱理はふたりの話に耳を傾けながらココアの缶を開けた。ゆっくり飲むつもりが動揺を引きずっていて、つい一気飲みしてしまう。

「八王子といえばここ二、三年くらい不審火が続いてるじゃないっすか」

「それは聞いている。奇妙な遺体《ホトケ》があがればうちの案件かもしれんが……」

「死んでたみたいっす」

「放火殺人になってしまったのか……しかしそれだけではなんとも言えんな」

朱理はふたりのやり取りを聞きつつ、さりげなくマウスをクリックして共有ネットワークを開いた。八王子で連続不審火といえば、検索しても一件しかヒットしない。

最新情報の更新はつい先ほどだ。自称連続放火魔が近くの交番を訪ねて自首していた。被疑者の情報はまだ名前と住所と生年月日だけだ。事情聴取はこれからだろう。

——なんだ、捕まっているのか。

自首したのは人を殺してしまって怖くなったためだろうか。その程度の殺人者の魂ではたいして寿命を稼げないなと思い、朱理はすぐに興味を失った。

健一のデスクの固定電話が鳴る。

「はい、猟奇殺人事件特別捜査課！」

健一は相づちを打ちながら素早いキータッチで相手から聴き取った情報を入力していく。彼は朱理とさほど年齢差はないのに、電話応対の記録までデータにこだわるとは徹底していて恐れ入る。そこまでペーパーレスにこだわる理由はどこにあるのだろうか。

「はい、えぇ、了解っす」

電話を切った健一はエンターキーを勢いよくタンッと叩いた。

「やっぱさっきの火災、奇特捜案件になったっす。共有に入れといたんで」

健一は一仕事終えたかのような顔をして、鞄からエナジードリンクを出し、物の少ない整頓されたデスクの上に置いた。彼は自分に与えられた事務仕事しかしない。椅子の背もたれを鳴らしたのは、じゃあ後はよろしくという意味だろう。

神楽坂課長の苦笑が聞こえたので、朱理は出動を命じられる前に立った。

――今回はベルを呼ぶ機会はないだろうな……。

うなじの黒い歯車は急ぐほど欠けていない。たまには事件を「警察官らしく」処理して濁しておかないと、いざというときに身動きがとれなくなってしまう。

現場は閑静な住宅街で電車の便が悪い。車で行くかと朱理は壁掛けの鍵を取った。

「あぁ一之瀬さん、ちょっと」

珍しく健一に呼ばれたので振り返ると、すれ違いざまに鍵を奪われた。

「オレも行くっす。……訊きたいこともあるんで」

囁かれるように言われた。健一は胸に黒い丸バッジをつけた上着を羽織っていた。

「え……？」――驚いたのは朱理だけではなかった。

健一は有無を言わさぬ素早さで先に部屋を出て行ってしまった。

神楽坂課長に目配せをすると、太い首を捻られた。

†

シルバーのセダンの助手席で、朱理はスマートフォンの画面を見つめる。走っている間にも共有ネットワーク内の事件の情報は更新され続けていた。

今朝の住宅火災で亡くなったのは八十代の老夫婦だった。近所の住民の話によると、ふたりとも生前かなり認知症が進んでいて、ひとり息子の神尾渉《かみおわたる》が会社を早期退職し、面倒を見ていたらしい。

火事に気づいた近隣住民が通報したときには既に家屋の窓から黒煙があがっていた。消防隊が到着するころには隣家にまで火の手が移っていたようだ。しかし全焼したのは、死亡した老夫婦が住んでいた神尾家だけである。息子——神尾渉だけが命からがら燃える家から逃げ出せたらしい。寝間着姿で全身に火傷《やけど》を負った状態で路上に倒れていたのを発見された。現在は意識不明の重体だ。

彼は両親を助けようとして逃げ遅れ、重症を負ったのか、痛ましい事件である。

「……で、俺に訊きたいことってなんだ」

健一はハンドルを握りながら正面を見つめている。

「一之瀬さんの事件のことっす」

俺の、と言いかけて朱理は口をつぐんでドア縁に肘をついた。目だけ健一に向ける。

「一之瀬さんって犯人と鉢合わせて殺されかけたんすよね。真横から首切られて出血多量で重体だったって捜査記録にはありますけど」

朱理は応えなかった。

「なのになんで犯人の顔を覚えてないんすか？」

「どうして俺のことを調べている」

「気になったんで」

「そんなのは理由にならない。警察官が職務以外の目的で勝手に捜査情報を見ることは禁じられている。俺に興味を持つのは勝手だが、おまえは担当じゃないだろう」

我ながら先輩らしいことを言っていると思った。朱理はなるべく感情的にならないよう努めた。健一が不満そうに顔をしかめるのを横目に見る。

「おまえがうちに飛ばされた理由を俺が訊かないように、おまえも警察官以外の俺を知らないほうがいい。お互いそのほうが都合がいいだろ」

健一は国家公務員I種試験の総合職試験に合格した、いわゆるエリート事務官だが、なんらかの理由で「官僚落ち」をし、警視庁の採用試験を受けて奇特捜に配属された。それだけの経歴を持ちながら配属先が奇特捜であることからして、前職で相当な問題を起こしたのだろうと思う。

「オレぶっちゃけ現場なんて底辺仕事やりたくないんすよ」

知ってる、と思いながら朱理は流れる景色を見ていた。

「遺体なんて見たくもないし、聞き込みなんてめんどくさいこともしたくないし。ラクして高給取りしたいんす。命令されて動きたくないっつーか、できるなら命令する立場で一日じゅう椅子に座ってたいんすよね」

――ぶっちゃけすぎだろ……。

おそらくは多くの人間がそう思っているのではないだろうか。しかし現実そんな立場になれるのはごく一部だ。

「だから戻るんすよ。オレは奇特捜を自分の居場所だとは思ってないんす」

「どうやって戻るんだ、よほどでかいヤマでもとらなきゃ栄転の話はきやしないぞ」

「ふーん……やっぱ気づいてないんすね」

「なにをだ」

健一は左手をひらひらさせた。

「世間が大騒ぎになるくらいの連続殺人犯でも捕まえなきゃ無理だってことぐらいわかってますよ。たとえばその犯人が現職の警察官だったり……とか、ね」

「連続殺人犯……？」

不意に目と目が合った。

車内の空気が張り詰める。

「オレ実はいいもん見ちゃったんすよ」

朱理から目を逸らした。

「……なにを見た」

「そりゃあちょっと言えないっすねぇ」

——まさか、……いつ見られた……？

ベルが殺人犯の魂を食うところを見られたところで、朱理自身が直接手を下している
わけではない。それに、悪魔を使役して人を殺していることに健一が気づいていたとし
てもそんな超常的な殺害方法をいったい誰が信じるだろうか。
——……きっとハッタリだ。
「俺はあの事件のことはすべて担当の捜査官に話した。なにか気がついたことがあれば
随時伝えている。俺に気を遣えとは言わないが、警察組織のルールは守れ」
「そこは思い出したくないから訊くな、とかじゃないんすね」
「……」——朱理は眉間の皺を深めた。
存外、健一の尋問がうまいことに動揺が隠せなかった。連続殺人犯。その言葉を耳に
して狼狽《ろうばい》が露骨に出ていなかっただろうかと朱理は内心ひやつく。
およそ三年半、朱理は自分の命のために人を殺めてきた。
気持ちは焦る。だが焦りは誰かに足元をすくわれるもとだ。
いま向かっている八王子の火災の件に関しては、ベルを呼ぶつもりはない。もしや健
一は決定的証拠を掴むために現場についてきているのかもしれないが、残念ながら不発
に終わるだろう。大丈夫だ——と、朱理は確認するようにうなじの歯車を搔いた。
——……っ！
助手席の窓に映った自分の姿にはっとして朱理は目を見開く。

一昨日シャワーを浴びながら鏡で見たときには、黒い歯車は半分ぐらい残っていた。なのにいまは四分の一も残っていない。なぜだ――減りが早すぎる。

「汗すごいっすよ。エアコン強めます？」

焦燥感に駆られる朱理の横顔をちらりと見やって、健一は僅かに口角をあげた。

†

多摩川《たまがわ》沿いを走り、府中街道から左に折れた。鶴川《つるかわ》街道からはナビを使って住宅街に向かっていく。事件発生から間もないからか、パトカーや消防車が増え始め、火災発生現場まで目印のように導いてくれた。

「まだ現場検証できる状況ではないですよ」

機動捜査隊の執行隊員が遠回しに奇特捜の介入を嫌がる。朱理はいつものことだと健一に告げて、構わず黄色いテープをくぐった。ハンカチを口に当てる。火事の現場ではどんなガスが発生しているかわからない。消防機関が完全に安全を確認するまでは本来警察官も現場検証をすることはできない。

「いくら奇特捜の方でも困りますって」

「じゃあ奇特捜案件と判断したのは誰だ？　そいつと話をさせろ。そう判断するだけの情報があったということだろ」

猟奇殺人事件特別捜査課が取り扱う事件は原則、ある程度の捜査が進んだ段階で管理者ないし捜査指揮長が放り投げてくる。なのにまだ機動捜査隊ですら手つかずの段階で奇特捜に投げられたということは、長期化の懸念のある事件だと誰かが判断したのだ。

「ですが……」――機動隊員は躊躇っている。

「埒《らち》があかないな。佐藤、消防隊に訊いてきてくれ。まだ現場にまで情報が行き渡ってないのかもしれない」

「オレっすか？」

「それともおまえが中に入るか？」

「あー……ちょっとイヤっすね」

危険極まりない火災現場の室内に、焦げた遺体を見に行くのを想像したらしい健一は素直に従った。敷地の裏手に集まっている消防隊員たちのところに駆けていく。

――仕方ない、先に外堀から埋めるか。

ハンカチを胸元にしまって重要な目撃証言を持っていそうな野次馬たちを仰ぎ見る。

黄色いテープの外に出ると、脇から「あの」と声をかけられた。

「奇特捜の方を呼んでいただくようお願いをしたのは私です」

若い女性が目を真っ赤に腫らしながら立っていた。ひどい涙声である。しきりに手に持つハンカチで目元を拭っている。化粧をしておらず、頬のそばかすがあどけなさを感じさせる女性だ。明るい茶色のボブヘアーが汗と涙で頬に張り付いている。

彼女からおもむろに名刺を差し出され、朱理は受け取った。

「東映《とうえい》出版？」

「正確にはフリージャーナリストです、犯罪系の」

失礼だがそんな荒々しいものを取り扱うような女性には見えない。

「つまり警察に顔が利くのか」

なるほど、世間一般にはあまり知られていない奇特捜の名称をさらりと口にしたのはこちらの組織に精通しているからかと納得した。

「はい、そうです。これは計画的な殺人事件なんです。放火したと自首したおじさんは犯人ではありません」

「おじさん……」

自首してきた男の情報まで知っているらしい。

三池星良《みいけせーら》。名刺にはご丁寧にふりがながふってある。

「私は記者としてではなく、渉さんの婚約者としてお話があるのです」

「渉とは、被害者の神尾渉のことか？」

彼女はこくんと頷いた。全身に火傷を負って意識不明の重体になっている、この家のひとり息子、神尾渉に婚約者がいたとは。共有ネットワークにそんな情報はなかった。だが朱理は密かにため息をつく。彼女が配偶者ならばともかく婚約者では、被害者との関係に信憑性《しんぴょう》がない。

――とはいえ……。

朱理は名刺と彼女の顔を交互に見やる。

捜査をしているとスクープを狙う面倒くさいマスコミにつきまとわれることがある。そういう連中は金を握らせてきたり、警察の目をかいくぐってこそこそと動くものだ。堂々と身分を晒《さら》してきたということはスクープ目的ではないのか。

有力な情報を持つ証人ではありそうだが、いまこの場にいる警察官の誰もが相手にしていないということは、相当厄介な存在に違いない。嫌な予感がする。

「実は、奇特捜の方というより……一之瀬朱理さんにお話があるのです」

まだ名乗っていないのになぜフルネームを知っているのかと朱理は目を瞬いた。

「これから話すことはきっとあなたにしか理解できないと思います」

警戒度が増したところで、彼女はその気配を察したのか鋭く朱理を見据えてきた。

「私は人間の魂を食べる悪魔のことを知っています」

†

健一に現場近くでの待機を命じた朱理は、すこし離れたファミリーレストランでベルと落ち合った。

「こやつが例の女か」

昼時のせいか席のほとんどは埋まっており、適度に騒がしい。

呼び出された金髪碧眼の青年は空腹を訴えるように凹《へこ》んだ腹をさすりながら朱理の隣に座った。向かい側の席には三池星良が背筋を伸ばしてじろじろと朱理を観察している。なぜかベルには目もくれなかった。彼女は頼んだアイスコーヒーにはまったく口をつけず、氷はほぼ溶けきっていた。

「遅い」――朱理はメニューでベルの胸を叩く。

どうせ蠅になって飛んできたのだろうが、それにしては二時間も待たされた。もう朱理が知りたい彼女の情報はほとんど訊いてしまった。間がもたなくて逆に質問攻めにあってしまい、好きな女のタイプやらどうでもいいことを尋ねられていた。

「ちょうど必中仕掛人の最終回を観ておったのだ」

「早く来いと言っただろうが」

「あ、おねーさーん、目玉焼きハンバーグステーキをパンのセットでぇ」

「……こいつに見覚えは？」

店員が去ってから朱理は三池星良に切り出す。

「……」

彼女はベルを一瞥しただけで、無言のまま朱理に視線を戻してしまう。

「こいつは警察関係者ではないが、俺のちょっとした知り合いで悪魔とやらに詳しい。同席させても構わないな？」

「構いません」

カマをかけてみたが彼女は違和感を口にしなかった。

――ベルのことを悪魔と認識しているわけではないのか？

「む、期間限定で桃のプチパフェがあるのか……デザートセットにすればよかったな。それで、我のことはどこまで話したのだ？」

ベルはテーブルに貼られたメニューに目を奪われる。

「おまえについてはなにも話していない」

ふーん、とベルは鼻を鳴らして三池星良に興味を示したが、彼女に至ってはひたすら朱理を見つめるばかりで、肝心の悪魔とやらがやってきても無関心だった。

「あなたが知っている『人間の魂を食べる悪魔』というのはこいつのこと――」

「お待たせ致しました」――店員の元気な声に遮られる。

目玉焼きハンバーグステーキが運ばれてきた。

鉄板の上で肉が焼ける良い匂いに、朱理の腹が正直に鳴ってしまう。

「うむ、うまい！　貴様も一口食うか？」

「いらん。それで――」

朱理はコップの水に口をつける。

「半分くれてやってもよいぞ」

「そういう意味じゃない。で、あなたが知っている悪魔とやらは――」

「甘いニンジンは好きではないのだ」

「っ、食わせようとするな。俺の話の邪魔をするんじゃない」

フォークに刺したニンジンを口に押しつけてきたので朱理は嫌々押し返した。

「……私が知っている悪魔は、一之瀬朱理さん、あなたに似ています」

「なに？」「ほう？」――朱理とベルは同時に彼女を見やった。

ベルはパンを頬に詰め込んだ。

「俺は人間だが……」

「それはわかっているのですが、確かに私は彼の傍であなたに似た悪魔と話したのです。

一度ではありません、二度、三度……いいえもっとかもしれません」

「どういう意味で似ているんだ。外見か？」

「髪も服も黒くて、気怠《けだる》げで、目が死んでる感じで、儚《はかな》い……というか」

「儚い……？　俺はそんな見た目か？」

ベルが思わず吹き出したのを手で押さえたので、朱理はぎろりと睨み付けた。

「ずっと見ていると背筋がぞくぞくするような怖くて綺麗な男性と言いますか、いまにも死にそうな不気味な様子というか。たぶん刹那的な雰囲気が似ているのです」

「ふっ、くふふ、ふふ……」

「なんでおまえは笑ってるんだ」

顔を真っ赤にして肩を震わせる悪魔のふくらはぎを、朱理はがつんと蹴った。

「その悪魔が姿を現すのは決まって夜中でした。それも彼の隣で寝ているときに限って、です。だから寝ぼけていて私の記憶もちょっと曖昧で……でもあの悪魔はあなたの名前を何度も言っていたのではっきり覚えています」

彼女は澄んだ瞳をまっすぐに朱理に向けた。

「警察官の一之瀬朱理には勘づかれないようにと」

「……ひゃるほほふぇ～」

両頬を膨らませながらベルは小刻みに頷く。

「なにを納得しているんだ」

「いや別に。ところでさっきからこの女が言っている彼とは誰だ？」

悪魔の話ばかりが先行してしまい、そういえばベルにはちゃんと説明していなかった。

「彼女は火事で亡くなった被害者夫婦のひとり息子、神尾渉の婚約者だったそうだ」

「過去形か」――鉄板の上にはニンジンだけが残る。

「半年前に神尾渉から一方的に別れを告げられたそうだが……近所の住人は出入りするあなたを見たことはないらしいが？」

繰り返しになるが、やはりこの話になると彼女の表情が暗くなる。

嫌がる健一を説得して、神尾渉には婚約者がいたのかどうか聞き込みをさせた。しかし神尾渉は近所ではすれ違えば会釈するぐらいで、近隣の住民とは深い交流がなかったらしい。家にはヘルパーの職員ぐらいしか出入りしていなかったらしいっす、と朱理のスマートフォンにメールが入っていた。

「私たちは外でしか会わなかったので」

「婚約者だったという証拠は？」

「ありません……口約束です」

「付き合っていたと証明できるものはあるのか」

「それも、ないです……」

「失礼だが、神尾渉は今年六十歳。あなたは二十八歳だそうだが」

「それがなにかおかしいですか？」

「いや……おかしいとは言わないが」

男女間に芽生える恋愛感情は当事者同士にしかわからないものだが、親子ほど年が離れている男女となると果たして純粋な愛だけなのだろうか。

「でも事実です。彼とは何度も一緒の夜を過ごしましたから」

ベルがふざけて口笛を吹いたので朱理はひとつ咳払いする。

「まぁ一旦それは置いておく。で……その何度も一緒の夜とやらで、俺に似た悪魔と話したと。主にどんな話をしたんだ？」

「人間を殺すのを手伝いなさいと言われました」

実のところこれはさっきも聞いた話だったのだが、朱理はベルの反応を見たかった。すると頬杖をついて外を行き交う人間を見下ろしていたベルが、一瞬、笑顔を消して彼女を見たのを、めざとく視界の端に捉える。

「ほー、悪魔はそんなことを言ったのか。ホラー映画でもつけっぱなしで寝たのではないか？　テレビをつけるとたまに深夜帯にやっておるだろう」

「それはないです」

「つまり貴様の話を要約すると、悪魔に言われたから貴様は人間を殺すために火事を起こしたのか？　それを警察官のこやつに知られないようにしろと言われたのか？」

ベルはとぼけた口調でぽんぽんと質問を続ける。

「我には妄想にかられた犯行の自供に聞こえたぞ。そうであろう、シュリ？」

――……やっぱりこいつ、なにか隠しているな……？

目白の学校のときにも違和感があった。あのときは歯車が消えかけていて焦る自分を弄ぶために、わざと傍観を決め込んでいたのではないかと朱理は思った。だが冷静になって振り返るたびに、むしろベルは不可解な現象から意識を逸らそうとしていたのではないかと考えるようになった。いまの発言からもなんとなくだが、それを感じる。

「わ……私が、彼とももども、ご両親を焼き殺したとでも言うのですか」

ようやく彼女は朱理から視線をはずして、ベルを睨み付けた。真っ赤に腫れた目元が侮辱を訴えて血走っている。

「さっき電話でも話しただろう。放火魔は捕まった。……ベル、妙なことは言うな」

「ですからその人は犯人ではないのです」

「なぜそれがあなたにわかる」

「何度でも言いますが、殺したのはあの悪魔だからです」

「いや……だからその悪魔というのは――」

「悪魔は殺しはしない」

ベルが急に低い声で遮ってきた。口は笑っているが、目が笑っていなかった。

「悪魔とは秘儀参入者であり諧謔《かいぎやく》家だ。秘儀参入が堕落し、形式化や形骸化された、現在の宗教とやらも悪魔の望みではない。そうすることでしか人間は希求を伝える術《すべ》を持たなかったのだ。そもそも人間という生物は自我を持たぬ。しかし先人たちが継いだ儀式や文明を肯定なり否定なり繰り返すことで、人間には欲望や感情があるものだと錯覚しているだけに過ぎない。貴様らが神だの天使だの悪魔だのと並べたてているものは、生と死の循環を継承するだけの謂《い》わば解釈のひとつなのだ」

朱理は驚いていた。

欲望や感情は、錯覚。そして悪魔は解釈だとベルは断言した。

「じゃあ私が話した悪魔は……」

「夢か、幻か。もしくは妄想かもしれぬということだ」

ベルはくつくつと喉を鳴らして彼女を嘲笑った。

——俺にはそんな話はしたことないぞ……。

もしベルの言っていることが本当なのだとしたら、朱理のこれまでもすべて否定されることになる。そもそもベルの存在はいったいなんなのだという話になるのではないか。今し方、隣で目玉焼きハンバーグステーキを食べて、ニンジンだけ残したこの存在は、夢か幻か妄想だとでも言うのか。

「妄想なんかじゃありません！」

彼女はガシャンとアイスコーヒーを倒して立ち上がった。

真っ黒な液体がテーブルに拡がっていく。

「ふん、では警察などではなく、悪魔払いの聖職者にでも頼むのだな」

溢れ出す涙が止まらなくなったのか、彼女は両手で顔を隠しながら店を出て行った。

入れ替わるように店員が布巾を持ってくる。朱理は中腰になって拭くのを手伝った。

——こいつ、まさか俺から……彼女を遠ざけたのか？

ベルは涼しい笑顔を浮かべ、また人間たちを見下ろし始めた。

†

健一から現場検証の許可が下りたという知らせを受けて朱理は現場に戻った。

金色の蝿はのんきに飛び回ってついてくる。

「彼女が言っていた悪魔は本当におまえじゃないのか？」

『我はあんな女は知らぬ』

女と見れば老若問わず口説くベルがここまで無関心なのは珍しいと思った。

焼け焦げた家の前で健一は年配の男女たちに囲まれていた。健一は難しい顔をして、アイパッドをいじっている。

「どうした」──朱理は声をかけた。

「町内会の組合が設置していた防犯カメラの映像なんすけどね……おかしいんすよ」

「ちょっと、アナタが責任者さん？」

指も首も声も太い紫頭の女性が、勢いよく朱理の肩を叩いてきた。

「うちの近所は悪戯の放火が多かったのよ。外のゴミ捨て場に火を点けられたり、自転車に灯油をかけられて燃やされたり……。だからねぇここ最近やっと町内全体に防犯カメラを設置したのよ。そしたらその直後に神尾さん家《ち》がこうでしょ？　きっと役に立つわと思ってすぐに映像を確認したんだけど」

今日は自己紹介もそこそこによく喋るやつが多いなと朱理はただ頷く。

「今朝だけなにも映ってなかったのよ」

「真っ黒っす」──健一がアイパッドを見せてきた。

カメラの設定を間違えたのでは、と一瞬思ったがそういうわけではなさそうだった。多角画面に切り替えられて、健一にタイムバーをいじられる。深夜一時の段階では街灯や電柱がくっきりと映っている。

しかしその数分後にはすべての画面が真っ暗になった。しばらく黒い映像が続き、やがて朝四時過ぎになると、まるで電源が復旧したかのようにぱっと全画面が明るくなった。神尾家からもうもうとあがる黒煙と、数台の消防車が確認できる。

「停電でもしたんすか？」

町内会の組合の人たちは互いに顔を見合わせた。こんな遅い時間まで起きている人間はあまりいないのではないか。細身の白髪頭の女性が「そういえば朝四時半からの大暴れ将軍は録画できていたわ……」と思い浮かべながら呟いた。

「いまどき町ごと停電しないだろ」――朱理はふいと電線を見上げた。

「電力会社が瞬間的に停電させることはあるんすけどね。たとえば落雷とか送電線が瞬時電圧低下を起こした際に、電力会社が電気を正常に送るために瞬時電圧低下発生送電線を切り離して、しばらくおいてから再度送電を行うやつっすね」

「瞬停なら約一分ぐらいだ。それを超える場合は停電だが……」

火事で電線が損傷して停電が起きる場合もあるが、見渡す限りそれは見受けられない。消火活動のために消防士が電力会社に依頼して意図的に停電させることもあるのだが、火災発生の通報がある前から映像は消えているため、そのパターンもありえない。

「念のために電力会社と消防局に確認をとってから来い、俺は先に中を見る」

「オレはそのまま外にいていいっすか」

「来ないのか？」

「まだ危ないらしいんで」

「まぁ……好きにしろ」

健一は先ほどのファミレスのときといい、四六時中朱理についてまわって行動を監視したいわけではないらしい。あくまでも被疑者を殺す「連続殺人犯」としての現場を押さえたいだけなのか。だとすれば、今回は犯人は自首している。警戒することはないかと朱理は胸を撫で下ろした。

「警視庁の一之瀬だ。案内してくれ」

黄色いテープをくぐって、待っていた消防隊員に声をかけた。

朱理は玄関で用意された長靴を履いた。煤を吸い込まないようにと、機動隊のひとりから使い捨てマスクを差し出された。それを耳に引っかけながら手袋も装着した。

「足元に気を付けてください。意外と中はひどいので」

防護服を着て懐中電灯を首から提げた消防隊員に、屋内を案内される。

外観はさほど焼けているように感じられなかったが、中に足を踏み入れると惨状に目を見張った。床はもちろん壁から天井まで真っ黒に焼け焦げている。

庭は広いのに狭くて小さな家だ。なのに部屋数が多い。廊下も急に曲がっていたり、枝分かれしていたりと、うっかりすれば迷ってしまいそうだった。

――変わった家だな……。

極端に窓の少ない家だとも思った。焼けた室内を次々と覗いてみたが、どこも鉄筋コンクリートの頑丈な壁に囲まれているという息苦しい感覚に襲われた。

一階から二階へ続く階段は途中で直角に曲がっており、当時の炎の勢いを表すかのようにぐるりと渦状に焦げ付いている。

「夫妻の遺体が見つかったのは一階です」

「この様子だと火元は一階か？」

「風呂場のようですね」

「ガスになにかあったのか」

新築の家のようだから老朽化によるガス漏れはなさそうに思えた。

「たぶん違います。匂いからして灯油の類いかと」

脱衣場あたりから独特な刺激臭がする。

「ひどいな……」

ここが風呂場だと言われなければわからないほどすべてが溶けていた。浴槽は形を成していない。大きな窓は火災の跡が生々しかった。ガラスは割れていたが、ステンレス製の窓枠だけが残り、半分ほど開いていた。

「換気のために窓を開けて寝ていたのでしょうね」

夏の夜だ。こんな窓の少ない家では貴重な換気口だろう。

朱理は慎重に浴槽をまたいで窓の外に顔を出す。外側から焼けた様子はなく、内側からの炎と熱で割れたガラス片が芝生の上に散乱していた。

窓の真下には素焼きの赤レンガが積まれている。そのレンガを足場にすれば窓までは一メートルすこしといったところか。猫のものらしき足跡が点々とついている。

「このあたりは前から不審火が多かったようだが、手口は似たようなものか？」

「言い方は悪いですがいままでのは火遊び程度でしたよ。住民を怖がらせて愉しんでいたぐらいですかね。もちろんそれも許しがたい犯罪ですが……」

「もしこの窓から浴槽に灯油を流し込んで火を放ったらどうなる？」

そう尋ねると、消防隊員は恐怖を訴えるように首をすくめた。

「実は自分もそう思いました」

「……だろうな」

おそらく出火の原因はそれだ。

「この家の構造を知っている人間がやったのだとしたら、計画的殺人ですよ。全体的に傾斜が多くて窓も少なくてちょっと変わった家ですよね。ひと昔前はこういう複雑で立体的なデザイナーズハウスが流行りましたけど、実際は危ないんですよ。煙が回りやすくて火事になったら一気に逃げ場がなくなります」

「だいたいわかった。……つぎは遺体の場所を教えてくれ」

一階の寝室へと案内されながら、朱理は今日だけで二度も『計画的殺人』という言葉を耳にしたことが心に引っかかっていた。

先ほど更新された共有ネットワークの情報によると、自首してきた被疑者は過去の悪戯目的の放火については容疑を認めている。しかし今回の火事に関しては強く否認しているらしい。自首の理由も些末《さまつ》なもので、自分が人を殺したなどと疑われるのを恐れたからだという。

――放火魔が殺人を恐れて自首……か。

金色の蠅がふと肩にとまって顔をくしくし撫でた。

『この熟したかぐわしい匂いが貴様にはわからんようだ』

「おまえまだ帰ってなかったのか。あまり話しかけてくるな、叩き潰すぞ」

『気づいていないようだから助言してやっておるのだぞ』

「なにをだ」

ため息交じりに囁けば、蠅は笑い返してきた。

『殺人者の魂は随分と前から殺意を秘めていたようだな』

朱理は身を固くして肩口を見た。

†

一週間が経過した。

未だ意識不明の状態が続いている被害者・神尾渉の自称婚約者——三池星良の願いも虚しく、本件は所轄に差し戻しとなった。奇特捜の扱いではなくなったのだ。

警察は自首してきた男を放火殺人の疑いで厳しい追及をする方針を固めた。

「一之瀬朱理さんは悪魔を知っていた……」

三池星良は丸椅子に腰掛けて痛々しい火傷で腫れた手を握った。ベッドに横たわる神尾渉の全身は、包帯とガーゼで覆われている。人工呼吸器を取り付けられ、びゅーびゅーと荒く不規則な呼吸音はいつ止まってもおかしくない状態だ。

「でも変だった……私と……話がかみ合わなかった」

油断するとすぐに血圧が下がってしまうので、集中治療室にとどまらせてほしいと彼女は願い出たが、医者も看護師も苦々しい顔をするだけで結局病棟に送られてしまった。

彼の治療継続を承諾する身内が誰もいないのだ。

せめてお金だけは出させてほしいと無理を言って個室にしてもらった。

「私があなたの妻だったら、あなたを助けてあげられるのに」

悔しさで胸が張り裂けそうだった。

朝から晩まで面会終了時間までずっと傍にいて、なにか異常を感じればナースコールを押す。彼女にはそれだけしかできない。そのたびに面倒くさそうにやってくる看護師に、金は払っているのだからとクレーマーのように文句を言う——その繰り返しだった。

法が認めてくれないのならば、たとえ理不尽でも意地を通すしかなかった。

「みっともないわ、私……醜い女よね……。ごめんなさい……」

……あなたはきっと私を叱る。誰にも迷惑をかけちゃいけないよ、と。どんなつらい目に遭おうと道を誤ってはいけない――……と。

「あなたの傍にいればよかったって後悔しているの」


ずっと一緒にいられなくてごめんな。

でもずっと一緒にいたら、おまえを不幸にしてしまう。

おまえだけは幸せになるんだよ。……ごめんな。ごめん。……ごめん……。


「違うの、あなたは悪くないの」

どうしようもなく湧いてくる後悔を口に出せば顔がくしゃくしゃになった。

「そんなに何度も謝らないで……、あなただって幸せになってよかったのよ」

背中を丸めて彼の身体に頬をすり寄せた日々が、いまはただ恋しい。

またあの日のように頭を撫でて、抱きしめてほしい。

なにも与えてくれなくていい。ぬくもりがあればそれでよかったと過去を想う。

「私にはそれだけでよかったの……」

『だからともに死ねばいいと言ったのです』

不意にあの悪魔の声がして、三池星良は起き上がった。

「嫌よ……あなたの名前なんて呼ばない」――咄嗟に両腕で腹を庇う。

周囲を見回しても姿はない。だがすぐ耳元で快楽死を誘う悪魔の囁きがする。

彼女は丸椅子を蹴倒すように立ち上がり、スカートの裾を翻して拳を握った。

「私も死なない、渉さんも死なせない！」

強く拒絶すると次第に悪魔の声は遠のいていった。

†

朱理のデスクはだいぶすっきりした。

自分で管理をするようになってから、共有ネットワークのデータにおかしなところは見受けられない。やはり健一に任せたぶんだけ捜査資料からなにかが欠けているようだ。

「ふぁ〜あ……」

健一は大きなあくびをしている。

「……佐藤、暇なのはわかるが、一応先輩の俺がいるんだが」

珍しく今日は神楽坂課長が有給休暇をとった。警察官も有給休暇の取得努力を求められる時代だ。おそらく事務官から肩を叩かれたのだろう。ただ「努力」名目なので、仕事に真面目な警察官ほど与えられた有休日数を消化しきれないのが現実だ。

「へぇーい、すみません」

朱理は一息ついて椅子の背もたれを鳴らす。首を揉みながら、シャツの下に隠された黒い歯車の紋様を意識する。一週間前——あの火事の日、いきなり歯車の消える速度が速まったかと思って焦ったが、つぎの日からは不思議と緩やかになった。

——結局……彼女はなんだったんだろうな。

家に帰って改めてベルに尋ねてもやはり「知らぬ」の一点張りだった。

「一之瀬さん、神尾渉って覚えてるっすか？」

ウゥンと両腕を上に伸ばしたところで、健一に声をかけられた。

「八王子の火災の被害者だろ」

頭の中が筒抜けなのかと思うくらいタイミングがよかった。

「そーっす。燃えたスマートフォンのデータの復元が終わったみたいっすよ」

「もうその事件は奇特捜案件じゃないぞ」

「いやぁそれが調べれば調べるほどおもしろくって」

なかった。いまごろ捜査員は地道に犯行に使われた灯油の購買ルートをあたっている。

「あのな……」——もはや注意するのも疲れてくる。

なにかと奇妙な事件だったが、奇特捜案件になるほどの異常さを感じさせる事件では
「神尾渉は五十八歳で東映出版を早期退職した元雑誌編集長なんすよ。かなり面倒見のいい性格だったようで、退職後も東映出版の社員だけじゃなくて他社に移った編集者とかフリーライターからも頻繁に相談されてたみたいっす。通信履歴の量がハンパじゃなくって、一日で多いときには二十件近く残ってるっす」

それぐらいの情報はおもしろくもなんともないが、と朱理は黙っていた。

「そのうちのひとりに三池星良っていう女性記者がいるんすけど、彼女は神尾渉が退職した直後にフリーランスになってるんす。彼女との通信履歴のほとんどが深夜帯なんすよ。元上司と部下、男女でしかも退職時期も被《かぶ》ってるのって、なんか怪しいっすよね」

聞きながら朱理はあの女性を思い出した。

「まぁ……気になる情報ではあるな」

「でしょう？」

——三池星良……神尾渉と深い仲だったのは嘘じゃなさそうだ。

健一の邪推と情報収集能力には恐れ入るが、火災とは関係ない話だ。

「このパターンだとだいたい女が男に惚《ほ》れて、追いかけ退社って感じっすかね。男にも

熟女好きがいるように、おっさん好きの女ってたまーにいるんすよねぇ」

「ゴシップ記者みたいな推測をするな」

「でもおもしろいのはこっからなんすよ」

「俺は聞かないぞ」

朱理はデスクに両肘をついて耳を塞ぐ。

「三池星良は半年前に家族から捜索願を出されてるんすよ」

「ん……、うん……？」

思わず肘をずらす。急にきな臭い話になってきた。

朱理もついパソコンをいじってしまう。

三池星良は青森《あおもり》県出身で、東京の大学を出たあとに新卒で東映出版に就職している。彼女が最後に仕事で東映出版の週刊誌の記事を書いたのは半年前だ。実家への仕送りが止まったことに両親が気づき、娘と連絡が取れないという理由から捜索願が出ている。通信会社の履歴によると、彼女が最後に連絡をとったのは神尾渉のようだが、彼女のスマートフォンは見つかっていない。

──半年前……？　じゃあ俺が会ったあの女はいったい……誰だ？

「神尾渉の新築の家って変な構造してたっすよね」

「あぁ、それがどうした」

「オレの実家って建設業なんであの家まじで違和感ばりばりだったんすよ。わざとそう造ったとしか考えられないっつーか。……で、三池星良の経歴を見てたら閃《ひらめ》いたっす。これは放火魔を利用した彼女の計画殺人だった可能性があるんじゃないかって」

「なにを言ってんだか全然わからん」

健一はエナジードリンクをぐいと飲んで喉を潤す。

「たぶんあの家のデザインに口出ししたのは三池星良っすよ」

「なんでそう思うんだ?」

「東映出版の過去記事を彼女の名前で検索してみるとわかるっす」

言われるまま東映出版のウェブ記事ページを開いて「三池星良」で検索すると、過去に彼女が書いた記事が続々と出てきた。都心のビル火災、子どもが焼死した事故。彼女は犯罪ジャーナリストで、担当した記事は火災による事故や事件がほとんどだった。

デスクの引き出しを開けて三池星良から受け取った名刺を手に取る。裏面を見ると、主要取引先には「東映出版」とある。彼女で間違いなさそうだ。だがあまり綺麗な名刺ではないのがどことなく気になった。手垢なのか日焼けなのか、白い紙は薄黄色に変色しており、四方の角は汚くよれている。

「オレの見立てはこうっす。両親の介護を理由に神尾渉から別れを切り出された三池星良は、いつか神尾家を放火魔が襲うことを想定して、神尾渉の両親の殺害を計画する。

彼に気づかれないよう、燃え広がりやすいデザインを建築業者に依頼。そんで警察から疑われるのをおそれていまは身を隠している……って感じっす」

「だいぶ無理がある気がするが……」

「けど意図的に依頼しないとあんな家は建たないっすよ？」

「それは神尾渉と三池星良がそもそも男女の仲であったことが前提だ。ふたりが付き合っていたという確かな証拠はないだろ」

朱理は黒髪を掻き回して情報を整理する。

「じゃあ極秘情報、メールに送るっすよ」——健一はカチカチとマウスをクリックする。すぐに朱理のメールボックスにファイルが添付されたメールが届いた。なぜ共有ネットワークを経由しないのかと疑問を口にするより早く、メールを開いてその理由を悟る。無修正の卑猥《ひわい》な画像が大きく画面に表示されたのだ。

「一之瀬さんは見ても許されるけど、オレは奥さんにぶっ殺されちまう画像っす」

「……仕事中だぞ……」——朱理は額に青筋を立てて目を閉じた。

「いやいや仕事っすよ、その写真の女が三池星良なんす」

下半身が刺激的すぎるので片手で隠して、顔だけ渋々見る。

——茶髪に、頬のそばかす……。

健一は得意げに鼻で嗤う。

「神尾渉の個人情報からたどって、クラウドにふわふわしてたのを拾ってきちゃったっす。スマートフォン本体そのものには残されてなくても、きっと自動バックアップがかかっちゃったんすね。三池星良の免許証の証明写真と似てません？」

「なんで神尾渉はこんな画像を撮影したんだ……」

「角度的には神尾渉のスマートフォンを使って、三池星良が自撮りした感じっすけどね。アレじゃないっすか？ 寂しいときはこれをオカズにしてね、みたいな」

「まぁそういう考え方もあるか」

「はぁ……一之瀬さんマジでつまんない反応っすね」

「俺にどんな反応を期待してんだ」

神尾渉は、敏腕というよりは、その人柄で編集長まで上り詰めた人間だったようだ。真面目で誰に対しても真摯。部下が取材先に迷惑をかけてしまったときには、率先して頭を下げに行き、泥を被ることもいとわなかった。だからこそ事件のことを知ったかつての仕事仲間たちは——あんなに良い人がどうしてこんな目に——と、逮捕された放火魔を徹底的に洗って、厳罰に処してほしいと切に望んでいるそうだ。

「ひとりぐらい悪く言う人がいてもいいのに、神尾渉はマジで『良い人』だったらしいっすね。でも実は親子ほど年が離れた元部下に手を出してたとか、神尾渉にも裏の顔があったのかもしれないっす。男女ってなにがあるかわかんないっすからねぇ」

朱理は何の気なしに、本日休みの席に目を向けた。

神尾渉は神楽坂課長のような人柄だったのかもしれない。

「少なくとも神尾渉には罪悪感はあっただろう。相手は二十八歳の若い女性だ。男女の仲になることになんの躊躇いもなかったとは思わない。……この話はもういいだろ、奇特捜の案件じゃないんだ」

「うぃーっす」――健一はデスクの上に転がる黒い丸バッジを指で弾いて弄んだ。

頬杖をついてぼんやりと神楽坂課長の席を眺めている朱理を、健一は密かににやりと笑って二台の液晶画面の隙間から見つめていた――。

「おい一之瀬」

不意に、酒焼けした声に呼ばれて朱理は振り返る。

珍しく捜査一課の元同僚が顔を覗かせたのだ。

「おまえら奇特捜が調べてた事件で三池星良って女がいなかったか？」

偶然に偶然が重なったことで朱理は返す言葉を失い、元同僚を見上げた。

†

朱理は数年ぶりに捜査一課のデスクに手をつく。

強行犯係の浅倉久志《あさくらひさし》のデスクには、遺体写真以外にも医師から提供されたレントゲン写真の写しや検視関連の書類が広げられていた。これから共有ネットワークに保存するにしても、どの事件に該当するのか迷っているという。

「ここに来るのは久しぶりだな一之瀬。まぁ相手はオレだ。遠慮せず話そうや」

「どうも、浅倉さん。……そうさせてもらいます」

元同僚相手とはいえ敬語なのは浅倉のほうが年上だからだ。

奇特捜の、特に黒い噂がつきまとう朱理がこのフロアで堂々と捜査に首を突っ込むのは煙たがられる。だが浅倉は捜査一課時代に朱理とおなじ班でバディを組んでいたため同席を許される空気だった。浅倉からかつてのように肩を並べることに「懐かしいな」と言われても朱理は愛想悪く相づちを打つだけだった。

「おまえあのころはあんなに頼りなくオレに懐いてたのに、しばらく見ないうちに随分落ち着いた刑事のツラになってんなぁ。痩せたか？　顔色悪いぞ？」

浅倉に肩を叩かれても、朱理の視線は既に目の前に広がる資料に注がれている。

「今度メシにでも連れてってやる。そんときに昔話でもしようや。……おい、オレの話を無視すんな」——反応の薄い朱理に、浅倉は呆れて口をへの字に曲げた。

久里浜《くりはま》に打ち上げられた遺体はほとんど人間の形をしていなかった。写真を見るに、海藻やゴミなどが絡む肉と骨の塊といったところか。新米警察官が見たら吐き気をもよおすような損傷具合だが、奇特捜ですっかり変死体に慣れてしまった朱理は躊躇うことなく一枚の写真を手に取って目をこらし「発見されたのはいつですか？」と口にした。

浅倉はふんぞり返って足を組んだ。数日は髭《ひげ》を剃《そ》っていない顎が天井に向いた。

「まーだいたい一ヶ月前だな。腐敗というより傷みが激しくて身元の確認に時間がかかった。台風の影響で潮の流れがおかしかったのもあって、どこから流れ着いたものかも判別できなくてな。いろんな偶然が重なってオレのところに来たところだ」

「経緯は理解しました」

「とりあえず警察歯科医会にあたらせたところビンゴだった。三池星良、都内在住の二十八歳女性。捜索願とぶちあたって、調べたらおもしろいことがわかってなぁ」

朱理は一週間前に三池星良と名乗る女性と話した。しかし彼女は約一ヶ月前には海に浮かんでいて、死んでいる——。

朱理はカルテらしきものに指を滑らせたが、浅倉の大きな手のひらに押さえつけられた。かつてのバディは面倒見が良いように見せかけて性格は意地悪だ。朱理はそのことをすっかり忘れ、椅子にだらしなく腰掛けながら試すように見上げてくる彼の罠にハマってしまった。目を合わせてしまったことを後悔し、朱理ははぁと深いため息をつく。

「元相棒の話は無視すんなよ。これ以上聞きたいんならわかってんだろ、一之瀬？」

「嫌です。浅倉さん、絡み酒じゃないですか」

「ほー、舐めた口利くようになったじゃないか。警察組織は縦社会だぞ。オレはおまえをメシに誘ってやってんだ。返答はちょっと考えればわかるよなぁ？」

「わかりました……今度アンタの昔話に付き合います。だから話を続けてください」

「よぉっし、焼き肉に生ビール飲み放題な。んじゃあ話を続けよう」

浅倉は姿勢を正し、資料を指先でトンと小突いた。

「三池星良の腹にはガキがいた。気になって父親を調べたんだがな――」

「そのまえに、自殺ですか、他殺ですか？」

「わからん。科捜研もお手上げだから頭脳派なオレのところに回ってきたんだ」

「肺に泡……溺死ですか」

解剖結果には、僅かに残っていた肺の一部に攪拌《かくはん》された海水の痕、と記述がある。これは人間が呼吸しながら海水を飲み込んだことにより発生する泡のことだ。それ以外はすべてが死後、海で流された際の腐敗や損傷であり、生前に負った傷はない。

「遺書もねぇし、第三者の痕跡も出ないとなると事故とも考えられるがな」

「……それで、父親は誰ですか」

「あの八王子の連続放火で意識不明の重体になってる被害者、神尾渉のＤＮＡ型と一致した。おまえ初動で調べてただろ？　噂によると現場で関係者っぽい女と話してたって聞いたぞ。なんか知らねぇか？」

「なんかと言われましても……」

三池星良から呼び止められて、悪魔の話をされましたなんて言ったところで、浅倉が信じるはずもない。

「特に……なにも」

「本当かぁ？　茶髪の女とファミレスでメシ食ってたのにか？」

ネクタイを摑まれてグイと無理矢理顔を寄せられた。

「そこまで知ってるんならそう言えばいいじゃないですか」

「ほぅら、やっぱ隠してんじゃゃねぇかよ」――浅倉は唇を尖らせる。

「神尾渉と深い仲の女性がいたかもしれない……その程度の情報ですよ」

健一から半ば強制的に見せられた卑猥な写真を思い出して、ふたりの間に子どもができていてもおかしくはないと思った。それを理由に神尾渉が別れを切り出したのならば、ひとりで子を育てることに不安を覚えた三池星良が海に身を投げた自殺とも考えられる。

「そりゃあ誰から聞いたんだ？」

「誰って――」

朱理はハッとして口をつぐんだ。その話をしてきたのは三池星良自身だ。

「近所の……町内会の組合の女性です。推測の域だったので有力視はしませんでした」

「なんでわざわざファミレスまで移動したんだ？」

「現場はまだ混乱してましたから」

そう言うとようやくネクタイを離された。

「ふーん、ま、筋は通ってるな……。おまえから見てどうだ。事件性はありそうか？」

意地の悪い質問とともに、浅倉の目は朱理の不審な動作のひとつも見逃さないように頭から足の先までじっくり観察してくる。そのねちっこい視線を感じながら朱理は考えるフリをした。どう答えればこの場を切り抜けられるか逡巡《しゅんじゅん》する。

「これ、奇特捜案件にできますか？」

「あぁん？　なんでおまえがやるんだよ」

「つまり彼女は変死ですよね。だったら俺に回してもいいと思います」

「……変死……あー……なるほどな……」

「浅倉さん、いまいくつ事件もってます？」

「一課《うち》の忙しさ知ってんだろーが、そんなん数え切れねぇよ」

「八王子火災の被疑者は捕まっています。優先度はそう高くないですよね」

浅倉はしばらく資料を見下ろしてから、ガサガサとまとめて朱理に差し出した。

「上にはオレから言っとくから持ってけ」

我ながらうまく乗り切ったと朱理は思った。安堵を悟られないように無表情を崩さず、資料を受け取る。上席の人間が睨んできたので会釈してデスクを後にした。

「こら浅倉、なに勝手に判断してんだ」

　直属の上司が顔を引きつらせながら咳払いをする。

「なんかあいつ、すげー痩せたな……」

　浅倉は伸びた顎髭《あごひげ》を撫でながら、奥の部屋に引っ込んでいく細身を見送る。

「奇特捜に回すのは構わんが一応上司の許可は取れ」

「もうちょっと健康的だった気ぃするんだが」

「聞け、浅倉。あと髭は剃れ」

「やっぱ奥さんと娘さんをいっぺんに亡くしたのは大きいのかねぇ。オレ独り身だからよくわかんねぇけど、一度抱いちまった生きがいみたいなもんをなくすと男はあぁなっちまうのかもな。結婚ってのは幸せなのか不幸せへの布石なのか考えちまうわ……」

「上司を、無視、するな」

　トントン、とペン先を小突く音でようやく浅倉は上司に気づき振り返る。

「あぁすんません、奇特捜案件にしたいのがあるんですけどぉ」

「おまえ、ワザとだな……」

　浅倉はいまにもぶち切れそうな上司に向かってへらへらと笑った。

†

三池星良の事故——もしくは事件、と思わしき捜査資料を自分のデスクに置いたら、自然な流れで健一にサッと奪われた。椅子に座りかけた朱理は、彼のそのごく当たり前な日常の行動に一瞬戸惑った。だが彼は割り振られた仕事を手にしただけに過ぎない。

「オレこいつ保存しとくんで、現場行っていいっすよ」

よいしょと椅子に深く座り直して書類片手にキーボードを叩きだした健一は、朱理をちらりと見やった。早く出ていってほしいという空気を感じた。

——あれだけ匂わせておきながら今度は同行しないのか。

朱理はちぐはぐな彼の行動を不審に思う。

「そうか……じゃあ、なにかあれば課長の携帯に連絡する」

「やめといたほうがいいっすけどねぇ。課長だって休みたいっしょ。休むときは休む。働くときは働く。そうやってオンオフの境目をつけないから、教師・看護師・警察官は離婚率トップ３Ｋなんすよ」

それは職業に対する偏見じゃないのかと思ったが、事実、課長は離婚しているのでなにも言い返せなかった。

健一はエナジードリンクを一口飲み下すと指の速度を速めた。

「俺にもう訊きたいことはないのか？」

「なんもないっすよ」

あっさりと答えられた。連続殺人犯を捕まえたいというあの話はなんだったのか。

朱理はパソコン画面の前から離れようとしない健一に警戒の目を向けながら、車の鍵を取った。

「重要参考人に話を聞いてくる」

計画的な殺人事件——朱理が出会ったあの三池星良から聞いた話をすべて肯定するのであれば、ある仮説が立つ。脳内では複雑に絡み合った糸がほどけつつあった。

連続放火事件、火と煙の回りやすい新築の家、半年前に失踪し遺体となって発見された三池星良、人格者だった神尾渉、そして「悪魔」である。

†

八王子の総合病院に着くと、珍しくベルが先回りをしていた。入院病棟の入り口前で腕を組んでにやついて立っている。

「ようやく気づいたか」——ベルは鼻で嗤って病院内を示す。

「悪魔というやつは相変わらず焦《じ》れったいやり方をするんだな」

「それはそうだろう、悪魔だからな。人間が起こした問題は、人間が解明するからこそ意味があるというものよ」

ただしこれはある人物が真実を口にしなければ確証は持てない、と朱理は思う。

「状態によっては日を改める」

「よくわかっておるではないかシュリ。人間の魂も果実とおなじだ――」

その先は、もはや何度聞かされたかもわからない台詞を先に言う。

「腐る直前が美味い……だろ」

面会票を提出してふたりはある一室をめざした。

神尾渉のネームプレートを目視し、朱理は病室のドアをノックした。

返答はなかったが、構わず朱理はゆっくりとスライドドアを開けた。

その人物は茜色の空を見ていた。朱理とベルの来訪に気づいて目を動かす。

窓から差し込むのは柔らかく溶けるような日差し。熱を帯びた光は、彼の包帯を照らし、ゆらゆらと揺れていてまるで炎のようだった。

「意識が戻ったのはいつだ？」

「ついさっきです」

煙を吸って焼けた喉からは、がさがさに掠れた声が出た。喉風邪をこじらせたような声だった。朱理は廊下に誰もいないことを確認してからそっとドアを閉めた。

神尾渉は人工呼吸器こそ外していたものの、吸って吐く息はひどく荒かった。すこしでも油断をしたら意識を失いそうなのか、包帯の隙間から覗く両目は、しょぼしょぼと絶え間なく瞬きをしている。

「俺が来るのを予測していたようだが」

朱理は彼の傍に立ち、警察手帳を翳《かざ》して見せた。

「どちらの件からお話ししますか？」

「どちら、とは？」

「家の件と、彼女の件です。どのみちワタシは死刑になるでしょうからお話しします」

彼は生死の狭間《はざま》で苦しみながらも冷静に受け答えする。

背後ではベルが期待外れを訴えて盛大なため息を漏らした。ベルの好物は『殺人者の魂』だが、悪魔の肥えた舌はどうもそれだけではお気に召さないらしい。契約時に生に執着する純黒の魂を食わせろと曖昧な表現をされたが、つまるところそれは『殺されたくない殺人者』でなければならないのだと解釈している。

神尾渉は自由が利くのならばその両腕を首に当てて締め付け、自死するのも厭《いと》わない目をしていた。気の毒だが、焼けただれた身体を固定するように全身に巻かれた包帯が彼を生かしている。濁った黒い瞳には生に対する執着など既になさそうだった。

ベルは丸椅子を勝手に拝借してどかりと腰掛けた。

「つまらん、煽《あお》れ」

罪を認めて殺されることを覚悟した殺人者を殺しても、朱理のうなじの歯車はあまり濃くならないことは過去に体験している。命の期限という厄介な契約に縛られている朱理は、なるべく一回の殺しで、より長く寿命を延ばさなければならなかった。

──くそ……。

結局この悪魔に抗《あらが》うことはできない。朱理は奥歯を嚙みしめた。

「まず火災の件について確認したい」

「はい」

「あなたがやったのか」

「そうです」

彼は目を閉じた。計画された殺人をゆっくりと瞼の裏に映し出す。

「放火魔の犯行に見せかけて両親を焼き殺したのはワタシです」

神尾渉はふっと笑った。そのせいで呼吸を間違えたのか激しく咳《せ》き込む。朱理がナースコールのボタンに手を伸ばそうとしたのを、彼は小さく首を振って止めてきた。

「……理由を聞こうか」

息が整ってから神尾渉は動機を語り始める。

「これを不幸と言っては情けないのですが、高齢の父と母が同時に認知症を患ったのです。とてもじゃありませんが介護しながら仕事は続けられませんでした」

「それで早期退職したそうだな」

「はい……日増しにおかしくなっていく両親を早く施設に入れてやりたかったのですが、安いところはどこもいっぱいで……。高額な施設なら無理矢理でも入れることができるんですけど、資産を考えたら数年で追い出されてしまいます」

その数年だけでもどうにかならなかったのか——と朱理は口を開きかけて、世界的に見て日本人の平均寿命が非常に高い統計結果を思い、なにも言えなくなった。日本はこの十年で男女ともに寿命が延び続けている。医療分野で技術革新が進んでいることはもちろんだが、高齢者の健康意識の高まりも影響していると言われている。

「両親は大病を患ったこともなく内臓は丈夫でした。だから不安になって——」

神尾渉は哀《かな》しげに、ただれた唇を歪める。

「ある日……この人たちはいつまで生きるのだろうと思ったんです。目の前で駄々をこねて暴れる物体がいっそ人間じゃなければよかったのに。ジャガイモとかニンジンとか、そういう物だったら切ったり焼いたり捨てたりしてもいいじゃないですか」

頰の包帯に涙が沁《し》みていく。

「でもね、どんなにおかしくなっても親なんですよ……親は、人間なんです」

「そんなまともな感覚を持っていたのに、どうして殺したんだ」

「殺したんじゃありません。一緒に死のうと思ったんです」

彼は苦しそうに声を絞り出した。

「ですが刺し殺す勇気はなかったんです。首を絞めて殺すことも怖かった。ワタシは臆病だったんです。躊躇って殺しきれなかったらそれもまたかわいそうだとずっと思っていました。ワタシも両親も、この苦しみから解放される方法はないのかと……」

そうして地獄のような日々が過ぎていくうちに、と彼は続ける。

「放火の悪戯が続いていることを利用して殺すことを囁かれたんです」

「それは……誰に」

「悪魔です。黒い悪魔に」

——また黒、か。

朱理は密かにベルを見やった。金髪に白いシャツ、青いデニム姿からは黒という情報がどこにも見当たらない。

「随分と黒を強調するんだな。むしろその悪魔は茶色じゃないのか」

朱理はとある女性の明るい髪の色を想像する。

「その囁いた悪魔とやらは三池星良のことだろう。彼女は火災事故や火事による殺人の事件を記事にすることが多かった。確実に両親を焼き殺すために、彼女があなたに入れ知恵をしたんじゃないのか。介護が必要な両親がいるというのに、普通はあんな段差の多い複雑な構造の家を設計しない。あなたは突発的に心中しようとしたわけじゃない、計画的に焼死を狙った家を造ったんだ」

「ミケ……のことですか」

「ミケ？」──それは誰のことだと朱理は片眉を上げた。

「三池星良は確かに火災に詳しい記者でしたが、家の設計とは関係ありません」

「ではあの家の複雑なデザインは誰が考えたんだ」

「ワタシです。設計を担当した業者に訊いてみてください、彼女なんて知らないと言うはずです。そもそも彼女が家の設計に意見してくるなんておかしいでしょう」

「婚約者が将来一緒に住む家だからと口出しするのは別におかしくはないが？」

意外な質問だったのか、神尾渉は目を開く。

「婚約者……誰がそんなデタラメを……ともかく、ワタシは父と母が逃げられないように燃える家をつくりました。すべてはワタシが計画したこと、彼女は関係ありません」

強引に話を逸らされてしまった。

朱理は話しながら不思議に思っていた。彼女と共謀しただの騙《だま》されただの、機転を利かせて彼女に罪をなすりつけることもできるのに、彼はなぜそれを選択しないのだろうか。彼はなんとしてでも両親の殺しと、三池星良を繋げないようにしている。

「あなたがおっしゃるとおりです。あの家は意図的に造られたものです。設計業者からも施行業者からも危険だと反対されましたが、無理を言って推し進めました」

彼は「それから」と、息をつく間も惜しむように続ける。

「浴槽に灯油を流して、放火魔の犯行のように見せかけて火を点けました。あとは家中に燃え広がるのを待つだけで、ワタシは二階の寝室に戻って寝ました」

神尾渉は車にガソリンを入れるついでに灯油を買ったと説明した。

冬場ならともかく、夏場に灯油を買う人間は珍しい。調べればすぐにわかってしまう。そこは無計画だったのかと問えば、彼は諦めたように小さく頷いた。

「しかし現に死んだのは両親だけだ。あなたは路上で倒れていた。計画的に燃える家を建てておきながら灯油を買ったのは無計画。さらに結局、心中できていないが？」

「そう……ですね。死の間際、怖くなって逃げてしまったのでしょうね。すみません、家が燃えだしてからはあまりよく覚えていません」

「矛盾しているな」

「……ワタシは臆病なんです」

彼はふぅと大きく息を吐いて、赤く揺らめく夕陽を見た。

「あなたは先ほど三池星良のことをミケと言ったな。彼女のあだ名か？」

「あ、あぁ……はい……彼女の苗字は三池なので、ミケと呼んでいました」

「三池星良は婚約者だったそうだな」

「ですから、誰がそんなことを言ったのですか」

「やはり矛盾している」

「なにも矛盾していません」

すると彼はまた眼を伏せた。今度は黙り込む。どうやら彼女のことは、こちらから情報を開示しないと口を割らないようだ。ベルの舌が好むように料理するには、彼女のことを多少なりとも無理にちらつかせるしかなさそうである。

「あなたはさっき『どちらからお話ししますか?』と言った。警察から殺しについて尋問されるのは二回あると想定していた。そうだな?」

「……」──荒い呼吸音だけが返ってくる。

「三池星良の遺体が見つかった。腹には子どもがいた。その父親は──」

「ワタシですね」

「認めるのか」

「だからここに来られたんじゃないんですか?」

彼に動揺は見られない。

「でも婚約者なんかじゃありませんよ。遊びです。ワタシは六十歳、彼女は二十八歳です。親子ほど年が離れている女性に本気の恋愛感情なんて向けるわけないです」

「彼女は本気だったんじゃないのか」

「そうかもしれませんね、知りませんけど」――語尾が僅かに震えた。

一手先を見据えて朱理は慎重に言葉を選ぶ。

「彼女もあなたが殺したのか？」

「あれは春先ぐらいだったので、半年前でしたか……彼女からワタシの子どもを身ごもったと言われましてね。ですがワタシは両親の介護で手一杯でしたから、そこに妻と子どもなんて養えるわけがないでしょう。でも彼女は堕《お》ろしたくない産みたいと言い出しまして……こっちは気晴らしの遊びのつもりでしたから困りました」

神尾渉は吐き出す息とともに薄目を開けて言う。

「彼女を埠頭《ふとう》に呼び出して海に突き落としたのはワタシです」

「……どうしてそこまで嘘をつく？」

「嘘じゃないです。ワタシは彼女を殺して、両親と心中しようとしたのです。もういいでしょう。逮捕するなり、衰弱死させるなり、好きにしてください。ワタシはどうなっても構いません。死んで償う覚悟はできています」

二年前に心中を企てて建てた燃え広がりやすい家、半年前に殺した婚約者、そしてなにもかもに絶望して家に火を放った彼は死の直前にもしや――死ぬのが怖くなって逃げたのではなく、逃げざるを得なかったのではないだろうか。火にまかれ、煙が充満した迷路のような家から逃げ出すのは容易ではない。

——攻めるしかないな。

彼の体力を考えると少々危険だが、朱理は追い詰める手段に出る。

健一から怪しまれ、うなじの歯車も薄い。この殺人者の魂を逃すのは惜しかった。

「俺はここに来るまでの間に、あなたと関わりのあったすべての人間から、あなたについて聞いてきた。どんな些細なことでも相談にのり、時には人生相談まで受けて、朝まで付き合ったこともあったそうだな。退職後もそれは変わらなかった。あなたのスマートフォンには時間を問わず着信があり、出られなかった場合には律儀にかけ直している。誰もが口を揃えて『背負わせてしまった』と言っていた」

「そう……ですか」

「あなたの一連の殺人は他人を思うために尽くした結果と俺は考えている。いままでのあなたの話をすべて逆に捉えると、事件はまったく違って見えてくる。なぜなら、あなたの行動は常に誰かに合わせていたかのように一貫性がなく、ちぐはぐだからだ」

そのときはじめて神尾渉の目に狼狽が見えた。

「両親の認知症は極めて重度だったのだろうか。軽度から中程度であれば、親は複雑な設計の家に建て直すことに口を出してきそうなものだが、どうにもそれはなさそうだ。まず同居する親の協力なくしてあの家は建てられない」

反論しようとして大きく息を吸った結果、彼は焼けた喉の痛みから咳き込んだ。

「三池星良にしてもそうだ。最初から遊びのつもりだったのであれば、彼女に自分のスマートフォンを渡してあんな卑猥な自撮りを許すはずがない」

「っ、……！」――咳が一層激しくなる。

「燃えたスマートフォンからは画像は消されていたが、ネットワーク上で自動保存されてクラウドには残ったままだった。もちろんそれだけじゃない、彼女からの着信のほとんどは深夜だった。仕事を辞めてまで両親の介護に追われていたあなたが寝る間も惜しんで彼女と連絡を取り合っていた。それもあなたから毎日かけている」

深夜一時ころの発信履歴と、十数分程度の通話時間。それは実に三年以上も続いていた。両親が寝静まったタイミングを見計らい、寝落ちするまでの子守歌を求めるように神尾渉から三池星良に向けてほぼ毎日かけられていたのだ。

「三池星良は久里浜で遺体で見つかった。彼女のスマートフォンの最後の着信があなたであることから察するに、彼女に最後に会っているのはあなたである可能性は高い」

「え、ええ、ですからワタシが……」

「死因は溺死だった」

「突き落としたからですよ……」

「ところで、海で溺れた人間の致死率は約五十パーセントだといわれている。助かる確率も五十パーセントだ。殺害方法としては確実な手段じゃないと俺は思う」

「なにを……言いたいのですか……」

「彼女の遺体は科捜研を通しても他殺か自殺か判別がつかなかった。彼女の死に第三者が関わった形跡が出なかったということだ。……さてそこで当然の疑問が浮かんでくる。彼女はいったいどこに立っていて、どんな状態であなたに突き落とされたのか」

それまでビュービューと鳴っていた呼吸音がぴたりと止まる。

「すぐ目の前は海、彼女はあなたに背中を向けて立っていたのか？　腹には産みたい子どもがいるというのに、深夜の危険な埠頭の縁に立った理由はなんだ？」

「……」

「一体どうやったらそんな状況になるのだろうか」

神尾渉はやがてゆっくりと細い息を吐いた。

「……どうして……、ワタシのせいにさせてくださらないのですか……」

彼は半年前の出来事を思い出しながら、悔しそうに下唇を噛みしめた。

†

神尾渉は過去に三度、三池星良に別れを切り出していた。

一度目はまだ東映出版に勤務していたころ。仕事の延長上でふたりっきりの時間を過ごすうちに自然と男女の関係になっていったが、親子ほど離れた年齢差があることと、彼女の将来を配慮し、神尾渉のほうからただの上司と部下に戻ろうと言った。

しかし彼女は『他に好きな人ができるまで』と別れ話を濁した。

「こんなおじさんですから……一時の気の迷いだったと、いずれ彼女のほうから離れていくだろうとワタシは思ったのです」

二度目は両親の介護のために退職するときだった。三池星良は急に神尾渉の自宅を訪ねてきて『お世話になりましたから』と彼の両親に挨拶をした。談笑していると、両親からなぜか席を外してほしいと言われ、神尾渉は茶菓子を買いに家を出た。家に戻ったときの両親は、息子になにかを隠していて変な雰囲気だったという。

「彼女を駅まで送りながら、ワタシはこれから両親の介護に追われることになるからと改めて別れ話を切り出しましたが……」

またも彼女は濁した。

「いま思えばあのときワタシは席を外すべきじゃなかったのです」

しばらくして両親から古くなった家の建て直しを提案された。風呂もトイレも、高齢者が使うには不便な造りだった。老老介護を見据えたら正しい選択だと思い、神尾渉は承諾した。父親から手渡された設計図に目を通して契約書に印鑑を押した。

一家は一時的にアパートに身を寄せ、急ピッチで建設が行われた。

だが出来上がった家は神尾渉が見た設計図とはまったく違っていた。

話が違う──と、すぐに業者を問いつめたが、業者が保管していた設計図は、彼が父親から見せられたものとは違ったのだ。

「それでも食い下がるワタシの肩を叩いたのは父でした」

「ということは、やはりあの家は……」

「ワタシの両親が望んで建てた家です。のちに両親は、ワタシに隠れて、彼女と頻繁に連絡を取っていたことがわかりました。刑事さんの言う通りです。両親の協力なくしてあの家は建たない……逆を言えば、ワタシの目さえ欺けば建ったのです」

三池星良に告げた三度目の別れ話は、半年前だった。

「とても不便な家でしたから改築を進めようと業者に連絡を入れました。電話を切ると、そのとき一瞬だけ、珍しく正常な状態に戻った母が泣き崩れたのです」


おまえはあの娘と一緒に別の家に住みなさい。

この家に火を放って、わたしらを殺しておくれ。

子の人生を、親が壊しちゃあならん。

その夜、三池星良に連絡を取って落ち合った。彼女のほうから海が見たいと言われて車は横須賀《よこすか》方面へ向かった。

「車の中ですべてを聞き出しました。彼女は家を訪ねてきたあの日、ワタシと結婚を考えていることを両親に告げたのです。認知症を患っていることを自覚していた両親は、自分たちの存在が息子の幸せを阻害すると思い、同時に自分たちにかかっている多額の保険金が下りるように、計画的な自死ができる方法を彼女に相談していたのです」

「なぜ彼女はそれを隠し通さずに、あなたに打ち明けたんだ？」

「ワタシは優柔不断に彼女と付き合い続けて……彼女も追い詰めていました」

……私だって迷わなかったわけじゃないわ。

放火魔が捕まっちゃう前に、早く火を点けちゃいましょう。

大丈夫、万が一警察に疑われても私があなたのアリバイを証明するから。

すべてはあなたの幸せのためにって、ご両親が悩んで出した結論なの。

息子に迷惑をかけるくらいなら死にたいなんて、あなたのご両親は立派よ。

「なにをばかなことを言っているんだとワタシは彼女を叱責しました。すると彼女は豹《ひょう》変《へん》して、鞄の中から妊娠検査薬を出して見せてきたのです」

良い人ぶるのもいい加減にしてちょうだいよ。

私ねぇ……ずーっと、あなたとはコンドームに穴を開けながらシてたの。

だってこうでもしないとあなたは踏ん切りがつかないじゃない。

もちろんご両親は知ってる。

喜んでくれたわ、これでやっと息子は決断できるって。

ねぇ渉さん、介護と子育て、どっちを選ぶのがあなたの幸せ？


両親は殺してくれと願う。恋人は結婚してくれと願う。

神尾渉はその心の底からの優しさから、ふたつの願いを同時に叶《かな》える方法を模索し、苦渋の答えを伝えた。

「ワタシは六十歳……心許《こころもと》ない貯蓄で両親の介護をしながら、妻子を養うことはできない……だからといって両親を殺すこともワタシにはできない……だから――」

やはり別れを告げました、と彼はひどく声を震わせた。

「子どもの認知はする……養育費も払う……ごめん、……ごめん、と……車を降りて、彼女の前で土下座をしました……。すると急に目の前の海でどぼんとなにかが落ちた音がして顔を上げたのですが、暗闇の中を探しても彼女はいませんでした」

「助けようとは思わなかったのか？」

「……はい」──小さな声だった。

「彼女は本気で死のうとしたわけじゃないはずだ。遺書はない。あなたの気持ちを確かめるための突発的な行動だっただろう。あなたもそう思ったんじゃないのか？」

「周囲を見渡しました……人けはなく、遠くに船と倉庫の明かりが見えるだけでした。彼女の助けを求める悲鳴も、波の音が掻き消していました……」

暗い海で溺れて沈んでいく三池星良を、彼は見下ろしていたのだという。

「五分、十分、十五分、三十分……ワタシはスマートフォンの画面を見つめて、時間が経つのを待ちました」

結局そのまま彼女は溺れてしまいあがってこなかった。

「あなたは恋人を見殺しにし、親を選んだ」

痛々しい包帯まみれの両手がぎりっと握られる。

「同情はしない。なんの罪もない腹の子まで死なせたんだからな」

「……腹の子……」

彼はぼそりとなにかを呟いた。

「あの子の命だけは、守りたかった……」

「いまさらなにを言っても遅い。おまえの子は死んで──」

「刑事さん、ワタシはあなたがおっしゃるように、両親と恋人、そして未来の子どもまでも殺した同情の余地もない殺人者です。ワタシは当然死刑にしてもらえますよね？　まぁ……どのみちこんな体じゃあ長く保ちそうにありませんけどね……」

彼の一言で、朱理は瞬時にまずいことを思い出した。背後でベルが小さく舌打ちした。包帯で覆われた神尾渉の顔は穏やかに笑んで、死を覚悟している。

──しまった……振り出しに戻ったか。

「くだらん戯れだったな」

ベルは椅子を蹴るように立ち上がった。

「あぁ言い忘れておったが、シュリ、貴様あと三日も保たぬぞ」

「え……」──慌ててうなじに触れる。

鏡を見なくともわかった。脈動は弱く冷たい。減りが早すぎると思った。一週間前に黒い歯車がなぜか一気に消えた、あれがなければもうすこし保っているはずだった。

「おまえやっぱり、なにかしたな……！」

「我はなにもしておらん」

睨み付ける朱理をあしらうようにベルは顔を横に背ける。

ごほごほと嫌な咳が響いた。胸の内のすべてを吐き出した神尾渉は、人工呼吸器をずらした。闇の降りつつある外を最後の景色のように見つめていた。面会終了時間は近い。

彼の意識が薄くなっていくのを感じ取る。

「待て、死ぬな！」

「……」

自ら呼吸を浅くした神尾渉は、朱理の呼びかけに応えなくなる。

「優しい男の結末としてはそのまま死なせてやるのが美しいだろうな。だが貴様はまだ死ぬわけにはいかん。さぁどうするシュリ？　別に食ってやっても構わんが、その程度の黒さの魂では我の腹はたいして満ちんぞ。見積もって十日くらいかもな」

ベルはおもしろそうにくつくつと喉を鳴らしている。

「そうやって短い寿命をたくさん稼いでいってもいいだろう、それもひとつの手だぞ。貴様の復讐が果たされるまでいったい何人が食われるのであろうなぁ」

連続殺人犯――健一の言葉が思い出され、ひゅっと朱理の背が冷えた。

短期間で人数を殺せばそれだけ疑いの色は濃くなる。理由はそれだけではなかった。殺人者の魂なんて簡単に見つかるものではない。自分自身が獲物を探して彷徨《さまよ》う殺人鬼のようになってしまう恐怖があった。

たとえ相手が殺人者だろうと人間は人間だ。朱理は冷静になるたびに、多くの命を奪って生きながらえている咎《とが》に苦しめられていた。徐々に自分が感情を持つ『人間』ではなくなっていく感覚。妻と娘が愛した『一之瀬朱理』から、遠くなっていくのが怖い。

早く——これを最後にしなければ——。

「……俺は……これだけは訊かないつもりだった……」

朱理は捨てきれなかった良心を捨てた。

「あなたが家族と心中しようとしたのは事実なのかもしれない……ちなみに——」

そのほんの僅かな良心を捨てる覚悟がなければ、犠牲を増やすしか手がない。

——……賭けだ。

「あなたの飼い猫はいまどこにいる？」

すると神尾渉の瞼がぴくりと動いた。

「風呂場の窓の外には赤いレンガが積まれていたが、人間の足跡はなく、猫の足跡が残っていた。あのレンガは猫がのぼりやすいように積まれたものだと推測できるが」

「……や、やめて……ください……」

掠れた声が弱々しく漏れる。

「火災とその猫が関係あるかどうか捕獲して調べさせてもらう」

「やめてください」

彼は咳き込みながらも、今度ははっきりと拒絶した。

「ミケは、なにも、関係ない」

「その猫はミケというんだな」

ミケ——婚約者とあだ名がおなじ猫だ。すべての点が線で繋がった瞬間だった。

朱理は目を細めて神尾渉を見下ろし、わざと冷酷な言葉を選んだ。

「かわいそうだが、猫は刑法上は『物』として扱われる。飼い主がいなくなるというのであれば、所有者がいない『物』だ。そうだろう？」

「あの子のお腹には、子どもがいるんです！」

「だからどうした。あなたはおなじように身重だった三池星良を見殺しにしただろ」

「だから……、だから、です」

「彼女とミケが重なって見えたか？」

「……ぁ、……」

「ミケの身体には火事に繋がる証拠が残っているかもしれない。あなたが両親と心中せずに路上で倒れていた理由に繋がるかもしれないな」

「やめて……やめてください……！　すべてお話しします、だから——」

両親と恋人と、三人を殺した男は、最後の一匹だけは殺せなかった。主人を探し燃えさかる家の中を彷徨う猫。それに気づいた彼は猫《ミケ》を抱えて逃げざるを得なかったのだ。

「——もういいでしょう……これ以上お話しすることはありません……」

「ミケの特徴を教えろ」

彼は残り少ない体力を振り絞って目を見開いた。

「どうして……っ、ワタシが助かってしまった理由はわかったじゃないですか！」

「猫は『物』だ。証拠として押収する」

「乱暴なことはしないでください！」

朱理の非情な言葉に神尾渉は激高して腕を振り上げた。勢いよく拳が、傍にあった陶器の花瓶を叩き割る。その破片を摑んで彼は自分の首にぴたりと押し当てた。

「なんのつもりだ」——朱理は怯まない。

「自殺幇助《ほうじょ》……です。看護師が駆けつけたら、あなたが促したと言い残します」

彼はナースコールをたぐり寄せる。

「くく……なるほど。シュリ、考えたな」

ベルが唇の端を舐めたのが朱理の視界の端に映った。

「その程度で死ねると思っているのか？」

「死ぬんじゃありません、あなたをミケのところには行かせない！」

「……ベルゼブブ」

彼はついに死を拒み、生への執着を持ってしまった。

あの赤レンガに残っていた猫の足跡を見たときに飼い猫が出入りしていることには気づいていたが、猫の焼死体はあがっていないから無関係だと思っていた。

ならば火災当時、猫はどこにいたのか。

朱理の問いに対して彼が無反応であればそれまでだった。ほとんど賭けだった。

「――食え……」

赤いシミが点々と垂れる。

その上に、花瓶の破片がからりと落ちた。

苦悶の表情を浮かべながら、神尾渉はなにかを抱きかかえるかのように震える両腕を前方に差し出す。彼は深い闇黒《あんこく》の中でおそるおそる壊れ物を抱いた。

その姿はまるで初めて抱く赤子を前にした父親だった。

朱理は彼の哀しい姿と、赤ん坊の取り扱いに困って明日香に笑われた若き日の自分を重ねる。神尾渉はいま、悪魔に食われながら壮絶な不幸に堕ちている。

きっと彼は両親に付き添われ、妻が産んでくれた子どもを抱き、父親としての自覚を持つ瞬間を味わっているのだろう。

その優しい裏切りの仮想がどれだけ彼を絶望の淵《ふち》に立たせているのか。

想像することは朱理にとってひどくつらかった。

「ワタシは……どう……するのが、……正しかったんだろう、ミケ……――」

朱理は初めて、殺した人間から目を逸らす。

やがてベッドサイドモニターのアラームが鳴った。

バタバタと看護師たちの足音が近づいてくる。

すっかり食い終えたベルは金色の蠅になって、部屋に飛び込んできた看護師たちと入れ違うように出て行った。朱理は暗い表情で警察手帳を翳す。

「警察だ。事情を聞こうとしたら……死んでいた」

†

病院のバス停の古い蛍光灯が明滅する。

外来受付は既に終了し、バスを待つ客はいなかった。出発待機の車両もなく、塗装の剝げたベンチだけがぽつんと照らされている。

完全に陽が落ちて辺りが薄闇に包まれたそこに金色の蠅がふわふわと飛んできた。

やがて青年の姿になってベルはベンチに腰掛ける。

直後――ばつん、と蛍光灯の明かりが消えた。

「まったく……そうやって小手先だけでやりおるから三流なのだ」

ベルの足元の、より深い黒の影が揺らめいて応えた。

「ジャパン流に言うならば、我を誰と心得る。……といったところか」

小馬鹿にして鼻で嗤う。

「こそこそ隠れず出てこい、忠告をしてやる」

這いずるように、ずるりと影が大きく膨らんでうごめき出た。

真っ黒の塊はベルの背後でみるみる人の形になっていく。

血のように真っ赤な両目は切れ長で、長い黒髪がするりと垂れた。

「貴方《あなた》を相手にするのは分が悪い……」

「我は貴様のような味覚音痴の雑魚は相手にせぬ」

ベルに話しかける漆黒の男の声は、低くねっとりとしていて妖艶だ。ベルはそれも気に食わん――と組んだ膝の上に肘をついて呆れたため息をついた。大げさに死を連想させる不気味さ。恐怖を集約したかのような歪《いびつ》さ。ベルの美的感覚とは合わない。

「なんだそのどこかで見たような顔は。まったく似合っておらんぞ」

「いいでしょう、なかなか美しい姿なので気に入っているのですが……どうやら貴方はお気に召さないようです……なぜでしょうね……？」

「我にウザ絡みしたいのか」

ベルは頭上の消えた明かりを指さし、――あとコレとかな、と口にする。

「貴様が直接その力を人間に貸すのはやめるのだ。我の玩具が勘づきはじめておる。せっかくはじめた遊びが貴様のせいで興ざめしてしまうではないか」

「あの男を随分と気に入っているようですね」

黒い悪魔は無表情のまま声色だけで嗤った。

「貴方が人間に固執するのは愉快ですよ。つぎはあの男を食べましょうか」

「ふん、なにを勘違いしておる。我は忠告と言ったであろう。相変わらず貴様は面倒くさい絡み方をしおる。これだから陰キャは困るのだ」

「ふふふ、……いいことを思い付きましたよ」

「………」――ベルは静かに表情を消す。

「つぎは貴方の玩具が悶《もだ》えて、あえぎ苦しみ、壊れていくようにけしかけましょうか。すぐには口に含まず、舐めていたぶって、何日も何日もかけて、身も心も食べていくのです。どうです、面白い遊びでしょう。きっとその様相はたまらなく醜く美しい。なんなら貴方もご一緒しますか――」

激しい破裂音とともに頭上の蛍光灯が弾ける。

「黙れ」

こまかく砕けたガラスがパラパラとベルに降り注いだ。

「雑魚めが……消すぞ」

黒い男は「おそろしい」と、くつくつ笑いながら再び深い影に沈んでいった。

ベルは足の裏で自分の影ごとガラス片をすり潰す。

再び通電した明かりは、しかしばちばちと火花を散らすだけだった。

†

短い秋が過ぎ、まもなく冬になろうとしている。

あの燃えた神尾家が取り壊されることが決まったと耳にした。

車の窓には冷たい雨が当たりはじめ、朱理はワイパーの速度をはやめた。

駐車場に車を停《と》め、ビニール傘をさして神尾家に向かう。既に解体工事ははじまっていた。この悪天候で作業は中断されているのだろう。作業途中の重機にはビニールがかけられていて、周囲に作業員らしき者はいない。

庭の一角にあった駐車スペースに神尾渉の車はなく、その屋根の骨組みだけが侘しく残っているだけだった。

近づくとあたりからミィミィと子猫の鳴き声がした。

黄色と黒の立ち入り禁止の紐《ひも》をまたいで、朱理は敷地に入った。

三毛猫が身体を丸めて、小さな毛玉の塊たちを抱いていた。首には汚れた赤い首輪がついている。見るからに栄養不足で痩せていて、人間に近づかれても警戒する元気もないのか目はうつろだった。ふぅふぅと苦しい呼吸を繰り返している。

「おまえが……ミケ、か」

朱理は三毛猫の前で膝を曲げた。買ってきた猫缶を出し、開けて傍に置いた。

子猫たちはその匂いにつられたのか、すぐに群がってきてぺろぺろと舐め始めたが、親猫のミケだけは見向きもしない。

「もうここから去れ。おまえの主人はとっくに死んだ」

濡れた頭を拭いてやろうと伸ばした手を、ミケは激しい剣幕で引っ掻いてきた。

残った体力を削りながら、毛を逆立ててぎらぎらと睨み付けてくる。

「……悪かった。こんな一時の優しさなんて迷惑だな」

朱理は初めて会ったはずのミケに既視感を覚えながらも、いや――そんなはずはないと自己完結させて立ち上がった。この猫と会うのは初めてだ。

彼女は、結局のところ誰だったのだろうか。あのとき既に三池星良は海で遺体となっていた。だが彼女は三池星良と名乗り、すこし汚れた名刺を差し出してきて、確かに朱理と話した。

――俺に似た、黒い悪魔……。

神尾家を後にする朱理になにかを訴えるように猫が鳴いた。

どこか哀しい鳴き声だった。

†

本庁捜査一課の浅倉久志は吐き気をもよおした新米警官を外に出して、殺人が起こった室内を見渡しながら派手に顔をしかめた。

「ひっでぇな……」──剃り残しの顎髭を掻く。

浅倉はぐるりと振り返る。天井から玄関に続く廊下に至るまで、真っ赤に染まったマンションの一室の光景は見覚えがあり、嫌でも『あの事件』を思い出させた。

辱められて殺された妻と、それを上回るほどの陵辱を受けて絶命している娘。

廊下にはネクタイで首を絞められたこの一室の主が倒れている。彼は他のふたりとは違い、ただ殺されただけだが、浅倉にとっては彼の遺体を見ることが一番胸くそ悪かった。事務的な仕事の話しかしたことはないが、顔と名前を知っている警視庁の職員だからだった。

「よりにもよって警視庁《うち》の人間かよ」

遺体となった彼の目元には涙の痕がある。首を絞められた苦しさから出たものなのか、それとも妻子の変わり果てた姿を見て流した涙なのかはわからない。

「一之瀬……」──浮かんだのは彼の名だ。

あの日、処置が遅ければ彼もこうなっていたかもしれない。
首を切られてマンションの共用廊下に倒れていた一之瀬朱理は、住民の通報によりただちに病院に運ばれ奇跡的に助かった。致死量を遙《はる》かに超える出血をしていたにもかかわらず、心臓は動いていて、医者もこんな例はまずないと言い切るほどだった。

『ちょっと待ってくれ、一之瀬の事情聴取はオレがする』
……本人からの希望で、意識を取り戻してたった数時間後に事情聴取は行われた。
それは二〇××年三月四日の、まだ早朝だった。
『犯人の顔は見ていないのか？』
青白い顔でベッドに横たわる一之瀬朱理は微《かす》かに頷いた。
『なんでもいい、おまえが見たもの、覚えていることを教えろ』
浅倉はその口元に耳を寄せた。
――釘が、明日香と……真由の……身体に――。
か細く呟いて彼はまた意識を失った。
それでもなお、右腕は犯人を捕らえようと宙を掻くので、浅倉は握ってやった。

「似てやがる」

床に散らばっている、血の付いた釘を一本拾う。

妻子をいたぶったのはこの無数の釘だ。生きたまま拷問のように体に打ち込まれた残虐極まりない犯行は、一之瀬妻子のときと酷似している。

「くそが……変態野郎の仕業だぜ」

大勢の鑑識班が目を皿にして犯人が残した痕跡を見つけようとしているが、無駄かもしれない。万が一——と、浅倉は唸る。もしこれが一之瀬妻子の事件と同一犯の犯行だとすれば、体液どころか、髪の毛一本すらも検出されないかもしれないのだ。

「ここまで派手にやって証拠のひとつも残さないってーのはどういうやつだ」

「残さないというより、消した可能性もありますが」

鑑識のひとりが浅倉のでかい独り言に口をはさむ。

「指紋と毛髪の類いはわからんでもないけどよ……。いっそ体液をぶちまけてくれてたほうがマシだぜ」——理解しがたい加虐の光景を想像して浅倉は胸焼けを覚える。

外で吐いていた新米警官がよろよろと戻ってきた。

「あ……浅倉さん、奇特捜が来てます」

奇特捜という言葉に浅倉はぎょっとした。

「あぁん奇特捜っ？　おい待てっ、この現場に一之瀬は入れるな！」

「い、いえ……別の方ですが」

丸い黒に金縁のバッジを光らせた青年が薄笑いを浮かべて入ってきた。

「ここはオレと課長でもつんで一之瀬さんはこないっすよ」

念のため警察手帳を改めると、官僚落ちで入庁してきた曰く付きの佐藤健一だった。

家族は歯車だ。
自分は三個でうまくかみ合っていると思っていた。
でも実際はずっと前から二個だった。
いらない歯車だったのに、勝手に一緒に回っているつもりだった。

第四章　堕ちる執行者

†

幼いころは三月三日生まれであることをからかわれた。ひな祭りだからだ。

お陰で一之瀬朱理は誕生日を訊かれてもはぐらかすようにしていた。

そもそも毎日がかならず誰かの誕生日だ。喜ぶのは自分の親だけでいい。たぶん正月やクリスマスみたいな、みんなが特別だと感じる日が誕生日の人間は、――今日は自分だけが特別じゃないし――と一度は考えるんじゃないだろうかと朱理は思った。

しかし婚姻届を出すときにはどうしても誕生日を隠せなくて、妻の明日香にバレてしまった。

『へー……朱理くんって三月三日生まれなんだ……』

『やっ、やめろよ、恥ずかしいんだ』

婚姻届をまじまじと見られて照れくさくなり慌てて奪った。どうせひな祭りで可愛いとか、覚えやすいとか言うんだろ……と思っていたら、明日香はポンッと両手を叩いて表情を明るくした。

『耳の日ね！』

『は？　……耳の日？』

『語呂合わせよ。日本聴覚医学会が制定した日だわ』

耳に関心を持ってほしいと制定されたすごく良い日なんだと切々と語られた。

唖然としている朱理に気づいて、明日香はそっと耳たぶに触れてきた。

『よく見ると耳も素敵ね、って、それ理由に触りたかっただけ!』――と微笑んだ。

天然というかズレているというか。言動すべてが前向きで、彼女はそれまでの朱理の価値観を大きく変えてくれた女性だった。彼女が大丈夫と背中を押してくれれば、なんでもきっと大丈夫なんだと思えた。警察官になることを勧めてくれたのも彼女だった。

ふたりで夏祭りに行ったときにたまたま射的をやり、すべてのコルク弾を景品に命中させた朱理の腕前を見た彼女が、警察官に向いているとはしゃいだのだ。

『警察官の妻って結構大変なんだぞ……本当にいいのか?』

『なによ、私じゃつとまらないって言うの?』

『いや、そうじゃなくて……俺は春からすぐにいなくなるし……』

『じゃあ朱理くんはさぁ、警察学校行ってる間に、私が他の男に取られるって不安はないわけ? 私これでも結構モテるんですけど?』

『う……』――そのころから彼女にはかなわなかった。

大学を出てすぐに警察学校に入ってしまったのと、その年に明日香が身重になったこともあり、ふたりっきりの生活はそんなに長くはなかった。

警察学校を次席で卒業した朱理は、花の警視庁捜査一課に配属された。

つまりそれはほとんど家に帰れない警察官になってしまったという意味でもあった。

『——朱理くん、結婚一年目の誕生日おめでとう！』

警察官人生の過酷な一年目でふらふらになって帰ったところに、お腹の大きな明日香がホールケーキを持って出迎えた。彼女は悪阻《つわり》がひどく、青白い顔をしていた。

『俺いまケーキ食う胃じゃないんだわ……』

『私も気持ち悪くて食べられない……』

『じゃあなんでホールケーキなんて用意したんだよ』

『だって誕生日といえばホールケーキじゃないの』

お互い食欲がないのにフォークを片手に、ダイニングテーブルで向かい合って座り、深夜にもそもそとケーキをつついた。生クリームが胃にキツいから苺だけ食べようとか、チョコペンでハッピーバースデーと書かれた板チョコレートはどっちが食べるかとか、押し付け合いをしているうちに明日香が突然吹き出した。

『でも朱理くんは食べるんだね！』

『食うよ、おまえが用意したんだから』

『来年はこの子と一緒に食べようね』

『ホールはやめてくれ』

『だめよ、誕生日はホールケーキなの』

『あぁそうかよ……ぜんぜん減らないな。これ何号のケーキだ？』

『とりあえず近所のお店で一番でっかいの買ってきた』

『なにやってんだよ……』

途中から朱理もおかしくなってきて、ふたりで笑いながら苺だけたいらげた。

最悪なことに翌日の朝食も残りのケーキになってしまった。しかしその苦い経験をなかったかのように、明日香は毎年かならず誕生日には巨大なホールケーキを用意した。

朱理と、明日香と、娘の真由の誕生日。

一之瀬家は、年に最低でもその三回はホールケーキを拝む羽目になった。そのたびに朱理は勘弁してくれ……と言いながらフォークを握った。大抵はちょっとだけ食べただけで翌朝に持ち越されたホールケーキだったが。

『昨晩私たちは食べたから、それぜんぶ、あなたのぶんよ』

『パパのぶん！　いっぱいのこしてあるよ！』

『……ありがとな……』

苺だけがなくなって三分の二は残されたケーキを朝から無理矢理腹に詰め込み、朱理はあぁもう誕生日なんて来なければいいのにと悪態をつきながら出勤していた。

†

……毎年三月三日は有休を使って休んでいる。

これでついに四年目、朝十時の開店と同時に朱理は近所のケーキ屋に足を運んだ。

未だ墓に納めることもできず、明日香と真由の遺骨の箱は棚の上にある。朱理は二人の前に洋菓子の箱を置いた。店で一番小さなホールケーキを買って帰ってきた。

ベルには今日は夜まで帰ってくるなと言ってある。

「一緒に食べようか」

椅子とフォークを持ってきてふたりの前に腰掛ける。

洋菓子の箱を開ければ、甘いクリームの香りがした。

誰もいない静かな部屋で朱理はケーキをつついた。

甘い物は得意じゃない。苺もそこまで好きではない。ケーキなんて独り身のころに買って食べただろうか。それこそ幼いころは食べたかもしれないが、自分の誕生日が嫌いだった朱理のケーキの記憶は、明日香が用意したホールケーキで占められている。

「うまいな」

文句ばかり言わず、明日香にちゃんとそう伝えればよかった。

あのころは、俺の胃がどうにかなりそうだと言いながら、クリームの油がしんどい、スポンジの甘さがキツいと愚痴ばかりこぼしていた。朝からブラックコーヒーで無理矢理流し込んで、娘からがんばれと応援されて食べるケーキのなにが「お祝い」なのか、あのときはそのありがたみがわからなかった。

いまは、ありがたみがわかるのに、なんの味も感じない。

柔らかいプラスチックの塊を口の中に入れているようだった。

すこし食べ進めてはトイレに駆け込み、朱理はすべて吐き出した。

陽が落ちるまでそれの繰り返しで、ようやく小さなホールケーキを食べ終える。

「ありがとな」

笑顔のふたりに声をかけて、椅子を持ち上げる。

「来年にはきっと……おまえたちのところに行っているさ」

うなじの黒い歯車に触れながら朱理は昨年もおなじことを言ったと思い出す。

今朝シャワーを浴びたときには、かなり紋様が消えかけていた。そろそろ殺人者を追い詰めてベルに食わせなければかりそめの命が尽きてしまう頃合いだった。

そういえば……——と、朱理は目を細める。

——これが消えたら俺はどうなって死ぬんだ……？

一時期あやういこともあったが、実際のところ完全に消えたことは一度もない。

この黒い歯車が消えて、本当にベルの言うようにかりそめの命が失われたら、復讐は果たせなくなると自分に言い聞かせて、朱理は殺人を繰り返してきた。完全に消えたら死ぬとは言われていても、はっきりと、どう死ぬのかまでは契約相手である悪魔を問い詰めてもはぐらかされるばかりで、未だ説明されていない。

「どうせベルは答えないだろうがな……」

「呼んだか？」

リビングのドアが勢いよく開いた。ベルはころころと棒付き飴を咥えている。

「おぉ、ケーキの儀式は終わったか。毎年ご苦労なことだな。命日など所詮は人間が考えた日にちとやらに当てはめた自己満足に過ぎんがな。ま、それで貴様の気が済むのであればやる意味のある儀式かもしれんが」

「……そうだな」

──自己満足、か……。

「うん……？　煽られたのにしおらしい貴様も珍しいな、どうした？」

「いちいち相手にしてられない……俺は寝る。あとは勝手にしてろ」

朱理は興味深そうに自分を見つめるベルと目を合わせないように俯いて台所へと向かった。ケーキの箱を潰して捨ててフォークを洗う。訝しげなベルの視線を感じたが、無視して薬のシートを手にした。睡眠薬がもうすぐ切れる。先月ある薬局で、周辺の病院をはしご定められている摂取量を超えた量を処方されていることに気づかれ、薬を出してもらえなかった。薬局も何軒かはしごしていたのだが、たまたまそのうちの二軒が統合されて処方薬のデータを共有してしまったのだ。

「おいシュリ、なにを考えている？」

——あぁそうか……俺は……。

昨年の三月三日とおなじことをしていたはずなのに、朱理は明らかにある心境の変化を感じていた。ケーキを吐きながら、ふと思ったのだ。

——もう疲れたと……諦めはじめているんだ。

復讐心よりも、日々を過ごす苦しみのほうが勝り始めていた。

「答えろシュリ。なにを考えておるのだ」

朱理は呆然と薬のシートを台所の棚に戻した。

朱理は薬を飲むのをやめた。コップ一杯の水を飲み干すだけにした。

「チッ……つまらん」——ベルは舐めていた飴を口から出して顔をしかめる。

なぜかベルは不機嫌そうに舌打ちし、どすどすと早足でソファまで行くと大きな音をたてて飛び乗った。流れるような動作でリモコンを取り、テレビをつける。

「あぁまったく、おもしろい番組がない時間帯だ！」

「うるさいな……」

「うるさくしておるのだ。せっかく我が気にしてやっておるというのに、なにも答えぬからだ！　勝手にせい！」

――勝手にって、ここは俺の家なんだが……。

我が物顔でふんぞり返りながら大音量でばしばしとチャンネルを替える青年の傍若無人っぷりに、そういえば忘れていたが、こいつは人間にとって不快極まりないことをして喜ぶ悪魔なんだったと思い出す。いまから朱理は寝ると言っているのに、寝室にまで響いてくる大音量を下げる気はないらしい。

「お、なんだ。殺人事件か」――一瞬にしてベルの機嫌が直った。

夕方のニュースの時間だった。

「おまえ時代劇以外も観るんだな……」

「サスペンスドラマも観るぞ。ジャパンドラマは規模が小さくて遺体もチープだがな。頭かち割っておいてその出血量は足りんだろうがなどと毎回ツッコんでおる」

「リアルだと視聴者から苦情があるだろ」

「そんなに遺体を見たくないのならば木《こ》っ端《ぱ》微塵《みじん》に爆破すればよかろうに」

「余計に苦情が殺到するぞ」

ヘリの映像がなんとなく気になって、朱理は寝室の入り口で立ち止まる。

――よくない職業病だな。

現場は表参道《おもてさんどう》駅と直結している巨大な分譲マンションのようだった。所謂《いわゆる》「億ション」である。朱理が若いころに震える腕を押さえながら判子を押して買ったこの中古の部屋とは桁違いの金額だろう。

殺人事件でここまで大々的にヘリを飛ばすとは、有名人でも殺されたのだろうか。

被害者の身元の確認がとれたとアナウンサーは言った。被害者は――、

「……っ、ちょっと待て！」

「おぉ、お、なな、なんだ？」

朱理が慌てて隣に座り、途端にソファが沈んでベルはよろめいた。

殺された被害者の名前がテロップで流れた瞬間にテレビに釘付けになった。

前のめりに無言でテレビ画面を睨んでいたが、つぎの話題に切り替わったところで、朱理は立った。リビングテーブルの上で充電していたスマートフォンを抜き取る。

心臓が早鐘を打ち、操作する朱理の指が震えた。ひとつ大きく深呼吸をしてからある人物の携帯電話にかける。

何度かのコール音ののちに、その人物は硬い声で応答した。

『おぅ一之瀬か、いま忙しいんだが』

元同僚である捜査一課の浅倉久志だ。

「知ってます。表参道にいますよね」

『なんだ知ってんのか。ちょうどいい、おまえにもすこし話を訊かなきゃならんと思ってたんだ。あとでちょっとだけいいか？』

「いまから現場に行きます」

朱理は肩と耳でスマートフォンを挟みながら上着の袖に腕を通す。

『こっち来んのかッ？』

「止めたら恨みます」

『わ、わかった……。けどな、おまえ大丈夫か？』

「なにがですか」──素早く革靴に足を引っかける。

捜査一課に在籍していたころには休日でもいきなり呼び出されて出動することが多かった。朱理は慣れたように靴を履きながらさっとネクタイを結ぶ。

『なにがって、あのな、結構キツいと思うぞ……』

「遺体の状態は想像がつくんで。釘が落ちてますよね？」

『そ、そういうことじゃなくてだな』

「タクシーで行きます。横付けするんで伝えといてください」

電話を切る直前、浅倉がもうすこし時間が経ってからなどと必死に焦って喚いていたが、わざと聞こえなかったふりをした。朱理はいつもならベルの存在を気にかけてから部屋を出るのだが、金色の蝿がついてくるかどうかも確認せずに駆け出していた。

一家惨殺と報道された。

佐藤健一、二十八歳。職業は警察官。

そしてその妻と、生まれて間もない娘の三人が被害者だった。

†

現場は激しく混乱していた。場所が悪い。野次馬の数が尋常ではなかった。

朱理はエレベーターホールまで迎えにきた浅倉の後について、非常階段をのぼりはじめた。並んで二台あるエレベーターは現在捜査のために使えなくされている。現場である二十八階のフロアまでは、非常階段であがらなければならなかった。

相変わらず浅倉は雑に剃った髭面《ひげづら》だった。後をついてこなければ置いていく勢いでがつがつと足を運ぶ。浅倉は学生時代は国体に出場したほど屈強で大柄な警察官である。対し、朱理は細身で警察官としてはかなり華奢《きやしや》なほうだ。体力面で劣る朱理を心身ともに鍛えたのは間違いなく元相棒の浅倉だった。

電話では意外な気遣いを見せてきたが、あのころとなんら変わらない――ついてこなければ知らん――と語る大きな背中を、朱理は追った。

「おい一之瀬、おまえ今日の朝十時ごろはどこにいた」

「その時刻が死亡推定時刻ですね？」

「質問に質問を返すな。怨恨の線も見てる。おまえも候補のひとりだぞ」

「近所のケーキ屋にいました。レシートもあります」

「よし、冷静だな。ゲロ袋持ってきたか？」

「吐く場所がないんですか」

「あるわけねぇだろ。こんなお高いマンションだぞ」

それはどっちの意味の高いなのだろう。高所恐怖症の人間であれば震え上がる光景だった。タクシーの中で管理元の不動産屋が掲載している物件サイトを見てきたが、この地上三十階建ての高層マンションは二十八階からは値段が一気に跳ね上がるのに、なぜか間取りは下の階よりもやや手狭になっている。

「目撃者は？」

この立地で目撃者がいないのはありえないと朱理は思った。

「いまあたってるが、まぁ……、なんというかな……」

息を上がらせながら浅倉は言葉を濁した。

「俺のときと状況が似ているわけですね。第一発見者は誰ですか？」

「あのさぁ一之瀬、オレこれでもおまえに気を遣ってんだけど。……ストップ……一往復はちょいキツいわ。オレも年齢《とし》だな……」――浅倉は足を止めた。

ちょうど朱理も膝が笑ってきたところなので揃って階段の途中で一息つく。

朱理は三十二歳、浅倉も四十を超えたので、互いに息が上がっていた。

「神楽坂さんが、あ、いまは課長か……。出勤してこないからっつーんで携帯鳴らしても繋がらなくてな。心配になってうちの澁谷《しぶや》課長と一緒に、昼飯ついでみたいな感じに来たんだってよ……あっちぃ！　陽が落ちるのも遅くなってきたな。春だ……」

浅倉はネクタイを思いっきり引っ張り、豪快に第二ボタンまで外して、ぱたぱたとシャツの襟で汗ばむ首を扇《あお》いだ。

「ということは第一発見者は神楽坂課長と澁谷課長のおふたりですか」

「あんまりそこは気にならねぇな。マンションの管理人も同席してっから。一応ふたりからも事情は聞いてるけどな、さすがにそのふたりの線はねぇわ」

――よりにもよって、今日なのか……。

朱理は湧き上がるものを堪えきれずに拳を握った。

「なぜ、俺には……連絡がなかったんですか」

偶然あのニュースを見なければ、朱理が事件を知るのはもっと後になっていた。

それはおかしい。事件の状況があの四年前と似ているのであれば、朱理は真っ先に呼ばなければならない人物のはずだ。しかも被害者は同僚の健一である。どこかに共通点はないか、犯人に心当たりはないか、朱理を現場に立ち会わせて横から殴りつけて記憶を吐かせるぐらいはしてもいいんじゃないのかと——つい浅倉を睨んでいた。

「んだよその怖《こえ》ぇツラ。オレは犯人じゃねーぞ」

「浅倉さん、俺になにか隠してませんか」

「あぁん……？」——浅倉は顎をしゃくらせる。

「神楽坂課長からも連絡はありませんでした。なぜです？」

するとと浅倉は盛大に顔を歪ませた。

「当たり前だろ、今日は三月三日じゃねぇか！　オレだってそれぐらいわかってたから連絡しなかったんだぞ！　しかもおまえは有給休暇、上司と先輩の優しさだっつの！」

唾を吐き散らかされたので朱理はさりげなくハンカチを出して顔を拭く。

「優しさ……余計なお世話です。そういう気を遣うってことは、浅倉さんたちは俺の事件と同一犯の線を追っていると考えていいんですね？」

「こっからはオレ、マジでおまえに優しくしないけどいいんだな？」

「質問に質問を返さないでください」

「おぅ……確かにそうだ。見りゃあわかる、行くぞ」

二十八階に着くと手袋とマスクを装着して物々しいビニールシートをくぐる。

開け放たれた扉のドアノブを鑑識の人間がまさぐるように調べていた。部屋に入ってすぐに不識布のマスクの隙間から、濃い鉄さびのようなにおいが入り込んできた。

広い玄関を抜けて左に折れるとリビングだった。

「っ……、……あ……」

一歩足を踏み入れ、朱理はぎくんと固まる。

血まみれの健一が仰向けに睨み上げてきたのだ。両手でその赤黒い首を締めるように硬直している。「おい一之瀬、大丈夫か」――浅倉に声をかけられたが、朱理の意識はすぐに四年前の糸を手繰りはじめていて、返答はできなかった。

猿ぐつわを噛まされ、犯人に大量の釘を下半身に飲み込まされて苦しみ抜いた女性は首を横に倒して目を見開いていた。生前の苦痛を訴えて目が血走っている。

視線の先には分解を試みた後のような肉塊。かろうじて小さな拳が確認できた。それがまだ一歳にも満たない赤ん坊であることは想像に難くない。

健一はシンプルに首の太い血管を切られて殺されただけだ。だが妻子に加えられた行為は残虐極まりなく、職務柄見慣れている浅倉ほどのベテラン警察官ですら凝視できないほどの状態だった。捜査員たちの動きは素早く、どこかぎこちない。

引きちぎられた使いかけのガムテープが血の池に転がっていた。

彼女たちに絡みつくビニール紐。床には散らばった無数の釘、釘抜き付きのトンカチに、ハンマー。刃こぼれして足元に転がっている、刃渡り二十センチ以上はある鉈《なた》。

それらはすべて血に染まって赤黒い。

——……おなじだ。

四年前の映像がフラッシュバックして呼吸が浅くなった。

「……明日香……真由……」

俺の帰りが遅かったからなのか。

もっと早く帰れていたら、おまえたちはこんな——……。

震えだした手をハッとうなじに運んだ。あのとき痛みを感じるよりも先に、朱理は死を悟った。自分の体から血が噴き出して視界はぐらついた。倒れた瞬間、明日香の虚ろな瞳と目が合った。そして自分が死ぬことの恐怖よりも憎悪のほうが勝り、朱理は立ち上がった。壁に手をつき、よろめき、躓《つまず》いても、逃げていく犯人の足音を追った。


絶対に殺す。


明日香と真由を奪った犯人は、いまものうのうと生きている。

殺すまでは、死ねない。

憎しみを思い出した朱理の頭は沸騰し、どうにかなりそうだった。

——……かならずこの手で殺してやる……。

薄れゆくあった復讐心が、腹の底で再び沸き始めていた。

「……って、聞いてんのか一之瀬！」

浅倉から強めに肩を叩かれ、朱理はハッと我に返った。

「やっぱ聞いてねぇな。昨年の警視庁事務職員の一家殺人は結局どうなったんだ」

「え……、警視庁事務職員……？」

なんの話だと朱理は目を瞬かせる。

「なにボケてんだ、奇特捜案件だぞ。現場は西荻窪《にしおぎくぼ》だ」

一言断ってからスマートフォンを取り出して、手袋を外した。明日香と真由を殺した犯人に繋がる情報はないかと頻繁に共有ネットワークには目を通すようにしていた。

奇特捜案件は自分が手をつけているものしかない——はずだ、と朱理は指を滑らす。

「そんな事件、うちのフォルダにはありませんけど……」

「んなわけねぇだろ。佐藤健一が現場に来てもってったんだぞ。一之瀬母子殺人事件と共通点があるとかなんとか言ってな。そりゃあなんだって訊いても、アイツはにやにやするだけでなんも教えてくんなかったけどよ」

「俺はなにも……聞いてないです」

浅倉は頭を掻いて苦々しいため息を落とす。

「マジかよ……、んじゃあ覚えてる範囲で話すわ。一課のデータは削除されてっから、後でセキュリティ部に言って復旧してもらえよ」

——共通点……？

浅倉の話を聞けば聞くほど、激しく心臓が早鐘を打った。

「……じゃあその事務職員の家も俺のときとおなじだったんですね」

「十一月十五日、七五三の日だ。三歳の娘さんが着物を着ていたからよく覚えてるぜ。殺害されたのは夜だ。遺体の状態はまぁ、言うまでもねぇな……」

「佐藤は現場に入る前に共通点があるって言ったんですか？」

「あー……、そういやぁ……現場に入る前だったたな」

——遺体もちゃんと見ていないのに、それはおかしくないか……？

物言わぬ健一を見下ろして、朱理は彼がなにに気づいていたのかを考える。

不意に健一の足元に目がいった。

——……ん？

家の中だというのに革靴をはいている。靴の裏は血で赤黒かった。廊下には彼のものらしき足跡が多数残っている。しかし玄関から靴を履いたまま引きずられた形跡はない。リビングの出入り口に残っている彼の足跡の上から血痕が見受けられる。ということは、健一は、靴を履いたまま玄関から入ってきて、リビング内で首を切られたことになる。

「浅倉さん……犯人の足跡はありませんよね」

「おまえのときとおなじだ、犯人はおそらく靴下を履いて侵入してる」

「普通、自分の家に入るのに、靴を履いたままあがりますか？」

「オレもそれは変だと思う。おまえは発見されたとき靴を履いてなかったし、西荻窪のときの事務職員も靴は履いてなかったぞ」

「そう……ですよね……」

そこだけが自分のときとは決定的に違うと朱理は思う。

妻子が殺されていたのはリビングだ。玄関周辺に殺人の痕跡はない。

「死亡推定時刻は？」

「ざっくり午前十時前後だ。三人ともほぼ同時ぐらいだろうな」

「殺された順番は佐藤が最後ですか？」

「佐藤健一が最後で間違いない。奥さんと娘さんの血痕の上に、佐藤健一の血痕が落ちているそうだ。血液の凝固状態はまだ簡易結果だけどな」

そうなるとますますおかしなことになる。最初に健一が殺されたのであれば、たとえば犯人に脅されて健一は自宅の鍵を開け、靴を履いたままリビングまで連れてこられたところで殺された――などという状況が想像できる。しかし妻子が先に殺された後で健一が殺されたのだとすると、状況は朱理のときと似たものだ。

――しかも朝、か。

出勤していてもおかしくない時間に、健一は自宅にいた。

健一はなぜ靴を脱がずにリビングまで一直線に向かっているのか。

――たとえば、忘れ物をして……取りに戻ったとしたら……。

朱理はふらりと玄関に戻った。変なものを見るような目をする浅倉を無視した。

広い玄関に立ってみてもリビングの様子はうかがえない。

扉を開けたら妻子の悲鳴が聞こえたから靴も脱がずに慌てて駆け込んだのかとも一瞬考えたが、遺体の損壊具合から、死後もむごたらしく弄ばれただろうことは明らかだ。

妻子の悲鳴が聞こえたという状況は考えにくい。

「……戻った？」――朱理は屈んで乾いた健一の足跡を凝視する。


なんで犯人の顔を覚えてないんすか？

やっぱ気づいてないんすね。

オレ実はいいもん見ちゃったんすよ。


ようやく朱理は勘違いに気づく。健一が捕まえたい連続殺人犯とは自分のことだと思っていたが、もしや明日香と真由を殺した犯人のことだったのではないだろうか。

朱理は捜査員たちからジロジロ見られながら、リビングに戻った。

壁掛けのカレンダーを見つけ、三月三日に赤い丸がしてあることを目視した。

「一之瀬、あんまりひとりでふらふらすんな。奇特捜案件じゃねぇんだぞ」

勝手な行動を見かねた浅倉がため息交じりにやってくる。

「西荻窪の事件は七五三だったんですよね」

「あぁ間違いない、子どもが着物を着てたしな」

「三月三日って、ひな祭りですよね」

「は？　お……おう……そういやそうだな、それがどうした？」

生まれて間もない赤ん坊は女の子だ。二人飾りだが、かなり立派なひな人形が飾ってある。けれど赤子のベッドは傷が多く黄ばんでいて、レンタル品か中古品だろう。ベビーカーは見当たらない。住処《すみか》こそ高級なマンションだが、子どものための品々はやけに質素だった。……ひな人形を除いては。

警察官の収入は高くない。特に健一はまだ初任給に値する立場だったから、もしかしたら朱理よりも低かったかもしれない。

――共通点は、記念日だ。

朱理は眉間の皺を深くした。

†

翌日、出勤すると神楽坂課長がもそもそと健一のデスクを整理していた。

「おはようございます」――朱理はネームプレートをひっくり返す。

丸い背中の反応は鈍かった。

「あぁおはよう……すまないね、バタバタしていて」

「なにしてるんですか？」

床に置かれたダンボールの箱を覗き込むと、歯ブラシセットやマウスパッド、ハンカチなど、健一の数少ない私物がおさめられていた。

「佐藤くんの件は聞いたかね」

「はい、昨日現場に行きましたので」

「そうか……すまない、わたしから連絡をするのはどうにも気が引けてしまって」

「課長は現場にはいらっしゃいませんでしたね」

「第一発見者だからな。澁谷くんと一緒に最寄りの署に行っていた。佐藤くんのことについていろいろ話していたら、結局日を跨《また》いでしまっていたよ……」

神楽坂課長の声は重かった。珍しく目の下に隈《くま》をつくっている。たった一日会わなかったただけで、ひどくやつれたように見えた。いつも穏やかなえびす顔が今日に限っては笑顔がなく、纏う雰囲気がひどく暗い。

「事件に関係ないものをご遺族に送ろうかと思ってね。棺桶《かんおけ》におさめたいものもあるかもしれないだろう」

と言ってもあまり無いんだがなぁと神楽坂課長は無理に笑顔を作った。寂しそうな笑いだった。大きなダンボール箱を用意したのは失敗だったらしい。けれど小さい箱では遺族が悲しむからな……とも呟いて、神楽坂課長はひとつひとつを手に取って支給品と私物を律儀にわけている。

パソコンやその周辺機器はもちろん警視庁のものなので、電源が刺さったまま神楽坂課長は手をつけない。健一の象徴のようなものなのに哀しいことだ。

出勤したら遺体発見時の状況を詳細に訊こうと思っていたが、そんな空気ではない。

「無理に話すのはよそう。キミも思うところがあっただろう」

朱理は重苦しさを覚えながら自分の席についた。パソコンの電源をつけて共有ネットワークを開き、捜査一課のフォルダを開く。ロックがかかっていたが、浅倉から密かに聞いたパスワードを入力すると早速昨日の事件の捜査情報が覗けた。

毎日勤務制の健一は、朝決まった時間に出勤していた。

警視庁入り口のセキュリティ情報によると、昨日健一が通過した記録はない。

しかし八時十三分に地下鉄の定期券を使用した履歴はあり、警視庁近くの駅で降りた姿は確認できず、九時四十五分に自宅の最寄り駅まで戻っている。健一の定期券を別人が使用した可能性も考慮し、現在ＳＳＢＣ《捜査支援協力センター》が監視カメラの映像を分析中のようだ。

健一のスマートフォンの通信記録によると、昨日は三回発信がある。

八時四十分と、九時十五分。計二回、奇特捜直通の電話番号にかけている。おそらく八時十六分に永田町駅で発生した人身事故の影響で、健一は遅刻の連絡をしたのだろう。復旧には約一時間かかったようで、この二回の発信は──たとえば健一が永田町駅の手前で地下鉄車両が緊急停止し、始業時間に間に合わず電話。さらに長い復旧時間を経てようやく永田町駅に着いたところで二回目の電話──と考えれば頷ける。

「課長、昨日あいつと話しました？」

神楽坂課長は、それが……、と沈み気味な声で応えた。

三回目の発信記録は九時十七分だ。健一は二回目からわずか二分後に、奇特捜直通の電話番号ではなく、神楽坂課長の携帯電話にかけている。

「人身事故の混雑に巻き込まれてね。ここに着いたときには十一時をまわっていたよ」

──なるほど……九時十五分の時点では、奇特捜には誰もいなかったのか。

「それであいつ携帯電話にかけたんですね？」

「浅倉くんから聞いたのか？　おそらくな……。着信に気づいたときにはすっかり昼飯時だった。うっかりマナーモードにしてしまっていたんだ。折り返しかけてもぜんぜん繋がらなくて、とりあえず一課の澁谷くんに相談したんだよ」

「気づいたのがだいぶ遅いですね……お昼ご飯ついでに様子見にいくとか、昨日現場で聞いた話だとだいぶのんびりしてる感じがあるんですけど……」

「うん？　あぁ……そうか、一之瀬くんは知らなかったね」

ダンボール箱の蓋をぽすんと閉めて、神楽坂課長は軽々と持ち上げた。

「彼はある事件を調べていてね、その件で直行連絡をくれたのかと思っていたんだよ。何度も着信があったわけじゃないし焦ることはないと澁谷くんが言ったんだ」

「俺の件と、西荻窪の警視庁事務職員一家の殺しですか」

神楽坂課長は目を見張り、健一のデスクにダンボール箱を落とす勢いで置いた。

「し、知ってたのか……」

「いえ、昨日聞きました。西荻窪の捜査資料は佐藤のオフラインフォルダで保管していたようですね。俺に見せないためですか」

「隠していてすまなかった……佐藤くんはキミには見せるべきじゃないと――」

「課長の『隠す』と、佐藤の『隠す』は意味が違うように俺は感じます」

するとと神楽坂課長は観念したように肩を落とした。

「やはりキミもそう思うか」

「佐藤がなにを隠していたのか課長はご存じですか？」

「わからん……わたしがそう思ったのは今朝だ。西荻窪の件は佐藤くん自ら志願してきたから、金や名誉に縛られず警察官としての正義感に目覚めたのならば喜ばしいことだと思って任せることにしたんだが……まさかこんなことになるとは……」

「以前、佐藤は俺に思わせぶりなことを言ってきました」

「思わせぶり……？」

「やっぱり気づいていないのか、などと。もしかしたら佐藤は俺の事件の犯人に目星がついていたのかもしれません。だから西荻窪の件を志願したのでしょう」

「そう……なのか……」

白髪交じりの垂れ眉毛が後悔を訴えてくる。のろのろと課長席につくと神に祈るように両手を組んでうなだれた。やがて口を押さえて俯き、小刻みに震えだした。

「もし佐藤くんが深追いしすぎて殺されたのだとしたら、わたしの責任だ……」

——課長を責めたつもりじゃないが……。

朱理は疲弊している相手にすこし言い過ぎたなと口をつぐむ。

神楽坂課長と健一は、捜査でほとんど外に出ていた朱理よりも、短い期間ながらもこの部屋で長い時間一緒に過ごしていた。とりとめもない会話もしただろうし、深い話もしたかもしれない。警察官だからといって人の死になにも感じないわけではない。特に同胞が殺害されたとなると悲しみと同時に、怒りも、後悔もくる。

警察官は正義の名のもとに行動できる。自分ならば敵を取れると怒りに振り切れる者ならばいいが、自分には力があるのになにもできなかったと後悔する者もいる。そんな一言ではあらわせない感情に支配されるから、警察官が殺害される事件は特別苦しい。

「すまん……ちょっと」

顔を腕で隠しながら席を立った神楽坂課長を、朱理は眼下の資料に集中するフリをして引き留めなかった。声をかけるのも違うと思った。

神楽坂課長はそれから一時間以上戻ってこなかった。

†

三月のカレンダーを破くころ、東京のソメイヨシノが満開になった。

佐藤一家が殺害された事件の捜査は浅倉が在籍する班を中心に編成され、捜査本部が立ち上がったにもかかわらず特別これといった進展もないまま一月が経とうとしていた。

早々に咲いた桜の花びらが風で飛ばされて、フロントガラスに乗る。

早朝からベルを助手席に乗せて事件現場となった西荻窪、表参道、最後に自分の住むマンションを廻《まわ》った。腹が減った――と、しきりに言うベルの主張は無視した。

朱理のうなじの黒い歯車は消えかかっている。歯車の欠片《かけら》のようなものがうっすら残っているだけだ。保ってあと数日かもしれない状態だった。

「おいシュリ……腹が減ったぞ」

「……」

「我が腹が減ったと言っているのだ。どういう意味かわかっておるだろうが」

本日何度目かわからない忠告を聞かず朱理はハンドルを切った。

環状七号線の長い信号に引っかかり、静寂の時間が続いた。

「おまえがなにも言わないのなら、俺もなにも言わない」

「なんだと？」

ベルは助手席のドアの縁に頬杖をついたまま、ギロリと睨んできた。

「俺はただの人間じゃない。おまえという悪魔がこの世に存在していることを知っている人間だ。前におまえは悪魔を秘儀参入者だと言ったが、神秘的合一だとは言わなかった。その時点で俺とおまえは幻想で繋がっている関係じゃない」

「ほう、……それで？　なにが言いたい」

「おまえが隠すなら、俺も隠す。それが契約《フェア》だ。今日おまえを連れ回した理由はこの話をするためだ。俺に隠していることをすべて話せ」

脇を中型のバイクがすり抜けていく。

「貴様は復讐を果たさずに死んでいいのか？」

「その質問に答えるかどうかはおまえの返答次第だな」

「なにを突然……生意気な……我はなにも隠しておらん！」

「ならもっと具体的に訊いてやる。目白の学校で殺人が起こる瞬間だけ学校が無人になったのはなぜだ。八王子の火災のときも監視カメラが一時的に機能していなかった。それだけじゃない、四年前……俺のときもそうだった」

「……」――ベルはむっつりと黙っている。

「被疑者に繋がる身体的証拠が一切出ない。目撃者もまったくいない。物理的に不可能なことばかりが続いている。まるでファンタジーのような、たとえば悪魔のような特殊な力を使うやつが関わっているとしたら話は別だがな」

隣の悪魔はみるみる不機嫌になった。露骨な舌打ちをされたが、朱理はそれも無視して正面に停まっている銀色の車体を見つめた。

「この四年間、俺はただ復讐のためだけに生きていたわけじゃない。おまえの空腹を満たすためだけに事件を追っていたわけでもない。ずっとおまえが俺を助けた目的がなんなのか考えていた。西洋の神話によると悪魔は人間をたぶらかす存在だとされている。ということは、俺もたぶらかされているんじゃないかと思っていた」

おしゃべりな悪魔が押し黙った。

やがて信号が青に変わり、朱理はギアをドライブにしてアクセルを踏んだ。

朱理は左手でハンドルを支えながら密かに右手を左脇のホルスターに運ぶ。ベルに悟られないようにホルスターベルトを取り、そっと拳銃の安全装置を外した。

西洋の悪魔には銀の銃弾というが、鉛の弾丸は通じるのだろうか――そう思いながら先週は五十発ほど近距離を中心に射撃場で撃った。警察官は殺害を目的とした至近距離射撃を想定して訓練しない。ほぼゼロ距離、しかも片手で眉間をぶち抜ける自信はなかったが、朱理はすっと左腕の上に右腕を置き、ベルの頭に銃口を向けた。

「っ……、貴様、なにを――」

「俺は警察学校で表彰を受けている。射撃訓練で一発も外したことがないからだ」

金髪碧眼の青年は咄嗟に姿勢を正した。

「動くな。蠅になるのも許さん。返答次第では撃つ」

「そんな玩具で我が殺せるとでも思っているのか？」

強がって笑うベルの声にはいつものようなふてぶてしさがない。

「四発撃って死ななければ残りの一発をこうするだけだ」

朱理は銃口を自分の眉間に押し当てた。

「はぁ……貴様、正気か……？」

どちらかというとベルにはそっちのほうが効いたようで、とてつもなく苛立った嘆息が鼓膜に吹きかけられるようだった。

「……我はなにも隠していない」

「言え、撃つぞ」

再び朱理はベルに銃口を向けた。引き金に掛けた人差し指に力が入る。

「とりあえず下ろすのだ」

「これには銀の弾丸が入っていると言ったら？」

「へっ……」――朱理のハッタリに驚いたベルが顔色を変えた。

「やはり悪魔には銀の弾丸か。さぁ言え……おまえはなんの目的で俺を利用している。過去にさまざまな殺人者たちが悪魔の存在を示唆してきた。おまえは『殺人者の魂』を食うために、殺人を誘発し、やつらに手を貸してきたんじゃないのか」

「ぎ、銀の弾丸なんて、わ、我は怖くないもんね……」

「そうか……。五つ数える、……五、四、三――」

「常軌を逸した殺人、つまりその、猟奇というのか？　それがジャパンで増え始めたのはいつごろだ！」

ベルは慌てふためいて早口でまくしたてた。

「それは統計上の話を言っているのか。なんの関係がある？」

「関係あるから言っておるのだ！」

朱理は思考を巡らせる。そもそも奇特捜ができたのは、ベルが言う猟奇的でセンセーショナルかつ解決困難な殺人事件が急激に増えたからである。朱理が捜査一課から転属願いを出したのはそうした事件が「効率」という言い訳の下に埋もれていくのをなくしたいという純粋な正義感がきっかけだった。

その直後――妻子が殺され、自分も殺害されかけた。

「我が来日したのは貴様の死の間際だ。そう何度も言っておるではないか、我が好むのは『殺人者の魂』だと。ただ空腹を満たすためならもっと人間が殺し合う国に行っておるわ。内戦やってる国は山ほどあるであろう？」

「おまえ日本には観光で来たと言ってただろ……」

「ジャパンツアーは本当である。前々から憧れておった」

「ふざけるな、撃つ」

朱理は左手をハンドルから一瞬離して、素早く運転席の脇にあるボタンを操作し、助手席の窓を開けた。

「なんで開けたのだっ？」

「貫通に備えてだ。撃った証拠は残さない……俺は本気だ」

「ままま、待てぃッ！　話は最後まで聞くのだ、本当に我ではないのだ！　我も気になっておったのだ！　我はマジでシュリが殺した人間しか食っておらんのだ！」

ようやく話の核心に触れた感覚がして朱理は銃を下ろした。

「おまえも気になっていた、とは、なにを？」

「貴様が言う通りだ。なんかおかしいのは我も気づいておった。だが我はシュリが殺した殺人者の魂しか食っておらんし、ほら……その……あったであろう、悪魔の話をしてきた女が。どう考えても我ではなかったではないか……」

「じゃあおまえは本当に殺人には加担していないのか？」

「マジで我ではない、ふぉぉ……でかい声を出したら腹が鳴った……シュリ……そろそろ食わせろ……、貴様も限界が近いのではないか……」

ベルは腹を抱えて切なげに身体を丸めた。きゅるきゅると腹の虫が鳴っている。

随所で感じた不可思議な現象は悪魔ならもしやと思ったが、確かにベルと契約する前から奇特捜案件になる事件は普通ではなかった。すべてはこの悪魔が仕組んだことだと推察したが、深く考えすぎだったたかもしれない。

「俺がこのまま誰も殺さずに死んだら、おまえはどうなる？」

拳銃を左脇のホルスターに戻し、右折して車を桜《さくら》田《だ》門《もん》方面に向かわせる。

「フリーランスになるぞ」

やっぱりこいつは一番大事なことは誤魔化している気がすると朱理は思った。

†

半身鏡の前に立ち、顔を洗っていた男の瞳が急に陰る。

死を招く悪魔はおそろしくも美しい――。

ひどく忌まわしい、いっぽうで、深く思えば思うほど不思議と愛おしくも感じる、あの一之瀬朱理によく似た影がずるずると姿を現した。

男はにちゃりと笑む。

「貴方は本当にこの姿がお好きですね……」

どうしても変えられないらしい血のような赤い双眸と、長い黒髪がやはり残念だ、と男は思った。それさえなければ完璧なのに。

濡れた指を鏡に這わせる。横に一本。縦に一本の線を引くと、湯気で曇った半身鏡には背後に立つ悪魔の姿がよりはっきり映し出された。これは崇拝の儀式だった。

「崇拝とは内側から生まれる欲求に素直に従うことです。貴方が感じること、信じること、欲すること、ときには壊し再生を試みること、そうして独りになったときに、貴方は宿因にも運命にも縛られない忘我で満ちることになります……」

妖艶な声が囁く。「貴方のその時はもうすぐのようだ」……と。

男は長い舌を出して唇をべろりと舐め、腹に刻まれた漆黒の刻印を撫でる。

『明日香っていうんですけど……学生時代から付き合ってて。やっ、そ、そんなんじゃないですよ。まぁその、情けないんですけど告白してきたのは彼女なんです。俺も好きでしたけど、言い出す勇気がなかったっていうか……』

――……一之瀬朱理。

『子どもが生まれたんです。あ、はい。娘です。そりゃ可愛いですよ。いまから反抗期が怖いです。娘に彼氏ができたら？　……想像させないでください』

――我々は悪魔に身を捧げた同胞だ。

『妻と娘が俺の誕生日会を開いてくれるんです。娘がケーキ焼いて待ってるらしいんですよね。今年くらいは早く帰ってやろうと思って。俺、自分の誕生日が好きじゃなかったんですけど、……家族ができてから祝ってもらうのって悪くないなって思いました』

彼の絶望がとびきり一番だった。たまらなく興奮した。

最初に感じたそれがすべての始まりだった。

――そんなに苦しむことはない、ともに堕ちていこう。

殺し、殺され、黒い歯車同士はきっとこれからもうまくかみ合うに違いない。

彼に抱くこの感情はまもなくひとつになる、利害の一致した愛なのだろうと思った。

†

ベルを家に帰し、警視庁に戻った朱理は、殺害された西荻窪の職員の部署を訪ねた。

「え、ええ、そうよ……どうしてわかったの？」

かつての上司の女性は動揺しながらも朱理の質問に対しイエスの回答をした。

西荻窪の事件を捜査中の健一もおなじことを尋ねてきたらしい。

「確かにとても豪華な七五三の着物をいただいたって言ってたわ。誰からだったのかは、ちょっと思い出せないけど……」

朱理は戸惑う事務部署の職員たちの顔を見渡してから声を潜めた。

「殺された彼は具体的にはどんな仕事をしていたんだ？」

「人事的なことはだいたい……あ、最近で言うと奇特捜の立ち上げのときに奔走してたわね。奇特捜への転属手続きに関しては彼がすべてやってたわ。奇特捜って特殊な部署だからやっぱり誰も納得しないのよ。橋渡しみたいなこともやってたわね」

「じゃあ佐藤とは面識があったのか」

「そうね、奇特捜への配属や転属に納得しなかった人間はみんな面識があったんじゃないかしら」

西荻窪のときは七五三、健一のときはひな祭り、そして朱理のときは誕生日。

――佐藤も俺とおなじ聞き込みをしていたということは……。

やはり健一は記念日を狙った犯行だと気づいていたのだ。

司法解剖の結果、佐藤一家は妻子が先に殺害され、約十五分から三十分後に健一が殺されたことがわかった。玄関からリビングまで続いていた靴の痕も健一のものであり、その足跡はほとんど前後にブレていた。土踏まずから先端までしか残っていない足跡もある。それはよほど彼が慌てていたか、走っていたという証拠だ。

健一は朝八時四十分と、九時十五分の計二回、奇特捜直通の電話番号にかけている。しかしこのとき神楽坂課長も地下鉄で発生していた人身事故の混雑に巻き込まれており、電話には出られなかった。

その二分後の九時十七分。健一は神楽坂課長の携帯電話に電話をかけ、これもマナーモードになっていたせいで気づかれず通話には至っていない。

そして健一は九時四十五分には自宅の最寄り駅の改札を通過した。

表参道駅の地下鉄通路内に設置された防犯カメラの映像照合の結果、急いで走り去る健一の姿が映っていた。その様子は尋常じゃなかった。他の乗客たちを押しのける勢いにも見えた。

――あのひな飾りも、誰かからの贈り物だとすると……。

朱理は奇特捜に戻りながら、頭の中で順序立てて整理する。

一度出勤しようとして、健一は「ひな祭り」に気づいて慌てて自宅に戻ったとは考えられないだろうか。

——健一は犯人に気づいていたはずだ。

彼は三月三日の朝、どこかのタイミングで自分の家族が狙われていることを確信した。だから自宅に戻ったとき、靴を脱がずに駆け込んだのではないか。

妻子を殺した犯人を捕まえるため——朱理がその立場なら納得のいく行動だった。

†

夜の警視庁はすこし静かだ。

朱理は途中、自動販売機で缶コーヒーを買って奇特捜に戻る。

捜査一課の部屋の前で浅倉が待ち構えたように立っていた。腕を組んで睨んでくる。会釈して通り過ぎようとした朱理は、突然彼から腕を摑まれた。思わず落とした缶コーヒーがふたりの足元で転がった。

「おい一之瀬、なんでぜんぶ奇特捜案件になってんだよ」

腕を摑まれたまま朱理は平静を装い、屈んで缶コーヒーを拾った。

「上が決めたことですから俺に言われても困ります」

「いいや、おまえが散々嘆願したって聞いたぞ。おまえは自分の事件の捜査はできねぇ。だから表向きは神楽坂課長が担当っつーことで通されてるが、ありゃあぜんぶおまえがやろうとしてるな？」

「たとえそうだとしても私情をはさむ気はありません。猟奇連続殺人です。四年も経過しているのに捜査に進展がないなら、うちの案件になってもおかしくないはずです」

「てめぇの傷をてめぇでほじくることになんの疑問もねぇのか」

「気遣いは余計なお世話だって言ってるじゃないですか」

「オレに差し戻せ」

「嫌です。……痛いです、離してください」

浅倉は痩せて顔色の悪い昔の相棒を悔しそうに見下ろした。

「今度こそ殺されるぞ。犯人はおまえを殺し損ねてんだ。おまえが犯人の顔を見ていなくても、あっちは顔を見られたと思って機会をうかがっているかもしれねぇぞ」

「…………」──朱理は視線を足元に落とした。

「そんな死に急いだツラすんじゃねぇ。まだ奥さんと娘さんのところには行くな」

「浅倉さん……俺は近いうちに死にます」

朱理は腕を振りほどこうとしながら、さりげなく浅倉の耳元に顔を寄せて囁いた。

「んだと……？」

怒りで顔を歪ませる浅倉の手に缶コーヒーを握らせた。

「俺が狙われているという意味ではありません」

一連の犯人《ホンボシ》が同一で、その目的が朱理の想像通りならば、失うものがない自分が殺されることはない。

「この体が限界なだけです」

「なんだ、……どっか具合でも悪いのか？」

朱理はそっとうなじに触れた。

これを最後の『殺人』にしようと決めている。

ようやく奇特捜案件になった。これで堂々と捜査を理由に、犯人に近づくことができる。ベルが言うように限界はすぐそこまで迫っている。うなじの黒い歯車は小さなシミぐらい小さく薄くなっていて、タイムリミットはきっとあと一日か二日だった。

「目星は二人にまで絞れているんです」

浅倉は肩を跳ねさせ素っ頓狂な声をあげた。思わず出た自分の声量に驚いたらしく、彼はすぐに自分の口を手で押さえる。

「俺と浅倉さんにしかわからないパスワードをかけてメモは残しておきます。俺になにかあればそのときは頼みます」

「おい……一之瀬、オレはそんな約束――」

「お願いします」

朱理は頭を下げた。

浅倉の口から渋いものを飲み込んだような、呻きとため息が漏れる。後頭部をがしがしと掻きながら「ひとまずわかった」と浅倉は小さく頷いた。

「ところで澁谷課長に訊きたいことがあるんですが」

「澁谷課長ならとっくに帰ったぞ」

「いつもタクシーで帰る時間までいるのに珍しいですね……」

終電を逃すのが当たり前の澁谷課長が珍しく定時過ぎに帰っている。

「まさかおまえが疑ってるのって」「明日はいますか？」

浅倉に余計なことを言わせないよう朱理は遮った。

「娘さんが小学校の入学式だっつーんでいないぞ」

「え……？　澁谷課長、いつ結婚したんですか？」

浮いた話が一切出てこない堅物で知られる捜査一課の課長に、しかも娘とは。

「先月結婚したんだ、正確にはお相手さんが再婚だ。だから式もやってねぇんだとさ。娘さんっつっても実の娘じゃない。相当可愛がってるみたいだけどな。事あるごとに写真を見せられてこっちはめんどくせぇよ」

「写真……ですか」——ふと、嫌な予感がした。

「変な写真じゃねぇよ。その辺で撮った家族写真だ」

朱理は自分が捜査した過去の事件資料を共有ネットワークで見返していたときに、なにかが足りないと思った。あれは健一が意図してデータを削除していると考えていた。上書きはされていないが、削除ならば日時の記録は残らない。手柄に繋がる証拠を自分のフォルダに移してから削除をして——、待てよ、と朱理は固まった。

——もう俺は確認してるじゃないか……。

健一のオフラインフォルダを見てもなんとも思わなかった。

一見して重要ではないなにか。けれど無いと違和感があったなにか。

捜査資料にはおかしなところはなく、アナログのときにはあったのに、データになったときに失われた些細なもの……。

「そんで体のどこがおかしいんだ。病院には行けよ、って聞いてんのか？」

——……そうか……。

足りないと思ったものは、朱理の目には触れたけれども「証拠」ではない。それが当人にとっては大事なものであることは知っているが、捜査する立場の人間にとっては大事なものではない。そのとき朱理は警察官ではなく父親の目で見ていたから、なにかが足りないと気づいたのである。

「……家族写真がなくなったんだ……」

「あっ、おい一之瀬！　オレの話をッ――」

浅倉の呼び止めにも応じず、朱理はばたばたと無人の奇特捜に駆け込む。

自分のデスクにずっと伏せられたままだった写真立てを手に取った。

「そういうことだったのか……」

四年ぶりに見た明日香と真由の目映《まばゆ》い笑顔の横で、真犯人が笑っていた。

†

淡い夕暮れの空に、散りゆく桜の花弁がちらちらと舞う。

二子玉川《ふたこたまがわ》の東側にはまだ建って間もない大型商業施設がそびえている。

賑《にぎ》やかな駅前には家族連れが目立った。北は丘陵で、南には多摩川が流れており、都心にしては比較的緑が残っている二子玉川は、広域生活拠点としても有名だ。

昭和の終わりに遊園地が閉園してから一時は活気を失った街も、再開発によって河川敷を望むタワーマンションが建ち並ぶ街としてよみがえった。

その中でも比較的築年数を感じさせる古いマンションの一室が澁谷家だった。

『家族がほしかったんだ』

二十年以上前に、澁谷清市《せいいち》は本庁への栄転を機に思い切って部屋を買った。

『だが結婚というものはなかなか難しいもんだ』

捜査一課に入庁する前。それこそ末端の刑事だったころから支えてくれていた恋人に、実は別に男がいたことを知ったのは「結婚しよう」と切り出したときだった。

四部屋もある広いマンションを男ひとりで使うことになった。

『幸せとはひとりでは感じられないものだと痛感した』

……そうこうしているうちに定年が見えてきた。

健全厳格な警察官を貫き、仕事に打ち込んできた独り身の男は、寂しいかな休日を持て余していた。賭博に興味はない。タバコも吸わない。酒も苦手だったのでアルコールの力を借りて一日を寝潰して過ごすこともできなかった。いい加減テレビ番組にも飽きたので河川敷でぼんやりしていたら、自転車の練習をしていた女の子が派手に転んだ。膝をすりむいたらしい。近くには親の姿がなく、女の子は痛いとしゃくりあげて泣いていた。澁谷がポケットを探ったらハンカチがあった。

しかし迂闊《うかつ》に声をかけて不審者に思われても困る。大人の男は、子どもからしたらおそろしい存在だ。澁谷は、自分はおまわりさんだよと名乗り慎重に話しかけた。

膝の土を払って傷を縛ってやるだけにして、その日はすぐに家に帰った。

つぎの休日も特に意味もなく河川敷でぼんやり多摩川を見つめていた。すると若い女性と、この前の女の子が声をかけてきた。「おまわりさんありがとう」と洗ったハンカチを返された。聞けば夫からの暴力に耐えかねて、この近くの安アパートに逃げるように引っ越してきたのだという。そんな彼女の心の傷に触れないよう他愛もない世間話をしているうちに、なぜか澁谷が自転車の乗り方を教えてあげることになった。

『知り合ってたった三週間でわたしにも家族ができた。生きていればこんなこともあるんだなとわたしは親友に明かしたよ。……娘はこの春に小学生になるんだ』

母子家庭で貧しい生活をしていたふたりに、独りでは持て余していた広い部屋を使ってほしくて、家に迎えた。

澁谷が住むマンションの駐輪場にはつい先日、正式に娘になったばかりの彼女の赤い自転車が置かれている。

エントランスの監視カメラの赤ランプが、突如ふっと消えた。

まるでこのマンション周辺だけが切り取られたみたいに人けがなくなる。

『お父さんと呼ばれるのはまだむずがゆいな。はは……なんで急にそんな話をしに来たんだ、浅倉から聞いたのか。つい妻と娘の写真を見せびらかしてね。ほら、可愛いだろう。血の繋がりがなくてもわたしにとってはかけがえのない家族だ』

……澁谷家のチャイムが鳴った。

『ん……？ あぁ、明日は娘の入学式だ。それも浅倉から聞いたのか？』

室内の人間はインターホンの画面ボタンを押して来訪者の顔を確認する。

『それで、一之瀬くん。なんでそんな質問をするんだ――……』

来訪者は穏やかな声で「わたしだよ」と言った。遠隔操作でドアロックが外れた。

†

「約束通り来たんだが準備は進んでいるかな？」

部屋で待っているはずの妻子は応えなかったが、構わず彼は扉を開けた。

玄関で革靴を脱いだ男は、律儀に「お邪魔します」と言った。

勝手知ったる様子で部屋にあがる。

リビングのドアを思い切りよく開けた。

「やぁ小学校入学おめでとう、さぁお父さんが来る前に準備を始めようか！」

男は澁谷家の妻子に向かって満面の笑みを向けた。

……が、十八畳のリビングは静まりかえっていた。男が妻子と約束し、想像していたケーキも豪華な食事もテーブルの上にはなく、部屋の明かりも落ちている。

「おや……？」――どういうことだと瞬きを繰り返した。

カチン、と鈍い音がして男が横を見ると、銃口が瞳に映った。

「お待ちしてました。神楽坂課長」――上着を着ていない朱理が立つ。

「一之瀬……くん……、なぜ、キミがここに……」

トレードマークのサーモンピンクのベストは着ておらず、殺人現場への臨場でもないのに両手に白い手袋をした神楽坂課長は、片手に大きな工具箱を提げていた。

「な……なにをしているのだね、そんな危ないものは下ろしなさい」

「課長はもちろん俺の射撃の腕前はご存じですよね」

黒い手袋の両手で構える銃口は、ぶれることなくピタリと的の眉間を狙っている。

「遅撃ち、高撃ち、腰撃ち、膝撃ち、すべて合格点を大きく超えて上級です」

「なんの真似《まね》だね……」

「これは威嚇でもなければ警告でもありません」

「そんな怖い顔でなにを……。き、キミはなにか誤解している」

「俺はあなたを殺しにきました」

「なんだっ、て……、やめろ、う――、撃つな！」

引き金に掛けられた朱理の人差し指に力が込められた。

ヒッと丸い顔が青ざめ、神楽坂課長は素早く身を翻して逃げようとした。

刹那、朱理は躊躇うことなく発射し左肩を撃った。神楽坂課長が「ギャアッ」と仰《の》け反《ぞ》った拍子に、手に持っていた工具箱が床に落ちた。蓋が開き、ガムテープ、ビニール紐、ハンマーや太く長い釘がガラガラと散らばった。

神楽坂課長のつぎの獲物は「小学校入学記念日」を迎える、澁谷課長の一家だった。

朱理は発射直後に僅かに跳ね上がった拳銃をまた素早く構え直した。

「いっ、い、一之瀬くん……！　こんなことをして、始末書どころじゃ済まないぞ！」

「そんなもの必要ありません」

朱理は冷たく標的を見据えて言った。

「あなたを殺したあとには俺も死にますから」

二発目は膝を撃った。パァンと破裂音が響くと同時に、悲鳴がリビングで反響する。

奇特捜の特権を言い訳にしても持ち出せた銃弾は全五発。射撃場と違って予備弾の手持ちはない。たった五発で、ゆっくり苦しめながら、かつ確実に仕留められる方法はないかと朱理は考えながら射撃場で訓練をしていた。先に太い血管をぶち抜くか、最後に急所に撃ち込むか——三発目でそろそろ決めなければならない。ベルのときは半分脅しのつもりだったが、あれはある意味でこのための予行練習だったのだ。

——明日香……おまえが言ったように、俺は確かに警察官に向いている。

お陰で復讐はもっとも残酷な方法を選ぶことができた。

これが最初で最後だ。歪んだ正義を胸に、警察官の武器で人間を撃ち殺す。

「明日香と真由をむごたらしく殺したのはあなたですね」

撃たれた痛みで起き上がれない神楽坂課長は、ヒィヒィと虫のように這いずって逃げようとしていた。朱理は銃を構えながらずかずかと近づき、半開きになっていたリビングのドアを蹴りつけて閉めた。

「……あと三発あります、もうすこし話しましょう」

「ヒィ……！」――朱理に見下ろされて神楽坂課長は震え上がる。

「西荻窪の警視庁事務職員の件も、佐藤の件もあなたですね」

朱理はリビングマットの上で開かれているフォトアルバムを流し目で指し示す。

あれは神楽坂課長の引き出しにあったものだ。片面三枚、見開きで六枚ずつ写真が挟み込まれている。すべて違う家族の、別々に撮影された写真だった。その横には日付と住所が手書きで記されていた。けれどその日付と住所は撮影された日でもなければ場所でもない。昨夜共有ネットワークの事件資料と照らし合わせて、朱理は書かれた日付と住所の意味を知り、戦慄した。……そこに映る家族が死んだ日付と場所なのである。

朱理が共有ネットワークの捜査資料を眺めながら、なにかが足りない、とずっと感じていたものは、事件の直接証拠とはなり得ない被害者たちの遺品「家族写真」だった。

健一が保存する前に神楽坂課長がそれを拝借していたから、違和感が生まれたのだ。

「俺はあなたが別れた妻子を懐かしんで常にアルバムを見ているものだと思っていた。だが実際は違った。あの写真こそが、あなたの殺人の動機のコレクションです」

朱理は奇特捜の自分のデスクに置いていた写真立てを持ってきていた。リビングテーブルの上に伏せていたそれを取り、神楽坂課長の目の前にがしゃりと投げて落とす。

「悪趣味だ、……反吐《へど》が出る」――朱理は憎々しげに吐き捨てた。

もはや敬語を使うのも馬鹿らしい。あなたと呼ぶのも胸くそが悪い。

彼が盗んだ数々の家族写真は、父親の顔だけが切り抜かれて「父親」に神楽坂課長の顔が貼られていた。

一之瀬一家の家族写真も例外ではない。

明日香と真由の横には朱理ではなく、えびす顔が貼り付いている。

「佐藤はおそらくこれを見て俺に『いいものを見た』と言ったんだ。あいつは手柄を取って上に戻ることを望んでいた。一之瀬母子殺人事件に、西荻窪の警視庁事務職員一家殺人、あいつはきっとアンタの尻尾を掴もうとした矢先に殺された」

「わたしじゃない、き……きっと佐藤くんの悪戯だよ……」

「写真に残された指紋の照合は終わっているぞ」

「わ……わかった、写真については、認めよう。気持ち悪い思いをさせてすまなかった。わたしの趣味はすこし変わっているようだ……。だからといって、それだけで殺した理由に結びつけるなんてこじつけは――」

「認めないつもりか」

朱理は眉間の皺を深めてもう片方の足を撃った。太い血管は避けたが、痛覚を激しく刺激された神楽坂課長は足を抱えてのたうち回り「死ぬ」「助けて」と繰り返した。

「俺の妻も娘もそう言っただろう」

——あと二発……、と朱理は胸の内で呟く。

「続けるぞ」

「ぐ……ぁあっ、あっ、もう、やっ、やめ……なさい……！」

「アンタにはもうすこし苦しんでもらう」

神楽坂課長は無慈悲な台詞を吐く部下の顔を見上げる。

「家族の幸せな『記念日』の瞬間を壊すことがアンタの目的だった。西荻窪の警視庁事務職員は七五三。澁谷課長の娘は小学校の入学式。佐藤の娘はひな祭りの三月三日、そして俺の誕生日も……三月三日だ」

致命傷を負っているわけでもないのに目の前の丸い物体は呼吸を荒くする。

「アンタは『記念日』を利用して家に侵入することを思いついた。その前準備として西荻窪の警視庁事務職員には七五三の着物を、佐藤にはひな人形を贈っている。澁谷課長は娘の小学校入学祝いだからとアンタから赤い自転車を贈られたと言っていた。しかも業者を使わず直接家まで持ってきたそうだな。わざわざそんなことをした理由はただひとつだ。妻子とこっそりある約束をするためだ」

彼は朗らかな顔をして――父親には内緒で『記念日』をともに祝おうと言って妻子に近づいた。これで神楽坂課長が訪問しても、妻子たちはなんの疑いもなく彼を招き入れたことだろう。予想通り、澁谷課長にも彼はこれまでとおなじ手段を使ってきた。

「俺は後悔している……」

朱理は鋭く光る双眸を眇めた。

「俺がアンタの凶行の引き金になった」

口にしながら後悔で胸が締め付けられていく。このおそろしい獣に、朱理はあの日、自分の誕生日を家族が祝ってくれることを話してしまったのだ。神楽坂課長から訊かれるままに妻とのなれそめを話し、娘の可愛さを自慢し、自分が幸せの絶頂であることをつい語ったのだ。神楽坂課長が離婚していることもすっかり忘れて。

「アンタに話さなければ、俺の妻と娘は殺されなかったと思うと後悔しかない」

今日は俺の誕生日で、娘がケーキを作って待っているんです――と……。

「……アンタの中にくすぶっていた、妬み、嫉《そね》み、……アンタにはない家族の幸せを、俺は持っていた。そんなつもりはなくとも、刺激したのは……俺だ」

明日香の純粋無垢な性格を考えると、夫の直属の上司が祝いに来たのはむしろ喜びだったに違いない。真由も初めて作ったケーキを誰かに見せびらかしたかっただろう。

　ぜひ課長さんも食べていってくださいな。

　想像すればするほどに、はらわたが煮えくり返りそうになる。おしゃべりも限界だ。

　――終わりだ。

「死ね」

　四発目を構える。

「ち、違う、証拠……はないだろう！」

「ある。残念ながらアンタは大事なやつを殺し損ねているだろ」

「……え……」

「証拠は、俺だ」――眉間を狙う。

　神楽坂課長の顔が一気に青ざめて醜く歪んだ。

「き……キミは、犯人の顔を見て……、いない、と――」

「思い出したと言ったら？」

「あ――」――陥落の瞬間だった。

　朱理は蔑むような眼差しを向ける。

「――あ……ぁあ……っ、……ゆっ、許してくれ……ッ！」

　神楽坂課長はがくがくと震えて身体を縮こめる。

──こんな単純な手に引っかかるとは……。

朱理は犯人の顔を思い出してなどいない。しかし犯人に繋がる物的証拠が無く、目撃証言が出てこない一連の事件において、唯一の目撃者であり生存者は自分だけだった。証拠となりうるものは朱理の記憶にしか残っていないと神楽坂課長もわかっている。

「いっ、いつ、いつ……思い出したんだ……、いつからわたしを、そんな目で──」

もしや彼は朱理が思い出すかもしれないことを危惧していたのかもしれない。

「わ、わ、わたしはキミがうらやましかったんだ……わたしが持っていない家族を持っているキミが幸せそうで、妻と娘から誕生日を祝われるとうれしそうに言うキミが……、尽くした妻と娘に捨てられたわたしには、尽くされるキミが眩しく見えて……っ」

「遺言は言い訳でいいんだな」

許してくれ、助けてくれ、と繰り返す殺人者の身勝手な命乞いに、ついには朱理は怒りをあらわにして目を見開く。

「アンタはこの四年間、どんな思いで俺を見ていた……妻と娘を殺されて、生き地獄を味わっている俺を、すぐ傍で！　さぞや愉しく眺めていたんだろうな！」

「やめ、助け……ヒィィッ！」

許しを請いながらも急所を隠す行動に、朱理は苛立って眉間に深い皺を寄せた。

「うぎゃあああ──ッ！」

左肘に四発目を撃ち込んだ。悶え苦しみ転がった神楽坂課長の身体の上に馬乗りになり、朱理は彼の胸に銃口を押し当てた。

「クソが……五発目で殺してやる――」

「、、、、、、、、、」

最後の引き金を引いたと思った瞬間、がくん――と視界が縦に揺らいだ。

にちゃりと笑む神楽坂課長のえびす顔に真っ赤な鮮血が降り注ぐ。

「え……」

朱理はそれが自分の血だと気づくのに数秒かかった。いつ刺されたのかもわからない。

喉からずるりとナイフが引き抜かれ、自分の意志とは関係なく身体が横に倒れた。

――なに……が、……起きた……っ？

掻き切られた喉から溢れる血量は、不意を突かれた四年前のあの日とおなじ――。

呼吸をしようとすると全身に痛みが突き抜けて意識を霞《かす》ませる。

朱理は声も出せず、口内が鉄の味で満たされながらも歯を食いしばった。

「一之瀬くん、悪魔とはこうやって使うものだ」

苦悶の表情を浮かべながら神楽坂課長は、やれやれと言ってよろめき立つ。

まるで撃たれた傷が癒えたかのような動きだった。

——……悪魔、だと……？

神楽坂課長は投げ出された朱理の手から拳銃を取った。ゆっくりとその銃口を朱理に向け、神楽坂課長は形勢逆転の表情で口角をあげる。やおらシャツをスラックスから出し、大きな腹をさらけ出した。血の付いたナイフが回転して落ちた。

——……っ！

朱理は見せられたものに驚愕《きょうがく》して目を見張る。

腰骨の上辺りに僅かに欠けた黒い紋様が刻まれていた。自分のものとは微妙に形状が違うが、禍々しく漆黒に染まるそれは悪魔との契約の証《あかし》にそっくりだった。

「キミを殺しておけば、すべては闇に葬られることはわたしもわかっていたんだよ」

神楽坂課長は痛みに顔を歪めながら、それでも自分が優位に立った興奮のほうが勝っているのかひくひくと喉仏を上下させていた。

「でもねぇ、キミがあまりも美しく絶望していく日々を見守っていくうちに、わたしは不思議な高揚感を覚え始めたんだ。生きるのに疲れたという目をしながら、それでも生きているキミは、まるでかつてのわたしを見ているようで、運命共同体のように思えてきたんだよ。何度も始末しようとした。でもなぜだかできなかった」

神楽坂課長は不気味に笑って朱理の顔を覗き込む。

「すると突然運命の日は訪れた。キミの首にはわたしとおなじ印が刻まれていた。すべてを理解したよ。キミが助かった訳も、キミの周りで次々と不可解な死が続くことも。あんなにも憎かったキミが犯人《わたし》を求めて手を血に染めて堕ちていく様子は、おかしくて、愛しくて……たまらくなった……」

なにを言ってるんだ、と朱理は力んだが余計に血が溢れるだけだった。

「キミも悪魔崇拝者だろう。わたしの言うことが理解できるな？」

――……課長はあのとき、俺が悪魔と契約してることに気づいたのか……！

「悩み葛藤し、苦しみながら人を殺す必要はもうない。キミはわたしの同胞だ」

朱理の驚愕に染まった目を、神楽坂課長はおそろしく穏やかに見つめた。

「キミはわたしの中でずっと無念を叫び続けたまえ。それがわたしに迷いを捨てさせてくれる。長い忘我の世界で、他者の幸せを喰《く》い続け、ともに孤独を癒やしていこうね……、と至近距離で、黄ばんだ歯がぞろりと剥き出しになった。

「おいでグラシャラボラス。前に言っただろう、彼を崇高な『被害者《生け贄》』にしてあげよう。そのときは来た。特別な待遇で迎えてくれたまえ。彼がわたしの意識の中で永遠に生き続けられるように、魂をほんのすこしだけ残してわたしの魂と同化させるんだ」

暗い影を落としたカーテンの隙間から、ふたつの赤い光を伴い、黒い霧状のものが湧いて出てきた。やがて長い髪の男になった影は、鮮血のような赤い目で朱理を見下ろしてきた。顔が、似ている。朱理はまるで自分を見ているようだった。

「それは難しい願いです……」

地を這うような低い声がした。

「どうしたんだ、腹が減っていないのかぃ？」

「彼の魂はもうほとんど残っていません。彼の契約の印はもう消えていますから、放っておいても死にます……。それに彼には生きたいという意志がありません。死を覚悟した人間の魂を食らうことは貴方との契約には含まれていないのです」

「そうか……残念だ。一之瀬くんはわたしの同胞にふさわしいと思ったのだが」

朱理のうなじを覗き込んだ神楽坂課長は「かわいそうに」といやらしく嗤った。

「いつものように悪魔を使って殺していればキミは復讐できただろうに」

神楽坂課長は拳銃で朱理の黒髪を優しく撫でる。

「最後の一発はキミ自身の自死に使わせてあげよう。さて……、キミは妻子を失ってから様子がおかしかった。四年間ずっと傍で支えてきたが精神の崩壊は止められなかった。最後はわたしを犯人と錯覚して凶器を用意し、銃を乱射し、最後に自分を撃って死んだ。……最後の瞬間だけは正義感溢れる青年であった、と皆に伝えておいてあげよう」

わざと遠くに拳銃を置かれた。朱理が這って取りに行っている間に逃げるつもりだ。

「もうすこし早くこの話をしてあげるべきだったたね」

ぎし、ぎし、と足音が離れていく。

「わたしはキミに運命共同体とも似た愛すら感じていたというのに。キミは理解できたはずだ。復讐なんて遂げたところで、怒りのやり場をなくして虚しくなるだけだ。ならば怒りの感情は快楽に変えて、自分を慰めるために向けたほうが得るものは多い」

歯を食いしばって這いずっても距離は縮まらない。

「……と言ってももう遅いが。一之瀬くん、愉しい時間をありがとう」

神楽坂課長は傷を庇いながらリビングの扉を開ける。

「あぁ……そうだ、これだけは伝えておこうか」

彼はなにか思い出したかのように立ち止まった。

くつくつと喉を鳴らして、這いつくばる朱理を舐めるように見下ろした。

「明日香くんの具合が一番よかったよ」

「……っ……！」

噴き上がる怒りでぐらりと目眩がした。

「では行こうかグラシャラボラス、いつものように頼むよ。……あぁ、一之瀬くんのことはしばらく忘れられそうにないが、もっとたくさん食い殺してこの虚しい心の隙間を埋めなければ。さぁ、幸福を晒す蝿どもを踏み潰しにいこう」

†

一歩、一歩が、重い。

意識が飛びかけて廊下の壁に爪を食い込ませた。

ふらついて閉まりかけのリビングのドアに激突した身体は、反動で大きく前に押し出た。開け放たれたままの玄関のドアノブを掴み逃してぐしゃりと倒れ込む。

焼けるようだった首の傷口は痛覚と熱を同時に失っていく。

あの日とまったくおなじだ。共用廊下にべたりとつけた片耳の鼓膜に、外階段を駆け下りる薄汚い足音ががんがんと張り付く。ひとつだけ違うのは、あの足音が誰なのかわかっていることだ——そしてあの男は黒い悪魔の力を使って、また人を殺す。

キミも悪魔崇拝者ならばわたしの言うことが理解できる。

——……違う……。

長い忘我の世界で、他者の幸せを喰い続け、ともに孤独を癒やしていこう。

——……俺は違う……。

いつものように悪魔を使って殺していればキミは復讐できただろうに。

——悪魔に殺させていたとは……思っていない。

相手が『殺人者』だと思えば悪魔の名を呼ぶことに躊躇いはなかった。

なのに朱理はそうはしなかった。これで自分の復讐は遂げられるという過信があったのかもしれない。だがベルを呼ぶことは『一之瀬朱理』の復讐ではないと思った。

いつだって、命を延ばせば延ばすたびに、自分の手が汚れていく感覚がした。

明日香と真由の笑顔が思い出せない日が増えていき、記憶が霞んでいった。

本当は気づいていた。犯人にふたりを奪った報いを受けさせると決めた、あの瞬間の憎悪は、月日を重ねていくうちにすこしずつ葛藤に変わっていった。

相手は『殺人者』なのだから殺してなにが悪いという冷酷さが薄れつつあった。

自分が『殺人者』となっていく過程で、罪悪感が強くなり、目的が揺らいでいった。

悪魔はただの手段に他ならない。殺しの道具であり、人間の殺意の辯解《べんかい》だ。

――憎むべきは……あの男も、俺も、……殺意を肯定したことだ。

そのすべてに復讐する覚悟が朱理には足りなかった。


「これは愉快」

どこからともなく金色の蝿が飛んできた。

「我との約束をやぶって自ら手を下そうとするとはな」

朱理は力を振り絞って飛び回る蝿を握りつぶそうとしたが、ひらりと避《よ》けられる。

「なんだ貴様、怒りの矛先が違うぞ」

——おまえはどうしてあのとき、明日香と真由が食われるのを、止めなかった。

「なにを今更なことを言っておるのだ」

潰されてはかなわないと思ったのか蝿は金髪碧眼の青年の姿になった。

「我が悪魔だからだ。殺したのはあの男、殺されたのは女と子ども。我にとってはどちらがどうなろうと、ただ人間同士が殺し殺されているだけだったからな」

薄ら笑みすら浮かべるベルの目の前で、朱理は指一本動かせず這いつくばっていた。

「我はそれを面白おかしく見ていたのだ。貴様らが自分とは無縁と感じる他者の殺戮《さつりく》を、夢の出来事のように眺めるのとおなじようにな」

脳内に悪魔の高笑いがこだまする。

「なぜ助けねばならない？　ならば貴様は、すべての生命が殺し合うのを止めるのか。食物連鎖を自然の摂理と言いながら、作物を育て殺し、家畜を育て殺し、その命を当然のように口に運ぶ人間が、己らを『食べられない』と思い込んでいることがそもそも滑稽よ。魂の頂点にでも立っているつもりか」

ゲラゲラ、ゲラゲラと。

「あの日、人間に殺された人間の魂を、雑魚の悪魔が食っていた。我の目にはそう映っていただけだ」

殴るように響いてくる嘲弄の言葉を、朱理は遮った。

——俺もあのとき殺された。

「うん……？　あぁそうだな。貴様も死んでいた」

不快な笑い声は瞬時に収まる。

——……ふっ……、はは、……ベル……おまえこそ愉快だ……。

「なにを笑っておる」

——おかしいのはおまえだ。

「なんだと？」

——俺が食われるのは、止めたのか。

ベルは黙った。

煽る言葉を捻り出そうという気配を感じ取る。

「ふん……我があの三流悪魔の横からかすめ取った。たまた興が乗ったのでな。もう肉体は死んでいるというのに憎悪だけで動き続けるイカレた人間などそう滅多に遭遇するものではない。我の好物を効率よく得られる道具として使えると思ったのだ」

今度は朱理が黙った。

「貴様も生死を賭けた遊びは楽しいであろう。ふははっ、まさか情けで助けたとでも思ったか？　ばかめ！　我は人間のような生ぬるい感情など持っておらぬわ！」

朱理は喉を押さえて「ベル――」と呼びかけた。

それだけで喀血《かっけつ》が止まらなくなり、口からはぼたぼたと赤い液体が落ちる。

「ほう、貴様……」

かりそめの命も限界だった。視界が霞《かすみ》がかってくる。仰向けになって自分が流した血の池に溺れながら、青い目が面白そうに歪むのを見上げる。

「あのときとはどうも覚悟が違うな。……いま一度問おう、貴様には死よりも怖いものがあるか？」

「……、ある……。……ベルゼブブ……」

最後の一息を、悪魔を呼ぶことに使った。

呼ばれた当人はぴくりと固まって目を丸くした。

選択肢はふたつある。ひとつはすぐに楽になることだ。もうひとつを選べば、このうるさい悪魔とともにまた人を殺す苦痛に耐える日々を過ごさなければならない。

「俺の目的は、殺された復讐だ……」

その目的はあの男を殺した先に見えている。

――明日香……、真由……。

目を閉じればふたりが「がんばって」と笑いかけてきた。

――もう食えないって言ってるだろ。

なぜこんな苦しい決断をする瞬間に、ホールケーキに悩まされたあの日々が目の前に浮かんでくるのか。疲れたでしょう、すこし休んでねとか、無理しないで寝てねとか、家族はねぎらいの言葉をかけてくれるものじゃないのか。

――ここで「がんばって」とは、やっぱりおまえたちは俺の家族だよ。

「……食え……」

ふたりに語りかけて、朱理は瞠目《どうもく》した。

†

神楽坂は地下駐車場までやってきた。

悪魔の力とやらですべての監視カメラは停止し、辺りに人の気配はない。

誰かに見とがめられることもなく自家用車のドアを開ける。替えのシャツとスラックスが詰まったボストンバッグに目をやったが、今回に限っては使う必要がない。

「一之瀬くんは妻と娘を失ってからずっと様子がおかしかったのです。わたしは四年間ずっと彼を励まし続け、傍で支えてきましたが、どうしようもできなかったのです。最後は上司を犯人と錯覚し、妻と娘を奪った凶器とまったくおなじものを用意して、銃を乱射し、最後に自分を撃って死んだのです……」

神楽坂はぶつぶつと繰り返した。

その筋書き通りに見せるためには、着替えずにまずは警察に通報する必要があった。

「いてて……、まぁこれくらい中途半端な回復のほうが都合がいいか……」

撃たれた肩を押さえながら、座席の上のスマートフォンに手を伸ばす。

「救急車も呼んで……もういいぞ、グラシャラボラス。元の空間に戻せ」

だが悪魔は応えなかった。

「……どうした、グラシャラボラス。いるのだろう？」

自分の影に話しかけたが反応はない。

「どこへ行った……まぁいい、いずれ戻るだろう」

人を消す。物的証拠を消す。そうした不可思議な現象は悪魔の手助けによるものだ。名前を呼べばその力は発揮される。解除もまた同様の方法だった。

神楽坂はこれは神の力にも等しいものを得たと思っていた。きっと禁欲を強いてきた自分に、神が褒美を与えてくださったのだ。

良き警察官を演じ、良き上司を演じ、良き夫を演じて、良き友であると演じ続けた。

幼いころ、偶然にも虫に釘を打ち込んだとき、苦しみながらすこしずつ命の灯を消していく様を見て失禁するほどに興奮した。おなじように人間を殺したらどんな気持ちになるだろうという好奇心を抱いたのが始まりだった。

けれどそれは表に出してはいけないものだと理性が働いた。

耐えた。耐えるのに自分の中で膨れ上がっていく加虐欲求と支配の欲望。神楽坂はそれらを他人にぶつけないよう抑え込むのに必死だった。そうすることが人間として正しかったからだ。無理矢理笑顔をつくって、醜い存在ではないと己にも周りにも示すことで神楽坂は本当の自分を誤魔化し続けていた。

いつしか神楽坂は刺激を持たない男になった。

見合い結婚の妻からはいつの間にか蔑まれ、娘には害虫のように扱われた。

家族カーストの最下位で、ひたすらえびす顔で笑い続けた神楽坂は、慰謝料請求という紙きれを残されて独りになった。

家族。そんなもの、最初からいらなかった。

幸せ。それは抑え込んでいた加虐欲求が満たされること。

理性と感情のバランスを保てず生きづらい孤独を抱えながら、神楽坂は家族を想う薄っぺらい内容の遺書をしたためた。文字ですら素直になれなかった。そうしてアパートの一室で、腹に深々と包丁を突き刺した。


貴方はいま生きているすべての人間に殺されたのです。

家族の在り方など、現在《いま》がつくるものです。

加虐欲求は人間だけに限らずすべての生命が持っています。

貴方に与えられたかりそめの命は、今度こそ貴方の欲望のために使いなさい。

貴方の望む家族《モノ》をつくるためにわたしが力を貸しましょう。


「……それがわたしに与えられた……、我慢し続けた、報酬だ……」

一之瀬朱理の絶命を想像し、快感に震える指でスマートフォンに触れた。

「……ん？」

何度タップしても、どのボタンを押しても画面は真っ黒だ。

すると急に、駐車場の明かりが消えた。

「なんだ！」

突如拡がった闇の中で瞑《つぶ》った目を、手の甲で擦ると背中がひやりとした。なにかに押されている。いや——なにかに押さえつけられている。腹にずしりと重みを感じる。

「これで五発目だ」

瞼を上げると、パッと視界が明るくなった。

「それがアンタの悪魔の正式名か」

馬乗りになった一之瀬朱理が冷ややかに自分を見下ろし、拳銃を胸にめり込ませてくる。容赦なく引き金が引かれ、鈍い破裂音が轟《とどろ》く。吐き出した血を顔面に浴びた。

「なっ……！」――どうして、と顎がくがくと震え出す。

あんなに苦労してようやく階段を降りたのに、リビングに戻っている。

――助けてくれ！

パンッ
――やめてくれ！

パンッ
六発、七発、八発、九発、と、装填されているはずもないのに、胸には連続して弾が撃ち込まれ続けた。心臓を縁取るように一之瀬朱理は冷酷にいたぶってくる。

――なぜだ、なぜ、いつから、自分は……悪魔に食われていた！

「悪魔の囁きには冷静に耳を傾けるんだな」

神楽坂は彼の背後で、金髪の青年が舌なめずりするのを血走った目で凝視した。

――あれ《い》、は……――ッ！

「俺の悪魔のほうが強い」

一層高い破裂音が響いた。

グラシャラボラス、と叫んでも黒い悪魔の声は聞こえてこなかった。

善人を十人殺すと言う悪魔に対して、俺はこう返した。
「ならば悪人を十一人殺す」と。
悪人がいなければ世界はあたたかく保たれる。
すると別の悪魔が力を貸してやると囁いてきた。
どちらも悪魔には変わりないことに、俺はいつ気づくのだろうか。

最終章

留守番電話が二件入っている。時刻は午後二時をまわっていた。

カーテンの隙間から入ってくる光はすっかり明るい。

布団から腕を出して再生ボタンを押した。

『あぁもしもし、オレだ。あー……その、なんだ、アレだ、焼き肉と生ビール飲み放題のこと忘れてんじゃねぇかと思って。……べ、別に気を遣っているとかじゃないぞ！　オレはなんも気にしてねぇし、つーかおまえに気を遣う必要なんてねぇし！　ちょっと最近ガッツが足りねぇから肉が食いてぇなぁとか、暑くなってきたからきゅーっと冷えた生ビールが飲みてぇなぁとか思っ――』

録音可能時間を超えたらしく、中途半端なところで音声は途絶えた。

もう一件を再生すると女性の声がした。

『アタシのこと覚えてるかしら。特に用事はないんだけど、あれからどうしてるかと思ってね。あ、そうだ……聞いた？　あの学校なんだけど建て直しをするんですって。まぁ古かったし、あんな事件もあったから仕方がないわね。お別れ会という名目で、まぁつまり説明会の案内が来てるんだけど一緒にどうかと思って。日時はねぇ――』

肝心なところでまた音声が途絶えてしまう。

そそっかしいあの女刑事らしいと朱理は思った。

どちらも折り返す必要はないと判断してデータを削除し、再び布団に潜り込む。

しばらく寝転がっていたが、ふと思い立ち、のそりと起き上がって骨が浮いた肩を揉んだ。寝過ぎたのか肩と腰の筋肉がばきばきに固まっている。

──やっぱり休みすぎもよくないな……。

過去に正月休みに思いっきり寝潰れて、目覚めた直後にぎっくり腰を起こし、妻の明日香に救急車を呼んでもらったことを思い出した。枕元に置かれた薬箱に手を伸ばし「パパはってあげる」とおぼつかない手つきで湿布を貼ってくれた娘のことも思い出す。皺が寄ってヨレヨレになり、あまり意味がなかった。

──これはもう使えないな。

ベッドサイドで埃を被っていた開封済みの湿布薬は、使用期限を過ぎている。

朱理は新品の湿布薬の袋を開けた。違和感がある肩甲骨に貼ったつもりが、ちょっと上に貼り付いてしまい、しかも激しく皺が寄った。

「俺のほうが下手かよ……」

シャツに着替えて黒いスラックスを履く。久しぶりにベルトを通すと穴がひとつだけ横にずれた。三ヶ月の長い休暇で全体的に身体が緩んでいる。

リビングに行くとベルが盛大ないびきをかいていた。

リビングテーブルの上には、食べ散らかしたお菓子の袋と、甘い酒の空き缶が大量に転がっている。短い金髪をソファに沈めてジーンズの長い両足をだらりと広げていた。

──誰が片付けると思ってるんだ……。

朱理は自己中心的な悪魔を一瞥し、あくびを嚙み殺して顔を洗いに行く。

鏡に映るうなじの黒い歯車は半分以上欠けている。その痕を隠すようにシャツの第一ボタンまでしっかりと留めた。黒い上着に光る襟章は丸い黒に金縁のバッジ。

「いってくる」

いつまでもおなじ笑顔のままの明日香と真由に見送られ、朱理は家を出た。

†

所定の事務手続きを済ませて捜査一課のデスクが並ぶ広い部屋に入ると、一部の人間が朱理の姿にざわついた。ひそひそと嫌な噂話が耳に障ったが、特に気にする素振りも見せずに朱理は奇特捜の小さな部屋を目指した。

三ヶ月ぶりのゴミ溜めみたいな室内は警視庁のダンボール箱でいっぱいだった。

神楽坂課長が起こした一連の事件の証拠に繫がるものは押収されるとは聞いていたが、パソコン以外のほとんどの物が突っ込まれていて引っ越し前日の部屋のようだ。朱理のパソコンは完全にダンボールタワーに埋まってしまっている。

健一のデスクに避難しつつ彼のパソコンを立ち上げた。椅子の上もダンボール箱に占摑されているので、下手に触らないよう中腰でマウスとキーボードを操作した。

メールフォルダには奇特捜案件が承認されず手つかずの状態で漂っていた。

——さて……。

寝過ぎて痛む腰に手を添えて、あの黒い悪魔のにおいがしそうな事件をさらう。

「よぉ一之瀬課長代理、早速お仕事か？」

髭の剃り残しが激しい顎をさすりながら浅倉が顔を覗かせた。

「課長代理は明日からです」

「おまえオレの電話無視したろ」

「忙しいんで明日にしてください」

「とか言って明日も無視すんだろーが。焼き肉と生ビール飲み放題はいつ行くんだよ。明日の歓迎会はオレも連れてけ。つぎに飛ばされてくんのは女なんだろ？　警察官の女って勝ち気なやつばっかでおもしろくねぇから二次会はふたりで銀座《ぎんざ》にしようぜ」

「そんなのやりません」

「わーったよ、じゃあ赤坂《あかさか》でいい」

「浅倉さんは奇特捜《うち》と関係ないでしょう」

下心が見え見えの誘いはすっぱり断る。

明日から誰がこのはき溜めに来ようが、どうせ数日かそこらで辞めるのだ。歓迎の雰囲気を出す必要はない。それに奇特捜案件の事件は朱理が関わる限り被疑者死亡で送検される。

神楽坂課長の一件で、朱理の噂はより一層濃くなった。奇特捜に異動するということは、イコール退職推進、などという暗黙のルールがますます強くなりそうである。

だがこんな薄気味悪いやつと仕事なんざできるかと自ら辞めるように仕向けてやるのも「課長代理」の務めだろうと思う。朱理にとってもあの黒い悪魔《グラシャラボラス》を始末する目的のためには、ここに長く居座る人間が来られては困る。

「関係ないって、おまえなぁ……復帰できたのはオレのお陰だぞ。ちっとは感謝しろ。方々になぁ可愛い元相棒だからって情けに訴えかけてそりゃもう大変だったんだぞ」

「ありがとうございます助かりました」

「おい目ェ見て言え、せめて感情込めろや！」

朱理に相手にされなくなった浅倉は、唇を尖らせて自分のデスクに戻っていった。

――この辺りがあやしいな。

猟奇的な写真の画像に目を眇めて朱理はスマートフォンを手に取る。

何度かのコール音ののちに、まだ酔いが覚めていないハッピーな悪魔が電話に出た。

「行くぞベル。場所は後で転送する」

嫌そうに駄々をこねられた。

「……おまえ駄菓子って知ってるか」

日本好きの悪魔が興味を惹《ひ》きそうな話をしてやると、一瞬にしてベルの態度が変わった。やれやれとため息をついて電話を切る。

――すべての元凶を殺さない限り俺は死ねない。

車のキーを取って朱理は部屋を出た。

長期休暇とは表向きの、謹慎処分を受けた身でありながら颯爽《さっそう》と現場に向かう朱理の背中を、捜査一課の面々は奇異な目で見送った。そんな中、浅倉だけは苦笑いをする。

皆が顔を見合わせて、ひそやかにあの黒い噂を囁いた。

一之瀬朱理が捜査する事件の被疑者はかならず死ぬ――と。

了

あとがき

こんにちは、メディアワークス文庫に突如として現れたジェイソン・青木杏樹《あおきあんじゅ》です。編集者からの無茶ぶりにようやく慣れてきたころに北区《きたく》内田《うちだ》康夫《やすお》ミステリー文学賞審査員特別賞を受賞しました。文学賞……その響きには感慨深いものがあります。自慢できる学もないのに作家を名乗っていたことが大変恥ずかしかったので、ようやく（ちょっとだけ？）認めていただけたという事実にホッとしました。多方面に感謝しかありません。

奇《く》しくもちょうど新作の話を進めていたところで殺人者の心理を描いた作品で受賞し、これが決定打となり、豆腐《とうふ》メンタル作家の「そろそろ人を殺すのはやめましょうよ」という意見はスルーされ、編集者は満面の笑みで「殺しましょう！」と言ってきました。てめぇらはいつもそうやってコンプライアンスと戦わせやがる、と、ぶつくさ文句を唱えながらも金のない作家はちょろいので引き受けました。

「黒魔術にハマっていたことがありまして……なので、悪魔と……警察官のコンビで、犯人を私刑とか……？」「いいですね！」――オイ本当に大丈夫なのか。知らんぞ。

そこでわたしは致命的なミスをおかします。それは編集者に要望を訊いてしまったことです。四章の短編連作にしてくださいと言われて、多くね？　と思ったわたしですがやはり金のない作家はちょろいので承諾してしまいました。悲劇のはじまりです。

主人公・一之瀬朱理の伏線を追いつつも発生し続ける殺人事件。圧倒的なボリューム。殺しても殺しても終わらない。編集者からの「まだ足りない！」「もっと書いて！」の応酬に、もはや完全に一之瀬朱理と同化してるんじゃないかと錯覚するぐらいの苦しみを味わいました。気がつけばこんな分厚さです。果たして読んでもらえるのだろうかと豆腐メンタルがいよいよ潰れそうなところにAKKE《アッケ》さんの表紙ラフが到着し、皆さんこの美麗な表紙カバーをゲットするためにレジへどうぞという気持ちになりました。

ところで急に真面目な話になりますが。

悪魔ベルゼブブの誕生については諸説あり（そして呼び名にも諸説あり）作中で彼はギリシャから来たと言っていますがどうにも怪しいところです。ご存じのとおり悪魔の解釈は多岐にわたるため、今作は独自の解釈でリアルとのバランスをはかりながらファンタジー感を出そうということになりました。つまりなにが言いたいかといいますと、彼が本当にあの悪魔ベルゼブブなのかは……お楽しみに、ということです。そんなわけでフィクション小説特有の自由と楽しさを思いっきり詰め込んだ一冊になりました。

妻子を殺された警察官・一之瀬朱理と、殺人者の魂を食べる悪魔の異色コンビによる、こいつが殺人犯だろうと見定めたヤツを追い詰めてぶっ殺すという物騒なサスペンス・エンターテインメントをゆるーくお楽しみください。

＜初出＞

本書は書き下ろしです。

◇◇メディアワークス文庫

純黒《じゅんこく》の執行者《しっこうしゃ》

青木杏樹《あおきあんじゅ》

2021年10月25日　初版発行

発行者　青柳昌行
発行　株式会社KADOKAWA
〒102-8177　東京都千代田区富士見2-13-3
0570-002-301（ナビダイヤル）
装丁者　渡辺宏一（有限会社ニイナナニイゴオ）
印刷　株式会社暁印刷
製本　株式会社暁印刷

●お問い合わせ
https://www.kadokawa.co.jp/（「お問い合わせ」へお進みください）
※内容によっては、お答えできない場合があります。
※サポートは日本国内のみとさせていただきます。
※Japanese text only

※定価はカバーに表示してあります。

Printed in Japan
ISBN978-4-04-914092-7 C0193

メディアワークス文庫　https://mwbunko.com/

本書に対するご意見、ご感想をお寄せください。

あて先
〒102-8177　東京都千代田区富士見2-13-3
メディアワークス文庫編集部
「青木杏樹先生」係

◇◇◇

「俺は邪悪な話術を使う、
悪魔なんだよ」
ヘルハウンド
犯罪者プロファイラー・犬飼秀樹
青木杏樹
ヘルハウンド 2
犯罪者プロファイラー・犬飼秀樹
青木杏樹
著／青木杏樹　イラスト／アオジマイコ
メディアワークス文庫